"어머님이 입으셨던
이 드레스 차림으로—

**이리스를,
오빠의 것으로
삼아 주세요."**

열린 창문에서 밤바람이 불어와
이리스의 녹색 머리칼과 드레스를 흔들었다.
신비로운 광경이지만,
이리스의 눈동자는 어째선지 끈적끈적했다.

이세계에서 스킬을 해체했더니
치트급 아내가
증식했습니다

개념 교차의
스트럭처

센게츠 사카키 지음 | **토자이** 일러스트

Contents

제1화 「시로와 세실의 아이를 위해 파티 환경을 고려해 봤다」

"세실."

"예. 나기 님."

"일하는 거 금지."

"예—에?!"

이곳은 '휴양지 미슈릴라'에 위치한 별장.

우리는『숨겨진 수수께끼의 던전』공략을 마치고서 모든 파티원과 함께 이곳으로 돌아왔다.

시원한 바람이 잘 통하는 거실에는 나를 비롯한 파티원 모두가 있었다.

테이블 위에는 티 포트와 인원수만큼 따라놓은 찻잔이 놓여 있었다.

다 함께 탁자 주변에 의자를 놓고서 둘러앉아 있는데— 아무도 차에 손을 대려고 하지 않았다.

모두가 내 무릎 위를 보고 있었다.

정확히 말하자면 내 무릎 위에 앉아 있는, 갓 태어난 시로를.

시로는 플래티넘 블론드 머리를 살랑이며 기분 좋게 웃고 있었다. 그녀는 아이네가 '이럴 줄 알았다'면서 준비해 놓은 새하얀 원피스를 입고 있었다. 맞춤 제작을 한 것처럼 몸에 딱 맞았다.

"에헤헤—. 시로는 모두와 만나서 기뻐."

시로가 팔다리를 파닥거리며 좋아했다. 내가 머리를 쓰다듬어 주자 눈웃음을 지으며 즐거워했다.

시로는 우리가 휴양지에 처음 왔을 때 만났던 소녀다.

원래 그녀는 '안개 계곡'이라는 곳에서 알 상태로 잠들어 있었다.

그 정체는 일찍이 이 세계에 존재했던 거대한 용 '천룡 브란샤르카'의 전생체.

여태까지는 마력이 부족해서 태어나지 못했다.

그러나 요전에 우리는 『수수께끼의 던전』을 공략하고서 '지룡 어스가르스'의 마력 결정체를 발견했다.

시로는 그 용의 마력을 흡수하고 나서야 비로소 부화했다.

그래서 이렇게 시로가 내 무릎 위에서 웃고 있는 것인데—.

"시로는 천룡이라서 **그런 걸 알아.** 세실 씨, 머지않아 엄마가 될 거야!"

시로가 폭탄 발언을 내뱉자 모두가 굳어 버렸는데…….

세실은 내 옆에서 얼굴이 새빨개졌고, 리타는 놀란 표정으로 시로를 쳐다봤다.

아이네는…… 경직이 풀렸는지 평범하게 차를 우리고 있었다. 역시 누나.

그런데 레티시아와 이리스, 커틀러스는 아직도 놀란 채 꼼짝도 하지 않았다. 라필리아는 눈빛을 반짝이고 있는데— 무슨 이야기인지 알아들은 거 맞지……?

"시로 짱, 세실 짱의 안에 아기가…… 있다는 게 사실이야?"

잠시 뒤 리타가 입을 열었다.

"사실이야. 리타 엄마."

"자세히 듣고 싶은데…… 잠깐 내 무릎 위로 오지 않을래?"

리타의 표정이 무척 진지했다.

그런데 왜 하악하악 거리면서 시로에게 손짓을 하는 거지?

"음— 그리고 말이야. 시로는 있지. 천룡이라서 생명의 흐름을 왠지 알 수 있어."

시로가 리타에게 손을 뻗자 나는 그녀를 안아 올렸다.

그러자 당연하다는 듯 시로가 내 가슴에 안겼다. 그 광경을 보고서 아이네와 레티시아가 '……좋겠다'는 얼굴로 한숨을 내쉬었다.

"아이네도…… 시로 짱이랑 나 군을 무릎 위에 올리고 싶어."

"에헤헤—. 순서를 지켜야지. 아이네 엄마!"

"알겠어. 순서구나."

아이네가 그렇게 말하고서 '컴온' 하고 부르듯 나에게 손짓을 했다.

아니, 나는 갈 생각이 없거든. 순서도 그런 의미로 한 이야기가 아니고 말이야.

"그나저나…… 아기 말인데."

내가 묻자 시로가 커다란 눈을 반짝였다.

"있잖아, 있잖아. 생명의 흐름을 왠지 알 수 있다고 했잖아. 그래서 말이야. 시로는 세실 씨의 배 속에 아이가 있다는 게 느

껴져. 시로는 나기 아빠의 자식이니까…… 세실 씨의 배 안에 있는 아기는 시로의 여동생이 되는 셈일까?"

"여자애로 확정된 건가요?!"

"그러니까 왠지 그렇게 느껴진대도."

시로가 리타의 무릎 위로 이동하여 다리를 바동거렸다.

"세실 짱의 배 속에…… 나기의 아기가……."

리타가 깜짝 놀란 얼굴로 중얼거렸다.

그러면서도 거친 숨소리를 내며 시로를 꼬옥 끌어안고 있었다. 둘 중 하나만 해.

이리스와 레티시아와 커틀러스는 멍하니 시로를 쳐다봤다.

아이네는 활짝 웃으면서 차를 끓여 줬다. 라필리아는 흐뭇해하며 거들었다. 레기는 '역시 내가 눈여겨본 주인님답구나' 하고 가슴을 활짝 폈다. 아니, 레기가 거들먹거릴 일은 아니잖아?

"……나기 님, 나기 님."

정신을 차려보니 세실이 나를 보고 있었다.

"세실, 왜 그래?"

"무릎 위가 비었으니 저…… 실례해도 될까요? 아기 이야기를 들었더니…… 왠지 마음이 싱숭생숭해서. 나기 님 곁에 있고 싶다는…… 기분이 들어요."

세실의 기다린 귀가 끝부분까지 새빨개졌다.

나는 무릎을 두드리며―.

"좋아. 어서 와."

"실례합니다. 나기 님."

세실이 내 무릎 위에 착 앉았다. 익숙한 은색 머리칼과 갈색 피부가 눈앞에 있었다.

세실의 배 속에 내 아기가 있구나…….

시로는 알 상태로 줄곧 함께했기에 언제나 가족처럼 여겼다. 그래서 부화하여 인간의 모습을 띠게 됐는데도 그다지 놀라지 않았다.

그러나 세실의 배 속에 아기가 있다고 생각하니 굉장히 신기했다.

태어나려면 아직 멀었지만, 이렇게 된 이상—.

"우리 파티의 주거 환경을 더 개선할 필요가 있겠네."

"나기 님?"

"세실이랑 시로가 차분하게 지낼 수 있는 곳이 필요해. 되도록 조용하고, 마력으로 가득한 곳이 좋겠어. 그렇다면…… 역시 이 휴양지? 아니, 그리고 보니 천룡의 잔류 사념을 해방시켰을 때였던가…… 남쪽의 섬을 주겠다고 했었지……."

아직 시로가 『천룡의 알』이었을 적 이야기였다.

구속된 『천룡의 마력』을 해방시키기 위해 나는 이리스의 힘을 빌려 시로의 꿈속으로 들어갔다. 그때 '천룡 브란샤르카'의 잔류 사념과 만났다.

그 결과, 나는 스킬을 사용하여 잔류 사념을 해방시키는 데 성공했다.

그때 천룡의 잔류 사념이 말했다.

'바다 저편에 제가 인간 형태로 쉬기 위한 섬이 있습니다. 답 례로 거길 드리겠습니다.'

그러니―.

"세실의 아기가 태어날 때까지 거기서 지내는 것도 괜찮을지 모르겠네."

"……나기 님?"

"나 군?"

"천룡이 살았던 곳이니 마력이 넘쳐날 거야. 인간 형태로 지 내는 곳이라고 했으니 건물도 있겠지. 식량은 아이네의 수납 스 킬로 대량으로 쟁여 두자. 그리고 옷도 여벌이 필요하겠어. 심 심하지 않도록 보드게임이나 아날로그 게임을 만들어서 가져가 기로 하고― 이건 새로 개발해야겠네. 잠깐만. 거기서 아기를 키우려면 교재도 필요하겠지. 아니, 아니, 그보다 가장 중요한 건 식수겠네. 천룡의 거처이니 그 정도 시설은 있을지도 모르겠 지만…… 혹시 모르니 물을 대량으로 만들 수 있는 치트 스킬을 제작해서―."

"나기?! 정신 차려!"

"나기 씨, 어서 되돌아오세요!"

"주인님?!"

"문제는 거길 어떻게 가느냐는 거겠네. 위치는 대해의 중앙에 있다고 했던가? 『천룡의 알』이 있으면 갈 수 있다고 했으니 시로 가 있으면 알 수 있을 거야. 근데 배는 어쩌지? 이르가파에 대형선을 내어 달라고 부탁하려 해도 예산이⋯⋯.”

“오빠!”

“마스터, 정신 좀!”

“주공!!”

“⋯⋯헉.”

정신을 차려 보니 모두가 나를 물끄러미 쳐다보고 있었다.

세실과 리타, 아이네와 레티시아, 이리스, 라필리아, 커틀러스도 걱정하는 얼굴이었다.

⋯⋯아차. 무심코 먼 미래를 생각하고 말았다.

아직 시로가 부화한 지 얼마 되지 않았다. 한꺼번에 모든 문제를 해결하는 건 무모하지.

“저, 저기요. 나기 님.”

“세실, 왜 그래?”

“제, 세 아이가 태어날 때까지는 시간이 꽤 남았을 거예요.”

내 무릎 위에서 세실이 새빨개진 얼굴로 중얼거렸다.

“그러니 지금은 시로 씨를 우선해 주세요.”

“맞아. 세실 짱은 아이네가 책임지고 돌보도록 할게!”

아이네가 손을 척 들어 올렸다.

“가족이 늘어나는 건 아이네한테도 기쁜 일이니 내가 중심이 돼서 챙겨 주고 싶어.”

“맡겨 두는 편이 좋을 거예요, 나기 씨. 세실 씨도.”

아이네 옆에서 레티시아가 쓴웃음을 지었다.

“그렇지. 아이네는 완전히 돌보기 모드에 들어가 버렸는걸.”

"이제 절대로 말릴 수가 수 없겠어요. 순순히 아이네한테 맡겨야 해요."

"알겠어. 그럼 세실은 한동안 아이네와 함께 행동하도록 해."

내가 말했다.

"지갑은 아이네한테 맡겨 뒀으니 필요한 게 있거든 말해. 나는 남자라서 잘 모르는 것도 있을 테니까. 세실은 어려움이 생기면 되도록 아이네와 의논하도록 해."

"아, 알겠습니다. 그러면…… 나기 님은?"

"난 '해룡 케르카톨'을 한번 만나러 갈 생각이야."

나는 세실의 머리카락을 어루만졌다.

"용에 관해서는 용한테 묻는 게 제일이니까. 시로를 키우는 데 필요한 것이나, 주의해야 하는 것들을 조언받고 싶어."

"그럼 이리스가 동행하도록 하지요."

"저도 함께 갈 거예요오."

이리스와 라필리아가 손을 들었다.

"잘 부탁해. 둘 다."

'해룡 케르카톨'과 만나기 위해서는 이리스의 『용종 초월 공감』이 필요하다. 라필리아는 이르가파 영주가에서 이리스의 메이드로서 일했기에 영주가에 관한 정보를 캐내기에 좋으려나.

"커틀러스는 우릴 항구 도시까지 보내줄래?"

"예. 『전이 마법진』을 사용하지 말입니다."

커틀러스의 수중에는 『신성 유물(아티팩트)』인 『전이 아뮬렛』이 있다.

그것으로 마법진을 그리면 멀리 떨어진 장소와 연결되는 『전이 포탈』이 나타난다.

그 포탈을 이용하여 우리는 '항구 도시 이르가파'에 당일치기로 다녀올 수가 있다.

"그러니 시로도 함께 와줄래? '해룡 케르카톨'한테 시로를 소개하고 싶어."

나는 리타의 무릎 위에서 웃고 있는 시로에게 손을 뻗었다.

"해룡? 시로의 친척?"

"응. 같은 용족이야. 시로가 어떻게 생활하면 되는지 조언을 받으러 갈 거야."

"알겠어! 시로, 아빠랑 이리스 엄마, 라필리아 씨랑 '가족여행' 한다!"

시로가 손을 척 들어 올렸다.

"가족여행이라……."

듣고 보니 그런지도 모르겠다.

시로는 나의 자식이나 마찬가지다. 그 자식과 처음으로 여행을 떠나는 것이니까…….

"……왠지 두근거린다."

"""""……부럽다아."""""

문득 정신을 차려보니 세실, 리타, 아이네가 이리스와 라필리아를 지그시 쳐다봤다.

아니, 레티시아까지?!

"아, 아니에요! 아무것도 아닙니다! 결코 나기 씨와 시로 씨의 가족여행에 동행하여 사이좋은 가족 분위기를 만끽하고 싶다고 생각하지 않았습니다!"

"레티시아, 자백해 버렸어."

"아니에요, 아니에요—!"

아이네가 지적하자 레티시아가 허둥지둥 댔다.

리타는 시로를 꼬옥 끌어안고서 '시로 짱의 성분 보급' 하고 중얼거렸다.

세실은 내 무릎 위에서 갑자기 고개를 이쪽으로 돌리더니 나를 꼬옥— 끌어안으려고, 어라?

"……나기 님의 성분을 보급하고 싶어요."

내 가슴에 얼굴을 묻고서 세실이 말했다.

"나기 님이 돌아오실 때까지 금단 현상이 생기지 않도록."

"하루나 이틀 안에 돌아올 거래도. 세실을 놔두고 가는 이유는 되도록 전이 마법을 쓰고 싶지 않아서야. 몸에 부담이 될지도 모르니까."

"그렇다고 해서 '일하는 거 금지'는 너무해요……."

"그럼 무리한 노동을 금지하는 걸로."

"그럼 좋아요."

세실이 그렇게 말하고서 고개를 들었다.

"미안—. 아빠, 세실 씨. 시로가 용으로 변할 수 있으면 단번에 날아갔을 텐데—."

옆을 보니 시로가 왠지 미안해하는 표정을 지었다.

"시로는 아직 진정한 천룡으로 변할 수 없지 않을까 싶어."

"그래?"

"응. 시로가 조금만 더 파워 업하면 커다란 날개를 지닌 천룡이 돼서 가족들을 태우고서 어디로든 한달음에 날아갈 수 있지 않을까 싶어! 남쪽 섬까지 슈웅— 하고."

시로가 눈을 가늘게 뜨고서 웃었다.

"그러니까 말이야. 해룡 씨의 얘기를 듣고서 시로가 파워 업할 수 있는 방법을 듣는 거야—. 그러니까 아빠 좀 빌릴게? 미안해. 세실 씨."

"저, 전 괜찮아요. 시로 씨."

세실이 고개를 가로저었다.

"……'나기 님 성분'은 보급했고, 나기 님이 돌아오시면…… 배 속 아기도 알 수 있도록 다시금 보급받을 테니까……."

뒷말은 너무 작아서 아마도 나와 리타의 귀에만 들렸겠지.

그리하여 나와 이리스, 라필리아는 '항구 도시 이르가파'로 전이하기로 했다.

목적은 시로를 '해룡 케르카톨'과 만나게 하는 것. 시로를 키우는 법을 물어보는 것.

그리고 시로의 마력의 원천인 '지룡 어스가르스'에 관한 정보를 알아내는 것.

제2화 「오랜만에 만난 해룡이 노예 소녀들을 보고 겁을 먹었다」

"—도착, 얍."

이튿날. 우리는 『전이 아뮬렛』을 이용하여 '항구 도시 이르가파'에 소재한 자택으로 전이했다.

발밑에는 휴양지와 동일한 마법진이 그려져 있었다.

여기 전이 룸은 자택 창고를 통째로 쓰고 있다. 넓이는 2평 정도. 눈앞에는 나무문이 있었다.

"여기가 아빠랑 가족들의 집?"

내 옷자락을 쥐고서 시로가 말했다.

"아까 그 집보다 좁은데? 여기서 다 함께 사는 거야?"

"그거 매력적인 제안이군요, 시로 님."

"우리 다 함께 마스터와 밀착할 수 있겠네요오."

마법진 위에서 이리스와 라필리아가 대담하게 웃었다.

아니, 아무리 그래도 무리라니까. 2평짜리 방에서 아홉 명이 살다니. 무슨 고문이야?

"여긴 창고 겸 전이용 방이야. 저기 문을 열어 봐."

"이거—?"

시로가 자그마한 손으로 창고의 문손잡이를 돌리고서 몸 전체로 문을 밀었다.

휴양지보다 짙은 바다 냄새가 확 풍겼다.

문 너머에는 복도가 있었다. 석조 벽에 여러 개의 문이 늘어서 있었다.

"와아…… 넓어. 넓어ー. 별장보다 넓다! 여기가 아빠랑 가족들의 집?"

시로가 복도 위에서 발끝으로 선 채로 몸을 빙그르르 돌렸다.

그 모습을 보고서 라필리아도 창고 밖으로 뛰쳐나와 시로와 함께 돌기 시작했다.

나와 이리스는 자연스럽게 웃으면서 창문을 하나씩 열어 나갔다.

역시 이곳은 우리의 집이니까. 환기를 확실히 해둬야지.

"아빠! 집, 탐험해도 돼?!"

복도에서 시로의 목소리가 들렸다.

"물론. 여긴 시로의 집이기도 하니까."

"와ー아!"

"자, 잠시만 기다려 주세요, 시로 님! 이리스가 안내해 드릴게요!"

이리스가 뛰쳐나간 시로를 쫓았다.

시로는 방 문을 잇달아 열면서 내부를 들여다봤다.

태어난 지 얼마 안 됐으니 눈에 비치는 모든 것들이 신기하겠지.

"여긴? 여긴 무슨 방?"

"여긴 부엌입니다. 아이네 님이 언제나 맛있는 밥을 만들어 주세요."

"여긴?"

"거실이네요. 오후에는 다 함께 낮잠을 자고, 깨어나면 티타임을 가집니다."

"여긴?"

"욕실입니다. 모두가 언제나 오빠의 등을 씻겨 줄 기회를 노리는 곳이기도 합니다."

"여긴? 여긴여긴?"

"오빠의 개인실입니다. 이리스와 모두가 밤에 숨어들 기회를 노리는—."

"이봐, 이리스."

나는 검지로 이리스의 머리를 툭 찔렀다.

"시로한테 이상한 거 가르치지 마."

"죄송합니다. 소망과 사실이 뒤섞여 버렸습니다."

이리스가 짓궂은 얼굴로 혀를 빼꼼 내밀었다.

라필리아는…… 진담으로 받아들인 거 아니지? 굉장히 진지한 얼굴로 고개를 끄덕이는데.

참고로 시로는 다짜고짜 내 침대에 뛰어들었다.

"알 상태에서 봤던 집과 사람이 돼서 보는 집은 역시 달라?"

"으—음. 다른가—?"

시로가 내 베개를 끌어안으면서 말했다.

"알 속에서는 말이야. 주변이 뿌옇게만 보였어. 그런데 말이야. 사람이 되니까 이렇게 만지고 느끼고 보고 냄새를 맡고…… 무척 재밌는 것 같아!"

"응. 나도 시로가 태어나 줘서 기뻐."

아직 조금 어안이 벙벙하긴 하지만…… 그래도 기쁜 건 사실이었다.

내가 살아 있는 중에 시로와 다시 만날 수 있을 줄은 몰랐으니까.

"이 옆은 이르가파 영주가(家). 이리스의 친가야."

그리고 우리는 시로를 데리고서 2층으로 올라갔다.

창문을 여니 이르가파 영주가 저택이 보였다.

"저기가 이르가파 영주가의 저택이야. 맞은편에 바다가 보이지? 그 근처 바위 지대에 시로의 친척인 '해룡 케르카톨'을 모시는『해룡의 성지』가 있어."

"시로랑, 같은 용?"

"맞아. 앞으로 다 함께 거기 가서 '해룡 케르카톨'을 불러볼 거야. 이리스의 스킬이 있으니 연락을 취할 수 있겠지만, 시로도 도와줄래?"

"알겠어―. 해볼게―!"

시로가 두 손을 올렸다.

나는 그 중 한쪽 손을 쥐었고, 이리스는 반대쪽 손을 쥐었다.

"이러고 있으니 마치 오빠랑…… 부부 같죠?"

"으으음. 치사해요오. 저도 마스터의 노예이니까 마스터랑 시로 씨랑 '부부 같은 행동'을 해보고 싶어요오."

라필리아가 뾰로통하며 뺨을 부풀렸다.

"에헤헤. 모두 좋아―. 아빠 다음으로 좋아―."

""그렇겠죠―.""

그런 느낌으로 우리는『해룡의 성지』로 향했다.

『해룡의 성지』는 '항구 도시 이르가파'의 해안에서 도출된 바위 지대에 있다.

나는 평상복을 입었고, 이리스와 시로는 옷 위에 물막이 코트를 입었다.

라필리아는 영주 저택에서 정보를 수집하고 있다. 무슨 일이 생기면『의식 공유·개량형』로 알려 주겠지.

"시로 님. 미끄러우니 조심하세요."

"자, 아빠랑 이리스 엄마, '부부 같은 행동'을 해줬으면 어떨까 싶어!"

바위 지대 입구에서 시로가 나와 이리스에게 손을 내밀었다.

그래서 우리 셋은 손을 맞잡고서 축축한 바위 지대를 걸어 나갔다. 이 부근에는 마물이 없고, 지금은 파도도 평온했다. 시로는 바다를 처음 보고서 눈이 동그래졌다. 파도가 바위 지대를 때릴 때마다 '와앗' 하고 내 팔에 매달렸다.

『천룡의 팔찌』상태로 바다에 여러 번 온 적이 있긴 했지만, 역시나 인간 모습으로 오니 느낌이 다른 모양이었다.

이윽고 우리는 바위 지대에 있는『해룡의 성지』에 들어갔다.

그리고 랜턴으로 축축한 동굴 안을 비추면서 나아갔더니―.

나와 이리스와 시로는『해룡의 성지』중추에 도달했다.

"……우와―."

시로가 휘둥그레진 눈으로 성지 중추를 바라봤다.

중추는 돔처럼 생긴 공간으로, 천장에서 푸르께한 빛이 쏟아졌다.

벽이 빛나는 이유는 '해룡 케르카톨'의 비늘이 붙어 있기 때문이었다.

중추의 넓이는 학교 운동장만 했다.

앞쪽에는 바위 지대가 있고, 뒤쪽에는 바다와 이어지는 호수. 그리고 그 호숫가에는 제단이 설치되어 있었다.

원래 '해룡 케르카톨'은 제사 기간에만 응답해 주는데― 지금은 이리스의 안에 『용종 초월 공감』이 있다. 이 스킬로 이리스의 의사를 강화하여 용에게 전할 수 있다.

클로디아 공주 사건 때에도 같은 스킬로 '해룡 케르카톨'과 대화를 했으니까. 이번에도 동일하겠지.

"어, 어떤가요, 오빠? 저랑 시로 님이 무녀복을 입어 봤습니다!"

"에헤헤. 이리스 엄마랑 똑같다?"

이리스와 시로가 입은 옷은 『해룡의 제사』 때 입는 의식용 의복이다.

살이 비칠 만큼 얇은 천에 해룡의 자수가 수놓아져 있었다.

시로를 해룡에게 처음으로 소개하는 자리이니까. 그래서 옷도 제대로 갖춰 입었구나.

"응. 신비로워서 좋은 것 같아. 이리스랑 시로도."

"……가, 감사합니다……."

"기쁘네―. 에헤헤."

이리스는 새빨개진 얼굴로 고개를 떨궜고, 시로는 납작한 가슴을 활짝 내밀었다.

"있잖아. 있잖아. 시로는 말이야. 엄청 기쁘다 싶어. 아빠랑 이리스 엄마랑 이렇게 새로운 것들을 많이 해볼 수 있어서 기뻐."

"그렇겠네. 시로한테는 뭐든지 처음일 테니까."

"이리스도 책임이 막중하겠네요."

"그래서 말이야. 아빠랑 가족들과 함께 보내는 매일은 시로한테는 『신인 연수』나 마찬가지야!"

"잠깐만. 그 말을 어디서 배웠니?"

"아빠 잠꼬대―."

……그러고 보니 시로가 태어나기 전에는 잠을 잘 때 베개맡에 『천룡의 팔찌』를 놔뒀지.

그렇구나. 알 상태에서 시로가 내 잠꼬대를 들었구나…….

『신인 연수』…… 예전 세계에서 받아 본 적은 있지만, 별로 좋은 기억은 아니었지.

그래도―.

"그러네. 시로가 이 세계에 익숙해지도록 나와 파티원들과 함께 『신인 연수』를 하자."

"예. 이리스도 돕도록 하겠습니다!"

나와 이리스가 얼굴을 마주하고서 고개를 끄덕였다.

시로가 이 세계를 적응해 나가는 체험인 『신인 연수』를 즐길 수 있도록―.

그 후에 이리스는 시로의 손을 잡고서 의식의 기둥이 있는 곳으로 이끌었다.

둘이서 '해룡 케르카톨'을 부르는 말을 중얼거리기 시작했다.

"오빠의 노예이자 '해룡의 무녀'가 선언합니다. 발동!『용종 초월 공감』!! 저 바다에서 지켜봐 주시는 '해룡 케르카톨'의 말씀이여…… 이곳에!"

"'천룡 브란샤르카'의 유생체, 시로 브란샤르카야! 해룡 씨, 내 말이 들린다면 목소리를 들려줬으면 싶은데!"

"아울러 발동하겠습니다.『환영 무대』!"

치트 스킬『환영 무대』로 해룡 케르카톨의 환영을 만들어 냈다.

"'해룡 케르카톨'의 모습을 이곳에. 이리스의 새로운 가족에게 그 모습을 보여주세요!"

〈오오오오오오오오오오오.〉

공기가 떨렸다.

저편에서 번개가 치는 것 같은, 천지를 울리는 으르렁거림이 들려왔다.

그와 동시에 호수 속에서 거대한 용이 출현했다.

뱀처럼 기다란 몸통. 울퉁불퉁한 머리. 이마에서 솟아나 있는 여덟 개의 뿔— '해룡 케르카톨'이다.

이리스는『용종 초월 공감』으로 해룡과 교신한 뒤 그 모습을 『환영 무대』를 통해 구현해 냈다.

나와 시로가 '해룡 케르카톨'과 쉽게 대화할 수 있도록.

⟨……'해룡의 무녀'와 그 연인이여. 오랜만이군.⟩

출현한 '해룡 케르카톨'이 몸통을 구불거리며 말했다.

여전히 거대하고, 위엄으로 가득한 모습이었다.

오랜 세월을 살아온 용이니까. 해룡에 비해 우리는 하잘것없는 존재였다.

이렇게 얼굴을 마주했을 뿐인데도 압박감이 느껴졌다. 신님이 앞에 있는 것이나 마찬가지이니 당연한가?

"오랜만입니다. '해룡 케르카톨'."

이리스가 영상 속 '해룡 케르카톨'에게 고개를 숙였다.

⟨…….⟩

'해룡 케르카톨'은 입을 열지 않았다.

커다란 눈을 더욱 크게 뜨고서 우리를 쳐다봤다.

"……왜 그래? '해룡 케르카톨'."

'해룡 케르카톨'이 커다란 머리를 갸웃거린 채 움직이지 않았다.

우리를 똑바로 쳐다보고— 아니.

정확히 말하자면 시로를 유심히 쳐다봤다.

부르르.

'해룡 케르카톨'의 거대한 몸이 떨렸다.

〈……그, 그대…… 아니, 당신께서는…….〉

"시로? 시로는, 시로인데?"

〈……그 몸에 감도는 마력, 그 기척. 설마, 설마아아아아아아아아?!〉

'해룡 케르카톨'의 환영이 몸을 뒤로 젖혔다.

커다란 목을 떨면서 믿기지 않는 것을 본 것처럼 눈을 동그랗게 떴다.

〈당신께서는…… 천……룡…….〉

"그―래! 시로는 시로 브란샤르카. 환생한 천룡의 유생체야!!"

시로는 이리스와 맞잡고 있는 손을 들어 올리며 선언했다.

〈……미안하다. 이만 돌아가겠다.〉

"잠깐?! '해룡 케르카톨'?!"

'해룡 케르카톨'의 모습이 흐릿해져 갔다. 이리스와의 링크가 끊어지려고 했다.

"기다려 주세요, '해룡 케르카톨'! 오빠와 이리스는 당신께 물어보고 싶은 게!"

〈나의 후예가 위대한 천룡과 함께 있을 줄이야…… 아아, 아아아아아아아.〉

'해룡 케르카톨'의 목소리가 떨렸다.

아니, 완전히 도망칠 태세였다.

〈……이런 상태에서는 더는 대화를 할 수 없다. 우선 수온이 차가운 바다에 가서 이 몸을 정갈하게 씻어야만…… 위대한 천룡과 말을 섞을 수가 있도다. 그런 연유로 가겠다…… 무녀여…… 해룡의 용사여…….〉

"정신 차려─."
시로가 불현듯 손뼉을 짝, 쳤다.

"지금 시로는 나기 아빠의 자식이고, 리타 엄마, 아이네 엄마, 그리고 이리스 엄마의 자식이야. 그러니 돌고 돌아서 해룡의 자손이기도 하지 않을까 싶어!"
〈위, 위대한 천룡이, 나의 자손이기도 하다……?!〉
"그─래. 에헴!"
"제가 사정을 설명하겠습니다. 들어주세요, '해룡 케르카톨'."
나는 이야기하기 시작했다.
얼마 전에 여행하던 도중에 '안개 계곡'에 들러 시로의 알을 맡게 됐다.
마력체로 한번 부화한 시로가 나를 아빠라고 불렀다.
지난번에 고룡의 마력 결정을 발견하여 시로가 인간 모습으로 탄생했다.
시로와 '지룡 어스가르스'에 관해 의논할 게 있어서 해룡을 불러냈다고.
〈……그런 사정이 있었을 줄이야…….〉
환영 해룡이 바위 지대에 턱을 얹고서 중얼거렸다. 이제야 평

정심을 되찾은 듯했다.

　나와 이리스와 시로는 해룡의 머리를 중심으로 모여 있었다.

　이리스는 내 등에, 시로는 내 무릎 위에 앉아 몸을 밀착했다.

　몸이 차가워지면 안 되니 말이야. 어쩔 수 없지.

　〈그렇군……. 즉 천룡을 두려워한다면…… 오히려 결례가 된다는 말인가.〉

　'해룡 케르카톨'이 그렇게 말하고서 기다란 몸을 끌고서 물속으로 가라앉았다.

　그러고는 물속에서 서서히 나타나더니—.

　〈'해룡의 무녀'와 그 연인이여…… 오랜만이군.〉

　((처음부터 다시 시작?!))

　"오랜만입니다. '해룡 케르카톨'."

　"무녀인 이리스의 목소리에 응해 주셔서 감사합니다."

　"만나서 반가워—. 시로야—."

　마음속으로 딴죽을 걸면서도 일단 우리는 이야기에 맞춰줬다.

　"그래서 논의할 게 있습니다만— 이미 한 얘기는 생략하기로 하고, 시로 말입니다."

　〈으, 으음.〉

　"시로는 인간 모습으로 태어났는데, 인간과 동일한 음식을 먹여도 될까요?"

　〈음, 그건 상관없다.〉

　환영 해룡이 고개를 끄덕였다.

〈천룡님께서 사람 모습을 취한 이유는…… 아마도 그대들과 함께 살고 싶었기 때문이겠지. 그렇다면 인간처럼 생활하거나 식사를 해도 될 터.〉

"하지만 시로는 용으로도 변하고 싶은데―."

〈헉! 역시 천룡 브란샤르카의 유생체! 고귀한 의식을 갖고 계시도다!〉

"시로는 말이야. 아빠랑 가족들을 남쪽 섬으로 데려갈까 해. 용의 날개로 데려가서, 세실 씨가 느긋하게 시로의 여동생을 낳아 줄 수 있도록 해주고 싶어."

〈으으음. 용의 모습으로 변할 수 있는 방법이라…….〉

해룡이 고개를 갸웃거렸다.

〈천룡님께서는 인간 모습으로 전생하고서 아직 얼마 되지 않았으니…… 용의 힘을 강화할 만한 수단이 있다면 용으로 변할 수 있지 않을까 싶군.〉

"파워 업 아이템 말입니까?"

〈난 잘 모르겠지만, 그런 게 있다면 그렇겠지.〉

용 전용 파워 업 아이템…… 허들이 꽤 높네.

더욱이 시로를 급히 용으로 변신시켜야 할 필요도 없지. 태어난 지 얼마 안 됐으니까.

"참고가 됐습니다. 감사합니다."

〈으, 음. 천룡께 도움이 됐다니 기쁘도다.〉

"질문이 하나 더 있습니다. '지룡 어스가르스'라는 존재를 아십니까?"

우리는 『수수께끼 던전』에서 '지룡 어스가르스'라는 존재와 만났다.

그런데 야마조에가 그 존재를 '길드 마스터'라고 불렀는데.

그러나 인간을 위해 마력을 남겨줬던 지룡이 『하얀 길드』와 연루되어 있다니…… 위화감이 짙었다.

〈지룡이란 머나먼 옛날에 이 세계에 있었던 또 하나의 용을 가리킨다. 천룡님보다도 옛날에 태어났던 용이라고 들었다.〉

지룡은 그 이름대로 『대지에 숨어사는 용』이라고 한다.

그래서 바다에 사는 해룡은 만난 적이 없단다.

'해룡 케르카톨'의 말에 따르면 지룡은 천룡보다도 인간을 좋아하는 용이란다.

천룡은 하늘에서 인간들을 지켜보기만 하지만, 지룡은 인간 모습으로 변하여 인간 생활을 직접 돕기도 했다. 현명한 용이라서 『아티팩트』를 제작하여 인간에게 나눠 주기도 했단다.

〈허나…… 상세한 내용은 모르겠으나 그 지룡이 인간한테 복수하고자 '마룡'으로 변했다더군.〉

"지룡이? 마룡으로?"

〈그래, 이건 '해룡의 딸'로부터 들은 이야기다만.〉

'해룡의 딸'…… 다시 말해 이리스의 선조님이었다.

"어째서 '해룡의 딸'이 그런 얘길?"

〈딸도 마룡으로 변할 뻔했기 때문이야. 사람들한테 박해를 받고서 절망했을 때 말이지.〉

'해룡 케르카톨'이 말했다.

〈인간을 좋아하는 용은 특히 그렇지. 마(魔)에 빠져 마룡이 되거나, 인간한테 해를 입히는 존재로 변하기 쉽다. 나의 딸은 '해룡의 용사'와 맺어져 그 마음을 구원받아 마로 타락하지 않았다.〉

……그러고 보니 『천룡의 잔류 사념』이 말했지.

'이대로 봉인이 지속된다면 자신은 제정신을 잃고, 그것이 서로에게도 전이되어 '마룡'으로 변할지도 모른다.'

예전에도 그러한 일이 있었기 때문에 그렇게 말했던 건가?

"귀중한 정보를 알려줘서 감사합니다. '해룡 케르카톨'."

역시 좋은 용이군. 해룡 씨.

『해룡의 제사』 때에도 이리스를 무녀의 중압감에서 해방시키는 걸 거들기도 했으니까.

기본적으로 가족을 위할 줄 안다. 해룡 씨는.

"그나저나 '해룡 케르카톨' 씨는 마룡의 위치를 압니까?"

〈'해룡의 딸'이 예전에 조사했다. 구체적인 위치는— 지도가 있으면 알려줄 수 있겠다만.〉

"이리스, 부탁해."

"예. 그럼 『환영 무대』로 표시하도록 할게요. 이건 항구 도시 이르가파와 휴양지 미슈릴라를 포함한 주변 지도입니다!"

이리스가 『환영 무대』로 우리 주변에 지도를 띄웠다.

〈……나의 후예여. 언제 이토록 재주가 많아졌나……?〉

"'사랑의 힘'으로 바뀌었습니다."

〈……행복하다면 됐다.〉

"예. 이리스는 행복합니다! 당신께서 어레인지해 주셨던 이 목걸이를 걸고서."

이리스가 그렇게 말하고서 초커와 닮은 목걸이를 만지며 웃었다.

〈나의 딸이…… 마룡의 유적 후보지로서 거론했던 곳은 바로 여기였다.〉

환영 '해룡 케르카톨'이 발톱이 달린 거대한 손가락으로 지도 한편을 가리켰다.

그곳은 '휴양지 미슈릴라' 북쪽에 있는 해안이었다.

〈묻겠다. 해룡의 용사여. 그대들은 무슨 연유로 마룡 따위한 테 흥미를 갖고 있는가?〉

"전 지룡이 '마룡'이라 불리게 된 이유를 알고 싶습니다. 시로 가 같은 신세가 되지 않도록. 게다가 지룡은 시로가 부화할 수 있도록 마력을 준 존재이니까요. 마룡이 될 만한 이유가 있다면 알아 두고 싶습니다."

〈……그게 다인가?〉

"그게 답니다."

〈……재밌구나. 현 '해룡의 용사'는.〉

"……전 평범한 인간인데요?"

〈평범한 자가 무녀를 운명에서 구해내고, 천룡의 아버지가 될 수 있겠는가……. 아니, 이 말은 천룡을 모욕하는 의미가 아니 다? 감탄하는 거다? 정말이다!〉

아니, 그렇게까지 겁을 먹을 필요는.

〈어, 어쨌든. 나의 무녀가 좋은 반려를 찾은 것 같다.〉

'해룡 케르카톨'이 그렇게 말하고서 고개를 천천히 끄덕였다.

부끄러운지 이리스가 온몸을 새빨갛게 물들고서 해룡의 목을 두드렸다.

그 옆에서 시로가 이리스를 따라서 참을 날렸다.

시로가 참을 날릴 때마다 해룡이 움찔거리며 반응하는데……

응, 말리자.

"시로, 스톱."

내가 시로를 끌어안아 떼어 내자 '해룡 케르카톨'이 휴우— 하고 긴 한숨을 내쉬었다.

미안, 해룡.

〈마지막으로 한 마디만 더 하겠다.〉

'해룡 케르카톨'의 모습이 흐릿해져 갔다.

〈마룡의 유적 근처에 인어의 보금자리가 있다. 유적을 조사할 작정이라면 그들의 힘을 빌리는 게 좋을 거다.〉

"인어? 아인 말입니까?"

〈음. 나의 이름을 댄다면 협력해 주겠지. 너희들은…… 나의 가족이다. 나의 후예인 '해룡의 무녀'와 그 자식이 다정한 가족의 보호를 받으며 핏줄이 영원토록 이어지기를…… 바란다.〉

"그건 약속하겠습니다. '해룡 케르카톨'."

이리스가 무녀복 자락을 집으며 고개를 깊이 숙였다. 나와 시로도 덩달아 고개를 숙였다.

잠시 뒤 고개를 들었더니…… '해룡 케르카톨'의 모습이 완전히 사라졌다.

"인간한테 박해를 받으면 용은 '마룡'이 된다?"

알 것 같기도 했다.

나도 예전 세계에서 부조리한 노동을 강요받았을 때 엄청나게 흉악해졌으니까.

장시간 노동이나 억지 명령이 계속되면 그 부조리함에 진이 빠져서…… 세상의 모든 것들이 적이 된 것 같은 기분을 맛보게 되지.

물론 나와 용은 스케일이 월등히 다르겠지만.

"고생했어, 이리스, 시로."

"별일 아니에요. 오빠."

"즐거웠어—."

이리스는 이마에 땀이 맺혀 있었고, 시로는 두 팔을 벌리고서 천진난만하게 웃었다.

"'해룡 케르카톨'께 오빠의 대단한 점을 전할 수 있어서 이리스는 매우 만족스러워요."

"그럼 좋겠는데 말이야. 이리스도 스트레스가 쌓이면 내게 말해 줘."

"'스트레스'?"

"이건 시로도…… 모두 마찬가지야. 이 세계에는 『마룡화』라는 개념이 있는 것 같으니까…… 요컨대 쉬고 싶다거나, 불만이 있다면 알려 달라는 말이야."

"불만……?"

이리스가 고개를 살짝 기울이고는 생각에 잠기더니—.

"없습니다. 예, 전혀."

"시로도 행복하다 싶어―."

이리스는 상냥한 얼굴로, 시로는 다시금 두 팔을 벌리고서 그렇게 대답했다.

그 후에 우리는 넓은 공간으로 되돌아온 뒤 물을 끓였다.

땅바닥에는 몸을 닦기 위해 준비해 둔 수건 대용 천이 있었다. 그 옆에는 여벌 옷도.

이곳에 오기 전에 아이네가 '해룡의 성지 관광투어용 세트'를 챙겨줬다.

"시로도 마른 옷으로 갈아입어. 감기에 걸리지 않도록."

"고마워―! 아빠!"

시로가 젖은 옷을 벗어 던지고서 천 위에서 굴렀다.

"감사합니다! 오빠!"

이리스가 젖은 옷을 벗어 던지고서―.

"―헉."

시로와 똑같은 행동을 벌이려다가 황급히 천으로 몸을 둘렀다.

"죄, 죄송합니다, 오빠. 시로 님이 하는 행동에 이끌려서 저도 모르게…… 휴, 흉한 모습을……."

"괘, 괜찮아. 흉하지는 않았으니까."

나는 몸을 뒤로 돌렸다. 이제 와 늦은 감이 있긴 했지만.

두 사람이 옷을 갈아입기를 기다리고 있으니― 라필리아가 『의식 공유ㆍ개량형』으로 연락을 해왔다.

『송신자 : 라필리아(수신자 : 마스터)

본문 : '귀'로부터 정보입니다. 영주가 메이드 친구에게서 들었습니다만, 항구 도시 이르가파에서 지금 막 특별한 시장이 열렸다고 합니다. 귀족을 위한 진귀한 상품을 들여온 상인들이연, 초대제 시장이라고 합니다. 뜻밖의 보물이 있을지도 모르겠습니다.』

"재밌을 것 같네."

더욱이 시로가 사회를 공부할 수 있는 기회일지도 모르겠다.

사람 모습으로 살아갈 테니 시로도 쇼핑을 경험해 보는 편이 좋을 테지.

특별한 시장이라 손님도 적을 테니 물건을 사는 연습을 천천히 할 수 있을 것이다.

"저기, 이리스."

"아, 예. 오빠."

내가 말하자 등 너머에서 이리스의 목소리가 들려왔다.

"라필리아가 연락을 했는데, 이르가파에 '특별한 시장'이 열렸대. 우리도 가볼까?"

"예. 괜찮습니다. 이리스한테 맡겨 주세요!"

뒤에서 이리스가 가슴을 착 두드리는 소리가 들렸다.

"그렇군요. 마룡을 조사하러 가기 전에 장비를 갖출 생각이군요, 오빠."

"아니. 시로의 『신인 연수』에 딱 좋을 것 같아서."

"어?"

"어?"

"무, 물론…… 이리스는 눈치챘습니다! 방금 말씀드리려고 했습니다!"

"이리스 엄마. 알몸으로 떠드는 건 버릇 없는 짓 아냐?"

"……그랬죠."

"그러니 이리스. 준비를 해줄 수 있을까?"

"잘 알겠습니다!"

이리스가 또다시 가슴을 착, 두드렸다.

시로도 흥내 냈는지 비슷한 소리가 났다. 착, 착.

"저, 이리스 하페우메어의 이름을 걸고서 시로 님의 『신인 연수』를 돕도록 할게요!"

그리하여 우리는 쇼핑을 하러 '특별한 시장'에 가기로 했다.

제3화 「『비밀 시장』에서 구입한 결함품을 뜻밖의 횡재로 바꿔 봤다」

"그렇군요. 시로 님한테『신인 연수』를 시키자는 말입니까? 알겠습니다."

내 옆을 걸으면서 라필리아가 말했다.

"시로도 말이야. 인간에 관해 알고 싶어서, 쇼핑은 즐겁겠다 싶어―."

나를 사이에 두고서 반대편에는 시로가 있었다.

지금 우리는『비밀 시장』으로 가는 길이었다.

장소는 항구 인근에 있는 창고 구역이었다. 시장을 관리하는 단체가 창고 하나를 빌려서 여러 상점을 차렸다고 했다.

일반인에게는 공개하지 않는 도구점이나 무기점이 늘어서 있고, 가이드가 안내해 주는 시스템이다.

기본적으로 귀족용 시장이라고 한다. 그러나 이번에는 이리스가 부탁하여 우리도 참가하게 됐다.

그곳에서 시로에게 '첫 쇼핑 체험'을 시켜보자.

"보이기 시작합니다. 저기가 이리스 님께서 말씀하셨던『비밀 시장』입니다다아!"

"오오―! 굉장해―!"

라필리아가 가리킨 곳을 보니 커다란 창고가 보였다.

저곳에서 일부 계층을 위한 시장이 은밀히 열렸다고 한다.

이리스를 경유하여『초대장』은 받았다. 우리가 들어가도 문전

박대는 당하지 않을 터.

"실례합니다. 우리는 이르가파 영주가의 소개를 받고서 왔습니다."

커다란 나무문을 노크하자 안쪽에서 '들어오세요' 하고 대답했다.

문을 열고서 안에 들어가니 그곳에는—.

횅한 공간이 펼쳐져 있었다.

"……어라?"

"자— 예예. 이르가파 영주가의 소개를 받고서 찾아오신 모험가군요. 전 안내를 맡은 멜리제입니다."

입구에는 접수처 탁자가 있고, 그곳에는 안경을 쓴 여성이 앉아 있었다.

창고 내부는 학교 체육관만큼 넓었다.

그곳에는 깔개나 테이블이 놓여 있고, 상품이 전시되어 있었다.

그런데— 창고 대부분이 횅했다. 아니, 정리를 하고 있었다.

"창고 내부가 허전해서 신경이 쓰이는 거죠?"

안내를 맡은 여성— 멜리제 씨가 우리를 보고서 엷은 웃음을 지었다.

그러고는 창고 내부를 가리키며 말했다.

"죄송하게 됐네요—. 여긴 귀족님을 위한 시장이거든요. 서민용 상품은 거의 없어서요—. 게다가 슬슬 파장할 시간이라서 쓸 만한 것들은 죄다 처분해 버렸습니다. 팔고 남은 것이라도 좋다면 보여드릴 수 있는데 말이죠ㅡ. 어떠신가요?"

"팔고 남은 상품이라면 예를 들어?"

"이런 건 어떤가요? 싸게 해드릴게요ㅡ."

멜리제 씨가 내 손에 자그마한 스킬 크리스탈을 올려놨다.

"『불면증LV1』이에요. 일을 하다보면 걱정거리가 많아져서……무심코 각성해 버리는 스킬이랍니다. 괜찮다면 싸게 해드릴 수 있습니다만?"

"정말로 팔고 남은 상품이네요……."

"마음에 들지 않으신다면 돌아가세요. 여긴 귀족님을 위한 시장인지라 모험가를 위해 시간을 오래 할애할 수 없거든요."

멜리제 씨가 안달하며 발뒤꿈치를 덜덜 떨었다.

낯빛도 나쁘고, 눈 밑에는 다크서클도 끼어 있었다.

"……왠지 느낌이 안 좋네……."

"……저, 마스터를 업신여기는 사람은 좋아하지 않아요오."

그런데ㅡ.

"(두근두근, 두근두근)."

시로는 전혀 괘념치 않았다. 오히려 기대하며 눈빛을 반짝였다.

첫 쇼핑을 기대하는 눈치였다. 이대로 빈손으로 돌아가면 가엾을 것 같네…….

더욱이 이 '팔고 남은' 스킬을 보니 의외로 써먹을 만한 길이 있을 것 같은데 말이야.

"잠깐 만져 봐도 될까요?"

"아무렴요. 마음대로."

판매를 맡은 여성이 나에게 『불면증LV1』을 넘겨줬다. 이 스킬의 개요는—.

『불면증LV1』
『걱정』 때문에 『힘차게』 『깨어나는』 스킬.

"역시 써먹을 만한 스킬이군요. 사겠습니다."

"하아?!"

멜리제 씨의 눈이 커졌다.

"이만한 스킬이 팔리지 않고 남았다면 뜻밖의 보물이 꽤 있을 것 같아. 모처럼 왔으니 둘러보자."

"야호—! 쇼핑이다!"

"저도 함께 할래요오."

라필리아가 뒤에서 내 팔을 물컹 끌어안았다.

"게다가 점원의 쌀쌀맞은 응대 때문에 마스터가 마음을 다친다면 제가 이 몸으로 위로해 드릴게요오. 제 목숨은 그러기 위해 존재하는 거예요오."

"시로도. 시로도 아빠를 위로할게!"

"절 핑계로 갖다 붙여서— 꽁냥거리지 좀 말아 줄래요……."

멜리제 씨가 어째선지 어깨를 축 늘어뜨리고서 중얼거렸다.

"뭘까요. 이 패배감은. 이런 기분은 처음입니다. 또 불면증이 생길 것 같아……."

"상품을 볼 수 있을까요?"

"시간 낭비일지도 모르는데요? 서민 모험가를 위한 상품은 거의 없거든요. 변변한 게 없다고 불평하기 없기예요?"

"필요한지 어떤지는 우리가 판단할게요."

"알겠습니다. 안내해 드리죠."

멜리제 씨가 그렇게 말하고서 우리를 창고 안으로 들였다.

"이건 커다란 마력이 깃들어 있는 『성검 아크블레이드』!"

"""오오—."""

"—의 견본입니다. 진품은 이미 판매됐습니다."

안내를 맡은 멜리제 씨가 전시대 대신 배치된 테이블 앞에서 두 팔을 벌렸다.

테이블 크로스가 깔려 있는 대 위에 검 모양을 띤 판이 있었다.

표면에 여러 색깔과 무늬가 그려져 있었다. 『성검 아크블레이드』에는 붉은 선이 들어가 있고, 묘한 문장이 그려져 있구나.

"이건 먼 옛날에 존재했다는 위대한 성검을 모방하여 제작한 물건입니다."

"그런 성검이 있었습니까?"

"전설이지만 말이죠. 옛날에 왕께서 돈과 시간을 들여서 최강의 성검을 찾아냈다나 뭐라나."

"대단하군요."

"물론 이곳에는 없습니다. 있더라도 진품을 바깥에 꺼내 놓을 수는 없지만요."

"본격적인 흥정에 들어가면 가지고 나오는 시스템입니까?"

"잘 아시는군요."

그야 이쪽 세계에는 유리 케이스도, 방범 부저도 없으니까.

하나뿐인 성검을 전시하지는 않겠지.

"이것도 귀족이 구입했습니까?"

"……구입자 정보는 비밀이라서."

멜리제 씨의 눈이 흔들렸다. 정곡을 찔렀나?

그 밖에도 전시대 위에는 공격력을 증가시키는 마법검, 마법창 견본이 진열되어 있었다.

대부분 『품절』이었다. 남아 있는 상품은…….

"이 지팡이, 멋지네!"

불현듯 시로가 견본 중 하나를 가리켰다.

뭔가 마음에 걸리는 것이라도 있나? 어디 보자…….

"이건……『마법사를 위한 마법 지팡이』인가."

"형태가 재미있네. 게다가 멋져."

우리 앞에는 지팡이 모양을 띤 판이 있었다.

길이는 내 팔과 비슷했다. 막대기에 덩굴이 얽혀 있는 것 같은 형태였고, 끝에 수정옥이 달려 있었다.

시로가 지팡이 견본을 물끄러미 쳐다봤다.

눈빛을 반짝이며 견본을 오른쪽에서 살펴보기도 하고, 아래쪽에서 올려다보기도 했다. 정말로 마음에 든 모양이었다.

"모처럼 왔으니 보여 달라고 할까."

"그러게요. 시로 님이 마음에 드신 것 같으니까요."

나와 라필리아가 고개를 끄덕였다.

"죄송합니다. 이 지팡이 좀 보여줄 수 있을까요?"

"네에…… 이 지팡이 말인가요."

안내역 멜리제 씨가 웃음을 참는 것 같은 얼굴로 말했다.

"……혹시 품절입니까?"

"아닙니다―. 원하시는 물건은, 물론, 가지고, 있습니다. 보여 드릴까요―."

왜 말투가 딱딱해졌지…….

그렇게 말하면 갖고 싶어지잖아.

"아니, 역시 서민 분은 관점이 다르네요. 당장 가져올게요……. 키득키득."

멜리제 씨가 웃음을 참는 얼굴로 창고 안쪽으로 달려갔다.

실은 나도 이 지팡이가 마음에 걸렸다.

사연이 있어 남아 버린 아이템은 좋은 법이지. 예전 세계에서 만들었던 게임이 떠올랐다.

만든 적이 있었지. 기믹을 이해하고서 쓰면 강력하지만…… 발동 조건이 너무 복잡해서 아무도 써주지 않았던 무기 말이야. 그런 게 있었어…….

어쩌면 이 지팡이도 쓰기에 따라서는 강력할지도 모르겠다.

"있잖아, 있잖아. 시로는 말이야. 이 지팡이가 라필리아 씨한테 어울리지 않을까 싶어."

"마음이 맞네. 나도 그렇게 생각했어."

"아, 제가 쓸 물건이었나요오?"

라필리아가 흠칫 놀랐다.

"마, 마스터…… 곤란합니다. 이러시면…… 두근두근거리잖아요."

"진짜야—."

얼굴이 새빨개진 라필리아의 가슴에 시로가 손을 댔다.

두근거리는지 확인하는 듯했다.

아니 '컴 온' 하고 부르듯 손짓을 해본들. 안 할 거거든. 여긴 보는 눈들이 있으니까.

"오래 기다리셨습니다."

그러는 사이에 안내역 멜리제 씨가 꾸러미를 들고 돌아왔다.

멜리제 씨가 천을 풀자—.

""오오—.""

우리는 목소리를 높였다.

이것이 『마법사를 위한 마법 지팡이』인가? 소재는 나무? 의외로 가벼울 것 같았다.

"이 지팡이에 어떤 능력이 있습니까?"

"마법사가 이걸 들고서 주문을 영창하면 마법을 쓸 수가 있습니다."

""그렇구나—.""

나와 시로, 라필리아가 고개를 끄덕였다.

—음, 어라?

"근데 마법사는 지팡이 없이도 마법을 쓸 수 있죠?"

"예. 물론 지팡이가 없어도 쓸 수 있죠. 마법."

"혹시 마법사가 아닌 사람이 마법을 쓸 수 있게 되는 지팡이입니까?"

"아뇨, 아뇨. 이건 『마법사를 위한 마법 지팡이』라서 마법을 쓸 줄 모르는 사람은 사용할 수 없습니다."

"""""으으으으음?"""""

왠지 머릿속이 혼란스러웠다. 그럼 대체 왜 있는 거야, 이 지팡이는.

"이건 수십 년 전에 어느 노마법사가 개발했다고 합니다."

안내역 멜리제 씨가 말했다.

"그분은 우수한 마법사였습니다만, 그 피를 이은 손녀는 마법을 전혀 구사할 수 없었다고 합니다. 손녀의 재능을 꽃피우게 해주고 싶었던 늙은 마법사는 이 지팡이를 개발했습니다. 마법 아이템으로서 이걸 쥐면 마법을 쓸 수 있다고 손녀한테 말했습니다."

"그래서 어떻게 됐습니까?

"그럴듯하게 생긴 지팡이를 들자 손녀는 자연스럽게 마법을 쓸 수 있게 됐다고 합니다."

"심리적인 문제였습니까?"

"그렇겠죠."

"하지만 매직 아이템이기는 한 거죠? 왜 이게 팔리지 않고 남은 겁니까?"

"써보면 알아요."

멜리제 씨가 『마법사를 위한 마법 지팡이』를 우리에게 내밀었다.

일단 라필리아에게 넘기고서 『등불(라이트)』을 써보라고 했다.

"자자―! 『정령의 빛이여 우리 앞을 비춰라』, 『등불』!!"

라필리아가 지팡이에 마력을 주입하자― 지팡이가 빛나기 시작했다.

""""오오, 오오오오오오?""""

마력에 반응하는 재질로 만들어진 듯했다. 지팡이를 장식한 덩굴이 서서히 빛났다.

그것이 지팡이 끝에 이르자― 빛의 구슬이 튀어나왔다.

"……시간이 걸리는군요."

"……왜 지팡이 자체가 빛나는 거지?"

"멋있어―."

우리가 지팡이를 쳐다보자 멜리제 씨가 헛기침을 어험, 했다.

"노마법사는 손녀가 마력이 주입되는 흐름을 알 수 있도록 이러한 이펙트를 부여했다고 합니다. 다만 그 바람에 마법이 발동하는 데 시간이 걸릴 뿐만 아니라―."

"마법을 쓰고자 한다는 걸 주변 사람도 다 알게 된다?"

내가 말하자 멜리제 씨가 고개를 끄덕였다. 왠지 굉장히 히죽거렸다.

마법을 사용하기만 하는 지팡이일 뿐 특별히 아무 의미도 없음.

지팡이 자체에서 빛이 나는 바람에 발동이 늦고, 남의 시선을 쓸데없이 끄는 지팡이라. 이건―.

"사겠습니다. 얼마입니까?"

"네에에에에에에에엣?!"

"『비밀 시장』이라는 명칭이 허울은 아니군요. 대단한 횡재입니다."

"……아, 아, 아."

어라? 안내역 멜리제 씨가 어째서 표정이 굳어버렸지?

"서민을 내쫓으려고…… 하잘것없는 아이템을 보여 줬는데…… 어째서."

"뭐라고 말씀하셨습니까?"

"아뇨! 그럼 가격 말입니다만……."

흥정은 몇 분 만에 끝났다.

『마법사를 위한 마법 지팡이』의 가격은 품질이 조금 괜찮은 금속 지팡이보다 살짝 높은 수준이었다.

정말로 팔리지 않아서 남은 상품인 듯했다.

"쇼핑은 이렇게 하는 거구나!"

"마스터께서는 똑똑하시니 맡겨 두면 됩니다!"

"역시 아빠는 대단해—."

시로가 활짝 웃었다. 좋은 경험이 됐다니 다행이었다.

"그럼 밖에서 어떤 느낌인지 잠깐 써봐도 될까요?"

"좋고말고요. 반품은 안 되는 거 아시죠? 상상했던 능력이 발휘되지 않더라도, 이상한 효과가 발생하더라도 이제 그 상품은 당신 겁니다. 반품도, 환불도 일절 받지 않습니다. 아시겠죠?"

어째선지 등 뒤에서 화를 내는 멜리제 씨의 목소리를 들으면서 우리는 창고를 나갔다.

『비밀 시장』은 창고 구역 구석에 있어서인지 주변에 사람이 별로 없었다.

그래도 이목을 끌지 않도록 나와 시로와 라필리아는 더 구석진 곳으로 이동했다.

벽돌로 된 창고 사이를 지나니 바다가 보였다.

좌우를 둘러보니…… 아무도 없었다. 멀리 정박한 배와 잔교만이 보일 뿐이었다.

좋아, 이곳에서 아이템을 실험해 보자. 우선 지팡이의 개념을 확인하고서.

"발동!『능력 재구축(스킬 스트럭처)』!!"

『마법사를 위한 마법 지팡이』
『마력』으로『마법』을『사용하는』지팡이.

응, 내용을 보아하니 유용한 아이템으로 재구축할 수 있겠네. 아까 받았던 스킬을 쓰자.

『불면증LV1』
『걱정』때문에『힘차게』『깨어나는』스킬.

"실행!『고속 재구축(퀵 스트럭처)』!!"

그리고 완성된 아이템은―.

『마법사를 위한 마법 지팡이 · 개량형』

『마력』으로 『힘차게』 『마법』을 『사용하는』 지팡이.

잔류 개념 : 『걱정』, 『깨어난다』

"……대단하군. 『비밀 시장』."

설마 이토록 간단히 치트 아이템이 손이 들어오다니…….

"라필리아. 실험해 줄래?"

"예—에."

그리하여 나는 『재구축』한 지팡이를 라필리아에게 건넸다.

"이 지팡이는 마력을 주입할수록 마법이 『힘차게』 방출되는 구조이니 조심해."

"예— 알겠습니다. 그럼 마력 4배로 해보는 겁니다. 『화염의 화살(플레임 애로)』!!"

파슈우웅— 털썩.

"……어라?"

내 발치에 새가 떨어져 있었다.

바로 위에서 떨어진 듯했다. 깃털에 불에 탄 구멍이 나 있었다.

그런데 방금 마법을 발사하는 소리와 착탄하는 소리가 동시에 들린 것 같은데—.

"우와— 라필리아 씨, 대단해……."

시로의 눈도 동그래졌다. 나도 놀랐다.

"……라필리아. 다시 한번 시험해 봐."

"예― 알겠습니다.『화염의 화살』입니다―."

슈우웅.

라필리아가 하늘을 향해 지팡이를 높이 쳐들자『화염의 화살』이 발사됐다.

순식간이었다.

발동과 화살의 속도가 몇 배나 빨라졌다.

"마스터. 이 지팡이는 마력을 주입할수록 마법 발동과 날아가는 속도가 빨라지는 것 같아요오."

"역시?"

"예. 지팡이가 마물을 겨눴다면 아마도 발사하자마자 착탄했을 거예요오."

"무슨 스나이퍼냐."

다시 말해 이『마법사를 위한 마법 지팡이ㆍ개량형』은 마력으로 마법 속도를 조종할 수 있는 지팡이라는 말인가? 세실의『진ㆍ성장 노이엘트』가 마법 범위를 조종할 수 있는 것과 비교하면 수수하긴 하지만―.

"쓸 만하네. 이 지팡이."

"아빠랑 라필리아 씨는 대단해―."

"마스터…… 전 이 지팡이에『마장(魔杖) 바르보르가』라는 이름을 붙여주고 싶습니다."

"의미는?"

"그냥 말할 때 멋있기 때문입니다!!"

그럴 줄 알았다. 라필리아답네.

"알겠어. 지금부터 그 지팡이는 『마장 바르보르가』야."

"오오오오! 드디어 제게도 전용 지팡이가 생겼습니다아!"

"뭔지 잘 모르겠지만, 잘됐네!"

"이로써 전 마스터에게 더욱 도움을 줄 수 있는 겁니다!"

라필리아가 『마법사를 위한 마법 지팡이』— 아니, 『마장 바르보르가』를 높이 쳐들었다.

나는 발치에 떨어진 새를 주웠다.

지나가던 새를 떨어뜨렸는데— 어쩌지.

"그건 『호리하라조(鳥)』라는 새로 지방이 많아서 맛있어요오."

"혹시 라필리아, 노리고 쐈어?"

"예. 맞을 줄은 몰랐지만."

"날아가는 표적을 맞추는 건 상당히 어려운데."

대단하네, 『마장 바르보르가』.

"좋은 쇼핑이었군."

"첫 쇼핑, 즐거웠어—!"

"이거 멜리젠 씨한테 감사를 표해야겠네요."

그리하여 우리는 『호리하라조』를 갖고서 창고로 돌아가—.

""""좋은 상품을 팔아 주셔서 감사합니다! 답례입니다! 다 함께

드세요!!"""

"뭐어어어어어어엇?!"

어째선지 놀라워하는 안내역 멜리제 씨에게 새를 건넸다.

"어? 웬 새? 답례라니? 어째서……?!"

"조리해서 줄 걸 그랬나?"

"아뇨, 그런 문제가 아니라…… 어, 답례라니? 의미를 전혀 모르겠는데요?!"

그렇게 눈을 뒤집을 일은 아니라고 생각하는데.

그 『마법사를 위한 마법 지팡이』는 가격 이상의 성능을 갖고 있었으니까. 그리고 『불면증LV1』을 재구축하다가 남은 개념도 써먹을 길이 있을 것 같고.

좋은 상품을 소개해 줬으니 답례 정도는 해야겠지.

"그래서 그 밖에도 숨겨진 보물 같은 상품이 있는지 보고 싶은데……."

"바, 반품은 안 된다고 했어요! 알고 말하는 거죠?!"

"그 지팡이를 반품할 생각은 없어요. 설령 매입가의 10배로 사들이겠다는 제안을 받을지라도."

"……어……아, 아, 어째서……."

안내역 멜리제 씨가 어깨를 떨면서 우리를 쳐다봤다.

그리고―.

"좋고말고요! 그럼 다른 상품을 소개해 드리죠. 당신들 같은 별난 모험가한테 잘 어울리는 상품이요! 귀족은 눈길조차 주지 않은 진귀한 상품을 말이에요!"

""""잘 부탁합니다!!""""

그 후로 우리는 여러 상품을 구경하며 돌아다녔는데—.

"좋은 쇼핑이었군."
"역시 『비밀 시장』은 다르긴 다르네요오."
"재밌었어, 아빠!"
"……뭐죠, 이 패배감은…….."
"돈이 모이면 또 와도 됩니까? 다른 상품도 보고 싶어서."
"아뇨! 우린 슬슬 상업 도시 메텔카로 돌아갈 예정이거든요!"
우리가 말하자 안내역 멜리제 씨가 고개를 흔들었다.
"우린 귀족을 상대하는 상인이라서요! 프라이드가 높거든요!
팔다가 남은 상품을 서민이 사고서 기뻐하는 모습을 보면! 패배
감이 장난이 아니라서! 부탁합니다…… 이제…… 발걸음을 자
제해 주세요……."
"아쉽네요."
이 시장에서 더 재미난 상품을 살 수 있으리라 기대했는데.
그래도 뭐…… 됐나. 수확은 충분했으니 말이야.
시로도 기뻐하고 있다. 첫 쇼핑을 딱 알맞게 체험한 듯했다.
""""그럼 감사했습니다!!""""
우리는 시장에서 추천받은 진귀한 물건을 들고서 『비밀 시장』
을 떠났다.

제4화 「사람에게 심적 평온을 가져다주는 치트 아이템은 사용 횟수가 정해져 있었다」

『비밀 시장』을 나와, 시장에서 저녁밥으로 먹을 식재료를 구입한 뒤 우리는 집으로 돌아갔다.

시로는 조금 피곤했는지 라필리아와 함께 낮잠을 자는 중이다.

그 사이, 나는 거실에서 입수한 아이템을 『재구축』하기로 했다.

우선은 어느 상품의 『개념』을 확인하고서…….

"……응. 이 『단도』는 재미나게 사용할 수 있을 것 같아."

테이블 위에는 동색 단도가 놓여 있었다.

길이는 50센티미터 정도. 칼날에 마법이 걸려 있다고 했다.

『안전도 무명』

『휘두를 때마다』 『칼날』이 『작아지는』 단도.

칼날을 휘두를 때마다 도신이 움츠러드는 단도.

날 끝이 무뎌서 찔러도 찌를 수가 없었다. 그야말로 안전을 최우선으로 고려한 단도였다.

하급 귀족이 상급 귀족에게 결투를 신청받았을 때, 상대에게 승리를 양보하기 위해 제작된 물건이었다.

"얍."

나는 시험 삼아서 『안전도』를 휘둘러 봤다.

슉.

칼날이 작아졌다.

대단하네. 안으로 들어가는 것도 아니고 마법적으로 쪼그라들었나?

내 수중에는 개념 『걱정』이 남아 있었다. 그걸 사용해서 『재구축』해보자.

"발동 『고속 재구축(퀵 스트럭처)』!!"

『재구축』한 아이템은─.

『안심도 코코로야스마루(안심된다는 뜻의 일본어, 心安い(코코로야스이))』
『휘두를 때마다』 『걱정』이 『작아지는』 단도.

휘두를 때마다 마음을 차지하고 있는 『걱정』을 줄일 수가 있다.

심적 부담을 가볍게 줄일 수 있기에 차분히 문제를 대처할 수 있게 된다.

휘두른 뒤 안심시키고 싶은 상대와 접촉하면 능력이 발동한다. 다만 과용하지 않도록 주의.

"역시 마음에 안정을 가져다주는 아이템이 됐나."

여태껏 싸워왔던 적들은 '용사가 되어야 한다', '성과를 올려야

한다' 같은 강박 관념에 홀려 있는 놈들뿐이었다.

그 '걱정'을 줄일 수 있다면 싸우지 않고도 문제가 해결될지도 모른다.

"안녕하세요, 오빠. 돌아오셨습니까—?"

현관에서 이리스의 목소리가 들렸다.

그러고 보니 오늘과 내일은 영주가에 얼굴을 내밀러 간다고 했지. 일단 돌아온 모양이었다.

"거실에 있어. 지금 아이템을 한창 체크하는 중이야."

"오빠, 좋은 아이템이 있었어요?"

이리스가 거실에 와서 내 옆에 앉았다.

마침 잘됐다. 이리스에게도 이걸 보여주자.

"시장에서 여러 숨겨진 보물을 찾아냈어. 자, 이건 정신을 안정시키는 단도야."

"정말로 대단한 시장인가 봐요?!"

"아니, 『재구축』을 했더니 그렇게 됐어."

"대단한 건 오빠였군요!"

이리스가 눈을 동그랗게 뜨고서 『안심도 코코로야스마루』를 바라봤다.

나는 이리스에게 아이템 효과를 설명했다. 그러자—.

"오빠. 이걸 빌려줄 수 있을까요?"

불현듯 이리스가 나에게 고개를 숙였다.

"실은 이르가파 영주가에 고민을 품고 있는 사람이 있습니다. 그 사람의 고민을 해소해 줄까 해서."

"좋아. 어쨌든 실험을 해볼 작정이었거든."

"감사합니다!"

이리스가 또다시 나에게 고개를 깊이 숙였다.

그러고는 무언가가 떠오른 얼굴로—.

"그러고 보니 이리스한테도…… '걱정거리'가 있어요."

이리스가 왠지 창피해하는 얼굴로 양쪽 손가락을 툭, 맞댄 채 말했다.

"……이리스가 …… 확실히 …… 오빠를 받아들일……."

"세탁물을 다 널었습니다—."

"재밌었어—!"

"햐우우우윽?!"

창밖에서 라필리아와 시로의 목소리가 들리자 이리스가 황급히 나에게서 떨어졌다.

"어라? 둘 다 낮잠을 자지 않았던가?"

"깨어나고서 세탁을 했습니다!"

"아빠 옷을 둘이서 빨았어! 재밌었어—!"

시로가 웃고 있는데— 머리가 흠뻑 젖었다. 라필리아도.

그러고 보니 아까 욕실 쪽에서 물소리가 들렸지. 그래도…….

"둘 다 빨래를 어떤 식으로 한 거야?"

"괜찮습니다! 옷은 젖지 않았으니까!"

"않았으니까!"

머리는 흠뻑 젖었는데 옷은 젖지 않도록 빨래를 했다……?

뭐지? 추궁하지 않는 편이 나을 것 같은 기분이 들었다.

"미안, 이리스. 얘기하다가 끊겨 버렸네. 무슨 얘기였더라?"

"아, 아무것도 아닙니다! 나, 남 앞에서 말씀드릴 얘기가 아닙니다!"

이리스가 새빨개진 얼굴로 고개를 붕붕붕 저었다.

"그, 그럼 이 『안심도 코코로야스마루』를 빌릴게요."

"알겠어. 근데 주의점이 있어."

나는 칼집에 담긴 『안심도 코코로야스마루』를 이리스에게 내밀었다.

"한 사람한테 하루에 세 번까지. 그 후에는 하루쯤 기간을 두는 편이 좋겠어."

이것은 아이템을 『재구축』한 내가 느낀 감각 때문이었다.

사람의 마음을 건드리는 물건이니까. 신중하게 쓰는 편이 낫겠지.

"알겠습니다. 오빠의 당부를 지키겠습니다."

이리스가 고개를 힘차게 끄덕였다.

그러고는 『안심도 코코로야스마루』를 들고서 영주가로 돌아갔다.

─그날 밤, 이르가파 영주가 저택에서는─

"신입 메이드인 메어리 씨죠. 잠깐 괜찮을까요?"

이르가파 영주가 휴게실에서 라필리아가 동료 메이드에게 말을 걸었다.

이곳은 사용인들이 쉬는 곳이었다.

방에는 커다란 테이블과 의자가 깔려 있었다. 방 한편에는 화덕이 설치되어 있어서 자유롭게 물을 끓여서 차를 마실 수 있었다. 이리스가 영주가에 영향력을 행사할 수 있게 된 이후로 사용인들의 처우가 개선됐다.

"쉬면서 대화를 나누도록 하죠. 요전에 들려줬던 고민 말입니다."

"아, 예⋯⋯."

머리카락이 붉고 몸집이 작은 소녀가 고개를 끄덕이고서 라필리아 곁으로 다가갔다.

목소리에 힘이 없었다.

잠을 제대로 못 잤나 보다. 눈 밑에 다크서클이 꼈고, 낯빛도 파랬다.

"메어리 씨, 괜찮아요?"

라필리아가 자기 옆에 앉은 소녀에게 벌꿀이 든 물을 내밀었다.

기분을 차분히 달래 주는 향초가 들어 있었다. 마시기 좋도록 단맛을 첨가했다.

"저 같은 사람을 위해서⋯⋯ 죄송합니다."

"역시 잠을 못 자는 건가요?"

"예…… 전 내륙에서 이쪽으로 이사 온 지 얼마 안 됐는데…… 매일 밤마다 파도 소리가 귀에 거슬려서……."

메어리가 목제 테이블에 턱을 괴고서 긴 한숨을 토해냈다.

"잠을 통 잘 수가 없어요. 근데 이번에는 제가 숙면을 취하질 못했다는 게 자꾸 신경이 쓰이더니…… 앞으로 이 일을 줄곧 해 나갈 수 있을지…… 걱정돼서."

"이리스 님이 지시하셔서 방에 커튼을 이중으로 쳤고, 귀마개도 받았죠?"

"……예. 근데 이번에는 제가 그런 과분한 대우를 받을 만한 가치가 있는지 걱정돼서……."

"그럼 주술을 받아 보지 않겠습니까?"

라필리아가 검지를 척 세우고서 말했다.

"주술 말인가요?"

소녀 메이드는 의아해하며 고개를 갸웃거렸다.

"엘프가 사용하는 『마음이 편해지는 주술』을 발견했거든요오. 시험해 볼래요?"

"아, 예. 꼭 부탁드려요."

"자자, 잠깐 휴게실 밖 복도 모퉁이까지 나가죠."

라필리아가 메어리를 데리고서 휴게실 밖으로 나갔다.

그대로 조각상과 항아리가 늘어서 있는 복도를 나아가다가 모퉁이에서 멈췄다.

"잠시 여기에 서 있어요. 예, 조금만 더 뒤요오. 예, 여기서 우향우.”

“아, 예.”

시키는 대로 메어리가 복도 모퉁이에서 몸을 반쯤 돌렸다.

모퉁이를 배후에 두고서 복도를 바라보는 자세였다.

흐릿한 등불이 비추는 사용인 구역은 부자연스러울 만큼 조용했다.

“예. 그대로 뒷걸음으로 물러나세요. 뒤는 보지 않고…… 그렇습니다. 거기서 쪼그려 앉아 주세요. 등 뒤에 모퉁이를 둔 상태로. 됐나요? 그럼…… 주술을, 해볼게요? 자, 얍.”

소녀 메이드 메어리가 고개를 끄덕인 것을 확인하고서 라필리아가 손뼉을 쳤다.

그것을 신호로 복도 모퉁이에 숨어 있던 이리스가 스윽 나아갔다.

그녀는 들고 있던 단도를 휘두르고서 그 칼등을 소녀 메이드 메어리의 어깨에 댔다.

“(작은 목소리로) 발동. 『안심도 코코로야스마루』!”

메어리의 목덜미에서 작은 불꽃이 튀었다.

동시에 목 뒤에서 뭔가 모락모락 떠오르더니…… 사라져 갔다.

“메어리 씨, 어떻습니까?”

“……저, 저, 오늘 할 일은 다 끝났죠?”

소녀 메이드 메어리가 일어섰다.

등을 스윽 펴고서 입술을 굳게 다물고 있었다. 마치 아까 전과 다른 딴사람이 된 것 같았다.

"먼저 쉬어도 될까요?! 지금이라면 자신감을 갖고서 잘 수 있을 것 같아요!!"

""아무렴요—!""

"먼저 실례하겠습니다!"

메어리가 종종걸음으로 자기 방으로 갔다.

십 분 뒤에 이리스와 라필리아가 방 안을 들여다보니— 메어리가 푹 곯아떨어졌다.

"작전이 성공한 거죠?!"

"마스터의 아이템과 이리스 님의 작전은 완벽합니다!"

두 사람이 양손을 올려 맞부딪혔다.

이리스는 고용주 중 한 사람으로서, 라필리아는 동료로서 메어리를 걱정했다.

그래서 나기가 『안심도』 이야기를 들려줬을 때 '확' 와닿았다.

"감사합니다, 이리스 님. 이로써 저도 안심입니다."

"아뇨, 아뇨. 이 역시 오빠의 힘 덕분이에요. 라필리아 님."

이리스와 라필리아가 얼굴을 마주 보고서 웃었다.

그리고 이리스는 자기 방으로, 라필리아는 나기의 집으로 돌아갔다.

그리고 잠시 뒤—.

"……그러고 보니 이리스도 걱정거리가 있었어요."

홀로 남은 이리스가 불현듯 『안심도 코코로야스마루』에 손을 뻗었다.

이리스가 아까 나기에게 말할 수 없었던 걱정거리. 그것은—.

"이리스는 확실히 오빠를…… 저의 가장 깊은 곳에서…… 받아들일 수 있을까요……?"

물론 그것은 주인과 노예가 맺는 『혼약(魂約)』을 가리키는 것이었다.

이리스는 '해룡의 무녀'라서 용의 피가 흐른다.

완전한 인간이 아니고, 아인도 아니었다. 영혼이 어떤 식으로 이루어져 있는지 알지 못했다.

더욱이 이리스는 몸도 작았다.

모두와 동일한 방식으로 『결혼(結魂)』할 수 있는지 모르겠다.

"……만약에…… 이리스가 오빠랑…… 하지 못한다면."

그렇게 생각하니 저도 모르게 마음이 차게 식었다.

그 불안감이 이리스의 마음 밑바닥에— 작게 응어리져 있었다.

"발동—『안심도 코코로야스마루』."

툭.

이리스는 스스로의 어깨에 『안심도』의 칼등을 댔다.

……뭔가 조금 편해진 것 같은데.

그러나 잘 모르겠다. 실감이 없었다. 아직 부족한 듯도 싶었다.

"……딱 한 번만 더."

아이템을 어깨에 댄 뒤 눈을 감고서 자신의 마음을 들여다봤다.

모르겠다. 어쩌면 발동 타이밍이 틀렸는지도…….

"……바뀐 것 같은 기분이 별로 안 들어요."

(게다가 이 아이템은 여러 번 써도 괜찮을 것 같은 느낌이 듭니다.)

(괜찮아. 분명 괜찮아……. 걱정할 필요가 전혀 없겠죠…… 분명.)

"조금만…… 더."

이리스는 『안심도』를 꽉 쥐고서ㅡ.

툭……툭……툭툭툭툭툭툭…….

ㅡ그로부터 몇 분 뒤 나기의 방ㅡ.

"……빠."

침대에서 자고 있는데 귓가에 웬 목소리가 들렸다.

ㅡ음? 누가 날 부르러 왔나……?

그나저나 몸이 무겁네.

그러고 보니 아까 침대가 삐걱거린 것 같은데…….

"……오빠……."

눈을 뜨니 바로 근처에 이리스의 얼굴이 있었다.

녹색 머리칼을 땋아서 좌우로 묶었다. 정수리에는…… 해룡을 본뜬 장식이.

아니, 이거 티아라? 결혼식 때 착용하는 장식품?

자세히 보니 이리스가 새하얀 드레스를 입고 있었다.

가느다란 어깨끈과 가슴을 뒤덮은 프릴이 달린 천.

무언가를 채워 넣었는지 부자연스럽게 부풀었다.

그리고 주름이 진 짧은 치마를 입고 있었다. 허리에는 리본이 여러 겹 달려 있었다.

해룡을 본떴는지 땅이 끌릴 만큼 기다랬다.

"이리스…… 이제 불안도, 망설임도 없습니다."

벌겋게 상기된 이리스의 얼굴을 달빛이 비췄다.

열린 창문에서 밤바람이 불어와 이리스의 녹색 머리칼과 드레스를 흔들었다.

신비로운 광경이지만, 이리스의 눈동자는 어딘가 끈적했다.

"어머님이 입으셨던 이 드레스 차림으로— 이리스를, 오빠의 것으로 삼아 주세요."

이리스는 손가락으로 내 뺨을 어루만지며 그렇게 말했다.

제5화 「들뜬 이리스를 제정신으로 되돌린 뒤 영혼의 약속을 하기로 했다」

"……오빠. 이리스는…… 이리스는…… 하아."

내 허리 위에 올라탄 이리스가 숨을 거칠게 몰아쉬었다.

평상시 그녀와 달랐다. 얼굴이 빨갛고, 호흡도 가빴다.

무엇보다 평상시 이리스는 몰래 내 방에 숨어들지 않는다.

"……저, 저기. 이리스…… 왜 여기에?"

"『환영 무대』로 풍경에 녹아들어 찾아왔습니다."

"……무슨 일이 있었던 거야, 이리스."

"오빠한테 숨기는 거 하나도 없는데요?"

이리스가 들뜬 표정으로 고개를 갸웃거렸다.

"이리스는 오빠를 사랑하고 있어요. 그걸 알려주기 위해서 이리스는 어머님이 남겨 주신 드레스를 입고서 방에 숨어들었습니다. 이리스는 전혀 두려워하지 않고 오빠랑 깊은 곳에서…… 하나가 될 거예요……."

"그게 아니라…… 저기."

솔직히 나도 상당히 두근거렸다.

이리스는 절대로 잠자리를 습격하지 않으리라 생각했으니까.

더욱이…… 달빛이 비추는 이리스는 아름답고 신비로워서 왠지 딴 사람 같았다.

"그게 아니라…… 이리스, 『안심도 코코로야스마루』를 몇 번 사용했어?"

"여섯 번…… 아니, 여덟 번인가……."

역시나─.

그 아이템을 『재구축』했을 때 직감했지만, 과도하게 사용하면 안 될 것 같은 기분이 들었지. 그래서 이리스에게 빌려주면서 '용법과 용량을 지키도록' 당부했는데.

사용시 주의 사항을 더 자세히 설명했어야 했는데…….

"저기, 이리스."

나는 심호흡을 하고서 말했다.

"이리스는 지금 크게 고양된 상태라고 생각해."

"고양된 상태?"

"알기 쉽게 말하자면 취한 상태?"

"이리스, 술을 마시지 않았는데요?"

"다시 말해서 『안심도 코코로야스마루』 때문에 모든 불안감이 싹 날아가 버린 상태가 된 거야. 그래서 마음을 제어할 수가 없는 거지."

"그게 무슨 문제가 있다는 거죠?"

"있지……. 이리스가 제정신으로 돌아왔을 때."

솔직히 그녀가 이렇게 나오니…… 내 이성도 날아가 버릴 것 같은데.

그러나 보통 이리스는 기본적으로 진지하니까.

고양된 상태로 나에게 달려든 그녀를…… 내가 받아들인다면 추후에 머리를 싸쥐고서 데굴데굴 굴러다닐 것 같은 기분이 들었다.

"후후후…… 그래도 이리스는 이제 멈출 수 없습니다."

이리스가 그렇게 말하고서 드레스에 가려진 가슴에 손을 댔다.

가슴을 동여맸던 리본을 스르륵 천천히 풀어나갔다.

어둠 속에서 하얀 피부가 부각되자…… 내 머리도 왠지 빙글빙글 돌기 시작했다.

"지금, 여기서, 이리스는, 오빠랑 깊이 깊이 이어지고 싶습니다. 다소, 무리를 해도 상관없습니다. 절대로 망설이지도, 후회하지도 않습니다!"

"……제정신으로 돌아온 뒤에도?"

"물론입니다!"

이리스가 가슴을 착 두드렸다.

"그럼 제정신으로 되돌린다?"

"어디 한번 해보세요, 오빠!!"

이리스가 자신만만하게 고개를 끄덕였기에 나는 그녀의 몸을 끌어당겼다.

자그마한 머리를 내 가슴에 대고서 스킬을 발동했다.

"발동!『구심 포옹(救心抱擁)LV1』!!"

"하윽!!"

이리스의 몸이 흠칫 떨렸다.

마치 전기가 오른 것처럼 이리스가 눈을 크게 떴다.

『구심 포옹』은 대상자에게 걸린 수면·마비·혼란을 해제할 수 있다.

이리스의 『안심도 과잉 섭취』도 혼란의 일종일 테니 통할 것 같은데…… 과연.

"……오빠……?"

이리스가 눈을 여러 번 깜빡이고서 나를 쳐다봤다.

그러고는 자신이 입고 있는 새하얀 드레스를 쳐다봤다.

그리고 여기저기가 풀어헤쳐져 있는 걸 확인했다.

지금껏 자신이 벌인 행동이 떠올랐는지 눈을 감고서—.

"후에에에에에에에에에엥! 이, 이리스가 무슨 짓으으으으으으으으으을?!"

뺨에 손을 대고서 절규했다.

"하, 하필이면 오빠의 침실에 숨어들다니…… 아아, 아아아아아아아아아……."

이리스는 그대로 머리를 감싸 쥐고서 울먹이며 나를 향해 고개를 숙였다.

"……오빠, 죄송합니다."

"……응, 다행이야…… 제정신을 차려 줘서."

달빛이 잘못했네. 왠지 비현실적이잖아.

나도 왠지 꿈을 꾼 것 같은 기분인지라…… 이성이 조금 위험했다.

"죄송합니다, 오빠. 잠자리를 습격하는 노예라니…… 싫겠죠."

"그렇지 않대도."

나는 이리스를 끌어당기고서 그녀의 등을 토닥토닥 두드렸다.

"게다가 나도 설명이 부족했어. 『안심도』에 관해 조금 더 주의했어야 했는데."

설마 과도하게 사용하면 이성이 날아가 버릴 줄은 상상도 못했으니까.

이리스 덕분에 위험성을 깨닫게 됐다.

"마음에 담아두지 마. 게다가…… 이리스가 제정신일 때 하는 편이…… 나도…… 좋다고 생각하니까."

"……오빠."

"……이리스, 『혼약』할까?"

나는 이리스의 귓가에 속삭였다.

순간 이리스의 가냘픈 몸이 화끈거리더니 귓불까지 새빨갛게 물들었다.

"……어째서 오빠는 이리스가 원하는 걸 다 알아 버리는 걸까요."

"주인님이니까."

"노예의 마음을 꿰뚫어 보다니…… 몹쓸 주인님이네요."

"그럼 사과하는 의미로…… 『혼약』 의식으로 이리스를 '기분 좋게만' 해주는 건 어떨까……."

"……오빠는 이리스가 흐트러진 모습을 보고 싶군요."

"……그건 노코멘트."

"……이리스는 오빠가…… 제 흐트러진 모습을…… 봐줬으면 좋겠습니다."

이리스가 내 뺨에 입을 맞추고서— 나를 쳐다봤다.

"오빠와…… 깊은 곳까지 이어지고…… 강화까지 되는 게…… 그게 이리스가 원하는 거니까."

"내가 원하는 것이기도 하지만 말이야."

"주종이 서로 닮았네요. 이리스랑 오빠는."

"현실주의자라는 점도 나랑 이리스는 꼭 닮았네."

나와 이리스는 얼굴을 마주 보고서 웃었다.

이리스가 눈을 감기에 나는 얼굴을 가까이 가져갔다— 호흡을 맞춰서.

"게다가 이리스를 자유롭게 만드는 건 내가 원하는 일이기도 하니까."

"예. 오빠는…… '해룡의 무녀'로밖에 살지 못했던 이리스를, 자유롭게 '해룡의 무녀'로도 살 수 있는 사람으로 만들어 주셨습니다."

"그래서 이리스랑 『혼약』해서 스킬도 강화하고, 아무도 이리스를 구속할 수 없도록 해주고 싶어. 어떨까?"

"……한 가지 틀린 말이 있어요, 오빠."

이리스가 그렇게 말하고서 내 뺨에 손을 댔다.

"이리스는 이미 『사랑의 사슬』로 오빠랑 얽혀 있습니다. 이 기분 좋은 구속은 이리스 스스로도 풀 수가 없겠죠. 그것만은……

기억해 주세요."

이리스가 그렇게 말하고서 내 손을 쥐었다.

"영차."

"……음."

나는 늘 그래왔듯 등 뒤에서 이리스를 끌어안았다.

"발동. 『능력 재구축』."

나는 스킬을 발동했다.

그리고 눈앞에 있는 이리스의 스킬 『용종 초월 공감』과 접촉하고서 마력을 보냈다.

"……하후읏."

이리스가 내 팔 안에서 숨을 작게 내쉬었다.

『혼약』을 하려면 서로의 마력을 순환시킬 필요가 있다.

다시 말해 나와 이리스가 마력으로 깊이 이어지면 된다.

"……평소보다…… 기분이 둥실둥실…… 합니다."

이리스가 나를 보고서 부끄러워하며 말했다.

나는 이리스의 가슴에 손을 대고서 호흡을 서서히 맞춰 나갔다.

마치 함께 안심하고서 잠에 들듯.

"마치, 오빠라는 요람 속에서…… 흔들리는 것…… 같아……."

"괜찮아. 잠들어도. 맹세할 때 깨울 테니까."

"그건…… 너무 아깝잖아요?"

이리스가 몸을 흠칫 떨고서 웃었다.

"……게다가 두근두근…… 찌리릿…… 달콤한 마비가…… 찾아와서…… 잠들 수…… 없……을 거예요…… 응."

"오늘은 시간을 들여서 천천히 할게. 이리스한테 부담이 되지 않도록."

"……예, 부탁드립……니다."

이리스가 내 팔에 뺨을 비비고서 웃었다.

나는 이리스의 목에 손을 댔다.

그러고는 손을 서서히 아래로 내렸다.

쇄골 부근에서 가슴 주변으로.

"……응. 하우……아."

"……마력, 통하고 있니, 이리스?"

"……하으…… 통하고 있습니다. 오빠……가…… 오는 게…… 징징, 느껴집니다……."

내 팔 속에서 이리스가 작은 몸을 흠칫 떨었다.

이제 막 시작했는데 목덜미에도, 등에도 땀이 맺혔다.

이어지기 쉽도록 단추를 풀어둔 드레스가 나와 이리스 사이에 끼여서 주름이 졌다.

이리스가 몸을 움직일 때마다 드레스가 스스륵 내려가서 우리가 접촉하는 부위가 늘어갔다.

"닿는 곳이…… 늘어갈 때마다…… 둥실둥실…… 거려요…… 아앗…… 아……."

이리스가 몸을 부르르, 떨었다.

그러고는 다시 힘을 쭉 빼며 등을 나에게 맡겼다.

내 손바닥이 이리스의 배꼽 위에서 아래쪽으로 이동하기 시작했다.

접촉 부위가 바뀔 때마다— 자극이 변화하는지 이리스가 또다시 뜨거운 숨결을 흘렸다.

"……오빠의…… 마력……에…… 이리스…… 상스럽게…… 되어가요."

"……응. 하지만 이제 막 시작한 참이야. 괜찮아?"

내 손이 이리스의 몸을 훑고서 시트 위에 도달했다.

이리스가 가볍게 몸을 움직이자 시트가 뒤틀리며 물소리가 찰팍, 하고 났다.

그것이 창피했는지 이리스가 고개를 살짝 숙이고서…… 내 손을 쥐었다.

"……괜찮, 아요. 오빠."

이리스가 내 손을 다시 자신의 가슴으로 가져갔다.

얇은 드레스를 통해 이리스의 부드러운 부분이 확연히 느껴졌다.

"……알겠어. 계속할게. 이리스."

나는 다시 이리스에게 마력을 보냈다.

『혼약』을 하려면 서로의 마력을 순환시켜 하나가 될 필요가 있다.

늘 쓰는 『능력 재구축』보다 부담이 적지만, 그만큼 시간이 걸렸다.

"괴로워지거든 말해 줘. 이리스."

"……괴롭지는…… 않습니다…… 정말로…… 사, 살, 짝뿐이에요."

이리스가 창피해하며 손가락을 깨물고서 나를 쳐다봤다.

축축한 손가락으로 내 뺨을 어루만지면서 촉촉해진 눈을 게슴츠레 뜨며 웃었다.

"그만두지 마요…… 부디 이리스가 다 녹아내릴 때까지…… 계속…… 해주세요."

—두 시간 뒤—

"……오……빠……."

내 손을 꼬옥 쥐고서 이리스가 말했다.

"……이리스…… 이제…… 녹아내린…… 걸까……요?"

"괜찮아. 여기에 분명히 있어."

"……신기……해요. 이리스…… 오빠의…… 마력 속에서…… 녹아내린…… 것 같아. 차분한…… 평온 속에서…… 둥실둥실하고…… 이리스는…… 윽."

이리스가 내 손을 쥐고서 몸을 떨었다.

그러고는 또다시 뜨거운 한숨을 '하후우' 하고 내뱉으며 힘이 빠져나가는 게 느껴졌다.

나는 이리스의 이마에 손을 대고서 땀에 젖어서 들러붙은 녹색 머리칼을 쓰다듬었다.

온몸이 땀에 흠뻑 젖었다. 어머니의 드레스도 반쯤 풀어헤쳐졌다.

"……상스……럽죠…… 그래도…… 기뻐……요."

이리스가 두 무릎을 비빌 때마다 어디선가 물소리가 들렸다.

나와 이리스가 접촉한 부분이 점점 넓어졌다. 이제 이리스가 옷을 입고 있는 의미가 없을 정도였다.

"……오빠, 사양하지, 말아 주세요."

이리스가 입을 반쯤 벌리고서 나직이 중얼거렸다.

"이리스는…… 괜찮아요…… 오빠랑 이러고 있기만 해도…… 행복. ……오빠랑 영혼이 이어져 있다고 생각만 해도…… 몸도 마음도…… 행복해지…… 웃, 니까……."

"응. 이리스."

나는 또다시 이리스의 머리를 어루만졌다.

이리스는 나에게 몸을 완전히 맡겼다. 등과 가슴이 땀으로 착 달라붙어서 마치 우리가 하나의 생물이 된 것 같았다. 나는 이리스의 상태를 알고 있고, 이리스도 자신이 얼마나 나와 연결되어 있는지 아마도 알 것이다.

"……아. 잠깐, 오빠…… 오빠…… 오빠……."

이제는 이리스의 몸속에 나의 마력이 그득해졌는지가 중요했다.

일단 마력을 조금 더 주입해 두자.

"……아……하후."

이제 서로의 경계선이 없어지고 있는 모양이다.

이렇게 되면 조금 강한 반응이 되돌아올 테지만— 이리스가 바라고 있으니.

"─읏. 으─읏."

핀포인트로 마력을 주입하자 이리스의 몸이 또다시 튕겼다.

작은 몸을 뒤로 젖힌 채로 발가락 끝을 쭉 뻗었다가─ 힘을 쭉 뺐다.

그 후에 나는 이리스의 머리를 쓰다듬었다. 그렇게 해주길 바란다는 걸 아니까.

"……애썼구나. 이제 마력 순환은 충분해."

"……아……아아."

이리스가 흐리멍덩한 눈으로 나를 봤다.

"이……제…… 끝……인가요?"

"……응. 이제는 맹세의 말을 나누면 『혼약』은 완료돼."

"……에헤헤…… 이리스…… 제대로 해냈습니다."

이리스가 작은 머리를 내 등에 툭 맡겼다.

내가 머리를 쓰다듬자 땀범벅이 된 머리칼을 흔들며 웃다가─ 또다시 몸을 흠칫 떨었다.

"저기…… 오빠아."

"응. 이리스."

"……맹세의 말……이 필요한가요……."

"응. 『혼약』하는 데 필요해."

"그런데…… 이리스가 오빠의 것이 됐다는 건…… 이미 다 아는 사실이잖아요……?"

이리스가 그렇게 말하고서 자신의 목걸이를 가리켰다.

다음으로는 가슴, 뒤이어 배, 발끝까지 쭈욱.

마치 자신의 모든 것을 스캔하듯 이리스가 손가락을 움직여 나갔다.

"맹세의 말은 어쩌면 불필요한지도 몰라요. 왜냐하면…… 이리스는 줄곧…… 말은 하지 않았어도…… 마음속으로 맹세했습니다……. 이리스랑…… 오빠는 하나. 우리 모두…… 노예 동료들은…… 하나……라고."

이리스가 그렇게 말하고서 손가락으로 내 입술을 만졌다.

내 대답도 필요가 없다―. 그렇게 말하는 것처럼.

그리하여 우리는 축축해진 손을 맞잡고서 맹세의 말을 입에 담았다.

"나, 소마 나기는 이리스 하페우메어와 지워지지 않는 인연을 바란다."

"이리스 하페우메어는 오빠와의 영원한 인연을 바랍니다."

"해룡의 운명이 아니라 스스로 정한 선택으로서―."

"바다가 모든 것을 포용하듯― 이리스가 머지않아 오빠를 품을 수 있도록―."

""『영혼을 맺는 약속을』―『혼약』!!""

빛이, 흘러넘쳤다.

이리스가 입은 드레스의 가슴 부분에서 마력으로 구성된 고리가 생성됐다. 그 안에서 작은 이리스가 나타났다.

〈숙명에 얽매였던 영혼을 구해 준 사람. 서로 기댈 수 있는 사람.〉

작은 이리스— 이리스의 영혼이 말했다.

〈『계약』보다도 더 깊은 인연을 당신에게.〉

이리스의 영혼에는 용 같은 뿔이 나있었다.
목덜미와 팔에는 수정 같은 비늘이 달려 있었다.
몹시…… 예뻤다.

〈용과 사람을 잇는 딸을 부탁합니다.〉

〈이 아이는 용의 딸의 자손으로 사람을 사랑하는 법을 아는 존재.〉

〈사람과 용을 사랑으로 잇는 존재.〉

〈사람과 용이 그 마음을 잊지 않기를. 세상이 조금 더 상냥해지기를.〉

이리스의 영혼이 머리카락을 내 약지에 휘감고서 사라졌다.
『혼약』이 성립했다.

이리스의 스테이터스를 보니…… 『혼약』이 성립했다는 증거로 스킬이 확실히 늘었다.

『용의 축복』(혼약 스킬)
『용의 피』의 가호로 무기, 스킬, 마법 등에 『물리 강화』를 부여한다.
대상은 한 번에 하나뿐. 다른 대상을 『강화』하면 예전에 부여했던 『강화』는 소멸한다.

마지막으로 나도 스킬이 하나 늘었다. 분석 계열인 듯했다.

『능력 접촉 분석』(혼약 스킬).
자신이 받은 스킬이나 마법을 『분석』할 수 있다.
다만 자신의 신체나, 신체를 연장하는 도구와 접촉해야만 한다.

『유수 검술』과 상성이 좋겠네. 검술 스킬이라면 흘려내면서 분석할 수 있을 테니까.
이것도 나중에 실험해 보자.

"……오빠…… 에헤헤."
"이리스, 정신이 들어?"
"……이리스…… 땀에 흠뻑 젖어서 깨끗이 씻고 싶습니다……."
이리스가 그렇게 말하고서 이불을 집었다.

그것을 뒤집어쓴 뒤 부끄러워하며 등을 돌렸다.

"여, 역시나 장장 두 시간이나 되는 행위 때문에…… 저기, 이리스도…… 여러모로, 흠뻑 젖어……버린지라…… 이 모습을 오빠한테 보이는 건 창피해서……."

"욕조에 몸을 담그려면 시간이 좀 걸리겠네. 뜨거운 물은 금세 끓일 수 있으니 먼저 그걸로 몸을 닦는 게 어때?"

"아, 예. 그럼 부탁드릴게요."

"알겠어. 바로 준비할게."

나는 이리스를 남겨 두고서 방을 나갔다.

부엌에 가니…… 어라? 화로 위에 주전자가 놓여 있었다.

김이 피어올랐다. 내가 나올 줄 알고서 딱 맞춰서 끓여 둔 것 같았다.

"……라필리아?"

"아니야―. 시로도 거들었― 읍읍!"

"쉿―. 마스터의 '노예와의 행위'를 방해해서는 안 돼요오!"

뒤를 돌아보니 복도 맞은편으로 달려가는 시로와 라필리아의 모습이 보였다.

이리스, 영주가에서 『환영 무대』로 빠져나왔으면서…… 이 집에는 평범하게 들어왔나? 숨을 이유도 없긴 하지만…….

"고마워. 시로, 라필리아."

나는 뜨거운 물을 통에 담고서 방으로 돌아갔다.

"이리스, 뜨거운 물을 떠 왔어. 이걸로 몸을 닦도록 해."

"감, 감사합니다. 오빠."

내가 통을 바닥에 내려두자 이리스가 고개를 깊이 숙였다.

그 후에 우리는 침대에 걸터앉아 서로 등을 돌린 채 몸을 닦았다.

"그럼 이제부터 다 함께 '휴양지 미슈릴라'로 돌아가는 거죠?"

"그래야지. '해룡 케르카톨'이 알려줬던 '마룡의 거처'를 조사해야 하니까."

'지룡 어스가르스'가 어떤 용이었는지, 어째서 『하얀 길드』의 '길드 마스터'가 됐는지 조사해두고 싶었다.

지룡은 시로에게 힘을 빌려줬던 용이다. 사정을 알아두고 싶었다.

시로가 앞으로 인간 세계에서 살아가기 위해서라도 되도록 용에 관한 정보를 수집해 두고 싶었다.

"내일 전이할게. 준비는 됐어?"

"맡겨 주세요. 오빠!"

이리스가 가슴을 착 두드리는 소리가 났다.

"또 한걸음 어른의 계단을 오른 이리스의 실력을 오빠한테 보여드리죠!"

제6화 「세실의 노동 문제와, 시로와 성녀님의 만남」

"""""다녀왔어—!"""""

나와 시로, 이리스와 라필리아는 '휴양지 미슈릴라'에 돌아왔다.

우리가 출현한 곳은 휴양지에 만들어 뒀던 『마법진의 방』이었다. 이쪽도 창고 하나를 비우고서 바닥에 마법진을 그려 놨다. 항구 도시의 집보다도 방이 더 넓어서인지 모두가 마법진을 에워싸고서 우리를 맞이해 줬다.

리타는 석조 벽에 기대어 나와 시로를 뜨거운 눈으로 쳐다봤다.

아이네는 시로용 옷을 끌어안고 있었다. 또 만들어 준 모양이다.

레티시아와 커틀러스는 어째선지 상냥한 웃음을 짓고 있었다. 세실은…… 어라?

"……나, 나기 님."

세실은 울먹이고 있었다.

『마법진의 방』 구석에 놓인 나무 상자에 앉아서 나를 지그시 쳐다봤다.

"세실, 왜 그래? 무슨 일 있었어?"

"나기 니이이이이이이이임!"

더는 참지 못하겠다는 듯 세실이 나에게 달려들었다.

그녀가 내 가슴에 뺨을 비비면서—.

"일하게 해주세요오오오오오오오오오!"

울음을 터뜨렸다— 어?

"나, 나기 님이 '일하는 거 금지'라고 말씀하셔서 리타 씨와 아이네 씨, 레티시아 씨까지 제게 일거리를 주지 않아요! 식사 준비도, 청소도. 저, 전, 할 일이 없어서…… 나기 님도 안 계시니, 정말로, 아무것도 하지 않는 생활이라서…….'

아무것도 하지 않는…… 일하지 않는 생활…….

"최고잖아?"

"뭐가 최고예요!"

나와 세실은 가치관이 다른 듯했다.

아이네와 리타, 레티시아와 커틀러스도 난감한 표정을 짓고 있었다.

다들 세실을 살뜰하게 보살펴 줬겠지.

"……아이네는 세실 짱의 건강을 관리할 책임이 있어."

"……나기가 '노동 금지'라고 말했는걸."

"……전 아이의 대모가 될 몸. 세실 씨가 무리하게 할 수는 없습니다."

"……기사로서 세실 님을 일하게 놔둘 수는 없지 말입니다."

"괜찮아요. 저, 몸 상태는 괜찮다니까요!"

"어쩔 수 없구만."

나는 세실의 은발을 어루만졌다.

"그럼 세실도 나랑 같이 성녀님한테 갈래?"

"……나기 님?"

"'해룡 케르카톨'과 만나 인사를 끝냈거든. 성녀님한테도 시로를 소개할 생각이야. 세실도 같이 갈래?"

"갈게요! 동행하게 해주세요!!"

세실이 활짝 웃으며 손을 들었다.

시로를 성녀님에게 소개하는 것은 정해 둔 일이었다.

성녀님은 고스트라서 우리가 죽은 뒤에도 계속 존재한다.

그녀가 시로의 친구가 되어 준다면 앞으로도 줄곧 친하게 지내 주겠지.

"저기저기, 모두들."

시로가 마법진 가운데에 털썩 앉아 있었다.

고개를 들어 우리를 보고는―.

"성녀님은 어떤 사람이야?"

"진지한 노력쟁이."(나)

"대단한 마법사입니다."(세실)

"엄청난 신성력을 부리는 사람이기도 하지."(리타)

"하지만 조금 서툴러."(아이네)

"아뇨, 아뇨, 존경할 만한 고결한 분이랍니다."(레티시아)

『그러면서도 의외로 푼수지.』(레기)

"친해지기 쉬운 좋은 분이죠."(이리스)

"하지만 가끔 울보가 되기도 하죠오."(라필리아)

"표정이 자주 바뀌어서 참 재미있는 분이지 말입니다."(커틀러스)

모두의 이야기를 듣고서 시로가―.

"잘 모르겠는데―!"

─머리를 싸쥐었다.

어쨌든 가보자. 이것도 시로의『신인 연수』이니까.

"그리고 '해룡 케르카톨'이 마룡의 정보를 알려 줬어.『마룡의 유적』이라는 곳이 이 휴양지 북쪽 해안에 있는 모양이야."

"그럼 아이네는 모험가 길드에서 정보를 수집할게."

"나도 갈게요. 아이네 호위로서."

"저도 갈게요─."

그렇다면 아이네, 리타, 라필리아는『모험가 길드』조사 팀인가.

"전…… 잠시 상인 도르골 씨한테 인사하러 가고 싶지 말입니다."

커틀러스가 손을 들었다.

그러고 보니 커틀러스는 휴양지의 상인이 원조를 해줘서『기사 자격 시험』을 받으러 갈 수 있었다고 했지?

"원조를 해주셨던 답례와 보고를 해두고 싶지 말입니다."

"상인 말이군요. 그럼 저도 함께할게요."

"레티시아 공이 말입니까?"

"예, 젊은이를 원조해 주는 상인 도르골의 이야기는 익히 들었답니다. 어떤 분인지 뵙고 싶었습니다."

그럼 커틀러스와 레티시아는 휴양지 상인에게 가는구나.

"성녀님한테 가는 인원은 나랑 세실, 시로. 이리스는 어떻게 할래? 쉬어도 되는데?"

"아뇨, 아뇨, 함께하고말고요."

이리스가 내 손을 잡고서 까치발을 섰다.

"이리스는 오빠의 『혼약자』가 됐잖아요. 그렇다면 이건 이리스가 처음으로 맡는 역할. 쉬고 있을 수는 없습니다."

"그래?"

"그렇죠."

이리스가 그대로 내 팔을 꼬옥 끌어안았다.

세실과 다른 동료들도 왠지 '흐뭇한 얼굴'로 우리를 쳐다봤다.

……무슨 일이 있었는지 대강 눈치챘구나, 분명.

"그럼 내일은 하루 쉬고서 모레부터 행동을 개시한다."

""""""""예—에!""""""""

"나기 님…… 저, 지금 당장 일하고 싶어요."

세실…… 정말로 부지런하구나.

"그럼 세실은 나랑 함께 식사 준비나 할까."

그리하여 나와 세실은 시간을 천천히 들여서 장을 보고서―.

결국에는 다 함께 느긋하게 식사를 준비했다.

성녀님의 동굴은 『휴양지』 서쪽에 있다.

거리는 도보로 한나절쯤 걸리므로 우리에게는 소풍 같은 여정이었다.

시로는 첫 소풍이고, 세실은 임신한 몸이므로 시간을 들여서 천천히― 나아갔어야 했는데.

"……왠지 바위산이 걷기 쉬워진 것 같지 않아?"

나는 땅바닥을 내려다봤다.

지난번까지는 경사로가 울퉁불퉁했는데…… 어느새 길 같은 것이 생겼다.

바위 사이에 숨겨져 있어서 잘 보이지는 않았지만, 평탄한 길이 동굴 입구까지 이어져 있었다.

"성녀님께…… 무슨 일이 있었을지도 모르겠습니다."

"이리스도 마음에 걸려요. 괜찮을까요……?"

세실과 이리스 모두 불안해했다.

우리는 빠른 걸음으로 성녀님의 동굴로 향했는데—.

"하나 둘 셋. 데리릴라 님—."

〈마침 잘 왔어, 나기 군! 논의할 게— 어라?〉

우리가 부르기도 전에 동굴 입구가 먼저 열리더니 성녀님 골렘이 나타났다.

입구 주변에 골렘 군 여러 개가 서 있었다. 성녀님, 내가 오기를 기다렸던 모양이다.

〈흠흠. 못 보던 얼굴이 있네. 만나서 반가워, 맞지?〉

당황해하던 성녀님이 시로를 보고서 고개를 갸웃거렸다.

"만나서 반가워. 난 시로야!"

〈흠. 너도 목걸이를 하고 있구나. 그렇다면 나기 군의 노예인 건가?〉

"그—래! 시로는 아빠의 노예인가 싶어!"

〈나 참, 숨을 쉬듯 노예를 늘리네. 나기 군도— 참. 처음 뵙겠습니다. 성녀 데리릴라야. 나기 군의 친구지. 넌…… 귀 뒤에 작

은 뿔이 있구나. 아인인가?〉

"아니. 시로의 이름은 시로 브란샤르카! 천룡이야!"

〈······어.〉

성녀님 골렘이 뚝 경직됐다.

"시로는 천룡 브란샤르카 유생체고, 나기 아빠의 노예이고, 세실 씨의 아기의 언니야! 잘 부탁해! 성녀 데리릴라 씨!!"

〈······.〉

성녀님이 시로를 보고서 나와 세실, 이리스를 번갈아 봤다.

우리가 고개를 끄덕이자―.

〈에에에에에에에에에에에에에에에에에에에에에에에엥?!〉

바위산 전체에 쩌렁쩌렁 울릴 만한 목소리로 외쳤다.

〈······그렇구나. 그런 일이 있었나.〉

설명을 듣고서 성녀님이 진지한 표정으로 고개를 끄덕였다.

〈그러고 보니 처음 만났을 때에도 나기 군 일행은 『천룡의 알』과 함께였지. 그렇다면 데리릴라 씨도 천룡님과는 첫 대면이 아니라는 말인가?〉

"목소리는 들었었으니까!"

내 옆에서 시로가 손을 들었다.

"굉장히 재밌을 것 같았어. 시로도 어서 동료로 끼고 싶었어!"

〈그렇게 말해 주니 기쁘긴 하지만······ 데리릴라 씨는 세계의 가치관 같은 게 흔들릴 것 같아. 데리릴라 씨가 살아 있었을 적에는 선대 천룡님이 사라지시고 신처럼 숭상했던 시대였으

니까…… 이렇게 유녀 모습으로 등장한들 실감이 나질 않아.〉

"그럼 앞으로 친구가 되자!"

시로가 성녀님에게 손을 내밀었다.

"저도 부탁합니다. 성녀님."

나는 시로의 머리를 쓰다듬으면서 말했다.

"시로는 태어난 지 얼마 안 돼서 이 세계에서 살아가기 위해 『신인 연수』를 받고 있는 중입니다. 그러니 앞으로 시로가 여러 친구들을 사귈 수 있도록 성녀님이 시로의 첫 친구가 되어줄 수 없을까요?"

〈느닷없이 억지를 부리네!〉

"안 돼—?"

〈……그, 그런 동그란 눈으로 쳐다보는 건 치사하다고 생각해!〉

"시로, 성녀님을 좋아해. 친구가 되어 줬으면 좋겠는데?"

〈……우, 우우.〉

피규어 모습을 띤 성녀님이 당혹해하는 얼굴로 몸을 부르르 떨고서 말했다.

〈아, 알겠어! 우리 친구가 되지 않겠는가! 시로 군!〉

"해냈다—!"

〈이상하네. 살아생전에 데리릴라 씨는 줄곧 성녀로서 살아왔는데, 오히려 죽고서 나기 군과 만난 이후에 초월적 존재와 더 자주 얽히는 것 같아…….〉

"착각입니다."

〈그런 말로 얼렁뚱땅 넘어가지 마! 무서워!〉

성녀님이 시로의 손바닥 위에서 데굴데굴 굴렀다.

시로는 피규어 사이즈 성녀님의 배를 쓰다듬기도 하고, 숨을 불어넣기도 하며 재밌게 놀았다.

"근데 동굴 앞에 길이 나있던데…… 그건?"

〈아아, 그거—?〉

성녀님이 팔짱을 끼고서 나를 쳐다봤다.

〈실은 요전에 인명 구조를 했거든. 그 아이를 옮기는 데 엄청 고생해서 동굴까지 이어지는 길을 정비하기로 했어.〉

"인명 구조……?"

〈나기 군한테 용건이 있는 건 그 아이야. 그 아이는 데리릴라 씨의 골렘 군들이 소재를 채집하다가 보호했는데 말이야. 사연이 좀 있는 것 같아서.〉

"어떤 아이입니까?"

〈인어 아이야.〉

""—인어?""

나는 이리스와 얼굴을 마주했다.

"'해룡 케르카톨'이 말했지. 『마룡의 유적』은 인어의 보금자리에 있다고."

"그리 말씀하셨습니다. 그 인어가, 여기에?"

성녀님이 우리를 보면서—.

〈데리릴라 씨도 이야기를 들어보려고 했는데 말이야. 대답을 통 해주질 않아. 만약에 괜찮다면 나기 군 일행이 사정을 물어봐 주면 안 될까?〉

―그렇게 말했다.

성녀님의 동굴은 여러 에어리어로 나뉘어져 있었다.

입구는 천연 동굴이지만, 여러 갈래로 분기되어 모험가를 요격하는 방으로 이어지거나, 골렘들의 거주 구역이 조성되어 있거나, 성녀님의 교회로 통하기도 한다.

나와 세실, 이리스와 시로는 던전 에어리어로 향했다.

주변에 보이는 매끄러운 석벽에는 일정한 간격마다 마법 등불이 설치되어 있었다. 이 부근은 우리가 성녀님의 미궁에 도전했을 때 지났던 곳이었다. 예전에는 미로였는데, 지금은 벽을 헐어서 커다란 방으로 만들었다.

……침대나 테이블이 놓여 있는 것으로 보아 손님방인가?

이곳에 올 만한 손님은 우리밖에 없을 텐데…….

"저 앞은 수영장 에어리어군요."

〈맞아. 인어 아이는 거기서 보호하고 있어.〉

성녀님이 말하자 골렘들이 잇달아 에어리어로 이어지는 문을 열었다.

첨벙, 하는 물소리가 났다.

우리 앞에는 푸르스름한 공간이 펼쳐져 있었다.

눈앞에는 가로 십여 미터, 세로 수십 미터짜리 수영장이 있었고, 벽들은 빛을 발하고 있었다. 예전에 우리가 성녀님의 미궁에 도전했을 때 이곳에 슬라임이 숨어 있었다.

그러나 지금은 물 위에 작은 소녀의 몸이 떠 있을 뿐이었다.

파랗고 긴 머리가 수면에 펼쳐져 있었다. 상반신은 평범한 인간 소녀지만, 하반신은 물고기.

내가 살았던 세상의 전설에 나올 법한, 인어 그 자체였다.

〈소재를 채집하러 나갔던 골렘 군들이 강변에 쓰러져 있던 이 아이를 발견했어.〉

골렘 모습을 한 성녀님이 허공에 떠다니면서 인어 소녀를 바라봤다.

〈보호해서 여기까지 데려오긴 했는데…… 아무 말도 해주지 않아.〉

"인어의 보금자리는 바다 쪽에 있죠?"

〈그렇겠지. 휴양지 북쪽에 있어. 사람은 들어갈 수 없는 『저주받은 땅』이거든.〉

"『저주받은 땅』?"

〈그런 곳이라던데? 데리릴라 씨는 영향을 받을 테니 가본 적은 없지만.〉

"그곳이 『마룡의 유적』이라면 그럴 수도 있겠군요……."

인어의 보금자리 인근에 『마룡의 유적』이 있는 건 틀림없다.

그렇다면 『저주받은 땅』도 지룡과 어떤 관계가 있을까.

"저 아이…… 눈빛이 서글퍼 보여요."

세실이 수영장 가장자리에 앉고서 말했다.

"굉장히 지독한 일을 겪었을지도 모르겠습니다."

"그럼 내가 물어볼—."

"시로. 잠깐 이야기를 해볼게—."

갑작스러운 일이었다.

시로가 옷을 홀러덩 벗더니 수영장 속에 다리를 집어넣었다.

"잠깐만. 시로, 헤엄칠 줄 알아?"

"해본 적은 없어—."

"……잠깐. 내가 갈게."

나는 상의를 벗었다.

"아뇨…… 이리스한테 맡겨 주세요. 발동 『용종 초월 공감』!"

"이리스?"

"……세실 님은 오빠의 눈을 가려 주시길."

"아, 예."

느닷없이 세실이 정면에서 나를 끌어안았다— 왜?

"지금 오빠한테 모든 걸 보인다면…… 이리스는 억누를 수가 없을 것 같아서…… 이성을 유지할 수 있도록 거리를 벌릴 때까지 그대로."

"아, 알겠습니다. 이리스 씨."

세실이 나를 꼬옥 끌어안았다.

부드러운 감촉이 말캉, 느껴졌다. 심장 소리가 두근두근, 전해졌다.

……역시나 아기의 심장 박동은 들리지 않나?

"나기 님, 아직 아기의 심장 소리는 들리지 않는데요?"

"어떻게 알았어?"

"……왜, 왠지요. 나기 님의 일부가 제 안에 있으니까…… 그 래서."

"……그, 그렇구나."

어쩐지 겸연쩍어서 나는 눈을 감은 채로 세실의 심장 박동에 귀를 기울였다.

세실도 나와 마찬가지로 얼굴이 새빨개졌겠지. 닿고 있는 팔이 굉장히 뜨거우니까.

"이, 이제 된 것 같아요. 오래 기다리셨습니다. 나기 님."

세실의 체온이 멀어지자― 수영장 중앙에 이리스와 시로가 보였다.

이리스는 『용종 초월 공감』의 수중 호흡과 수영 스킬을 구사하여 시로를 능숙히 지탱했다.

시로가 이리스의 등 위에 올라탄 자세였다.

동시에 이리스가 『의식 공유 · 개량형』을 통해서 사진이 첨부된 메시지를 보냈다.

인어 소녀의 표정이 찍혀 있었다.

큰 소리를 내면 인어 소녀가 겁을 먹을지도 모른다. 이대로 『의식 공유 · 개량형』으로 지시를 내리자.

그렇게 정하고서 나와 이리스는 메시지를 주고받았다.

그리고―.

"이리스도 당신과 마찬가지로 몸속에 바다 생물의 피가 흐릅니다."

이리스가 그렇게 말하며 인어 소녀에게 등을 보였다.

입영 자세로 머리카락을 몸 앞으로 흘린 뒤 하얀 목덜미와 등을 드러냈다.

인어 소녀의 눈에도 보일 것이다. 『해룡의 피』가 흐른다는 사실을 증명하는 아름다운 비늘이.

"같은 바다 친구입니다…… 두려워하지 않아도 되겠죠?"

"…….."

인어 소녀가 움직임을 멈췄다.

머리까지 물에 푹 잠긴 상태로 이리스를 물끄러미 쳐다봤다.

"무서운 일이 있었을까요?"

"(끄덕)."

인어 소녀가 수긍했다.

"이리스의 주인님은 당신을 바다로 돌려보내 주자고 말씀하셨습니다. 당신은 그러길 바랍니까?"

"(……)."

"어떤 무서운 일을 겪어서 지금은 아무 생각도 할 수 없나요?"

"(끄덕)."

"눈 밑에 다크서클이 있는데요? 혹시 줄곧 잠을 자지 못한 거 아닌가요?"

"(……끄덕)."

"무서운 일을 겪어서 잠을 자지 못했다면…… 잠시 잊을 수 있는 방법이 있습니다. 잠을 자고서 마음이 차분해지면……. 그러면 무서운 것과 싸울 수도 있겠죠. 시도해 보겠어요?"

"(끄덕끄덕끄덕)."

인어 소녀가 눈빛을 반짝이며 이리스를 쳐다봤다.

"성녀님. 이걸 이리스한테 건네주시겠어요?"

나는 짐 속에서 자루에 담긴 단도를 꺼내 성녀님에게 보였다.

성녀님은 고개를 끄덕이고서 수중용 골렘 군을 불렀다.

등에 짐을 올리자 골렘 군이 이리스 곁으로 슈파파파, 헤엄쳤다.

"감사합니다. 오빠. 성녀님."

"있잖아, 있잖아. 시로도 아주 옛날에 무서운 꿈을 꿨어—."

이리스의 등에 매달린 채 시로가 말했다.

"그때도 아빠랑 이리스 엄마가 도와줬어. 그러니 괜찮지 않을까 싶어!"

"(끄덕, 끄덕끄덕끄덕)."

인어 소녀가 울먹이며 고개를 여러 번 끄덕였다.

이리스는 시로를 수중용 골렘 군에게 맡기고서 인어의 등 뒤로 돌아갔다.

"……지금은 푹 쉬도록 하세요."

그리고 인어 소녀의 어깨에 단도의 칼등을 댔다.

"발동.『안심도 코코로야스마루』……."

"……아."

인어 소녀의 몸에서 힘이 빠졌다.

이리스의 가슴에 등을 맡기고서 숨을 평온하게 쉬기 시작했다.

"……당신은…… 누구?"

소녀가 흐리멍덩한 눈으로 이리스를 쳐다봤다.

"이리스 하페우메어라고 합니다. '해룡의 무녀'이자 오빠의 사랑의 노예입니다."

이리스가 말하고서 소녀의 등을 어루만졌다.

"당신을 이름을 알려줄 수 있을까요?"

"소니아."

소녀가 짧게 대답했다.

그러고는 불그스름한 눈동자로 이리스의 얼굴을 똑바로 바라본다―.

"있잖아, 있잖아. 소니아의 보금자리를 무서운 인간들이 빼앗았어. 소니아와 친구들을 습격해서 내쫓았어. 소니아는 비밀 지하 수로를 통해 도망쳤어. 무섭고 무서워서…… 그래서."

인어 소니아가 눈을 번쩍 뜨고서 말했다.

"무서운 인간들이『신인 연수』를 하고 있어. 그래서 인어가 방해가 돼서 쫓아낸 거야. 근데 그곳은 저주받은 곳이라서…… 저주를 정화할 수 있는 인어가 아닌 한……."

인어 소피아가 그렇게 말하고서 잠들어 버렸다.

『안심도』의 힘으로 걱정이 옅어져서 긴장이 풀렸나 보다.

"저기, 저기. 아빠.『신인 연수』는 시로가 하는 거랑 똑같아?"

시로가 수중용 골렘을 타고서 내 곁으로 돌아왔다.

"아마도…… 다를 거야."

나는 시로의 몸을 안아 올린 뒤 천(성녀님이 준비해 줬다)으로 닦았다.

"시로가 지금 받고 있는『신인 연수』는 즐겁지? 하지만 저『신인 연수』는 남을 괴롭혔으니 전혀 다를 거야."

뭐지? 인어의 보금자리에서 실행되고 있는 『신인 연수』는.

더욱이 마룡의 저주 이야기도 나왔다.

시간을 들여서 조사해 볼 작정이었는데…… 꾸물거릴 상황이
아닌가.

"성녀님. 『저주받은 땅』에 관해 알려 줄 수 없을까요?"

나는 소니아의 얼굴을 걱정스레 들여다보던 성녀님에게 말
했다.

"전 거기에 가야만 해요. 시로한테 마력을 줬던 용을 위해서
라도."

제7화 「수수께끼의 『신인 연수』를 받은 사람과 안전하게 싸워 봤다」

—레티시아, 커틀러스 시점—

"이, 이건 '해룡의 무녀', 이리스 하페우메어 님의 문장?!"

커틀러스와 레티시아는 상인 도르골의 저택에 와있었다.

기사 자격 시험을 치르러 간 뒤에 어떻게 됐는지 보고하고, 신세를 졌던 답례를 하기 위해서였다.

예전에 커틀러스는 기사 자격 시험을 치르기 위해서 도르골이 소개해 줬던, 왕도로 향하는 캐러밴과 동행했다. 그리고 도중에 나기와 만났다.

그 후에 어떻게 됐는지 줄곧 보고하려고 생각했지만, 여러 일들이 있어서 자꾸 미뤄졌다.

"예. 이것이 이리스 하페우메어 님이 주신 편지입니다. 이리스 님이 말씀하셨습니다. '동료 커틀러스가 도르골 님께 신세를 졌습니다'라는 말을 전해 달라고."

"그 위대한 '해룡의 무녀'님께서 커틀러스의 동료에…… 제게 말씀을 내려주시다니……."

레티시아가 무심코 주변을 둘러보고서 그가 왜 감동했는지 납득했다.

응접실 벽에는 수많은『해룡 케르카톨 굿즈』가 장식되어 있었다. 쇠나 도기로 된 해룡 가면에다가 해룡이 수놓아진 태피스트리. 붙박이장에는 해룡 피규어가 진열되어 있었다.

상인 도르골은 일찍이 해룡 덕분에 목숨을 건진 적이 있다고 했다. 그야말로 이곳은 해룡 오타쿠의 방이었다. 그런 그가 '해룡의 무녀' 이리스의 이름을 들었으니 흥분하는 게 당연했다.

"해룡의 무녀 이리스 님은 이 레티시아 미르페의 소중한 친구이기도 합니다."

도르골이 진정되기까지 기다린 뒤 레티시아가 말했다.

"그 연줄로 커틀러스 씨는 이리스 하페우메어 님과 알게 됐고, 그분의 소중한 동료가 됐답니다."

"바로 그렇습니다!"

레티시아가 말하자 커틀러스가 고개를 끄덕였다.

거짓말은 하지 않았다.

이리스는 레티시아의 소중한 동료고, 커틀러스도 마찬가지이니까.

"전『기사 자격 시험』을 치르러 가던 도중에 트러블이 생겨서 시험을 치를 수가 없게 됐습니다. 그런데 나기 공의 파티가 절 거둬 주셨지 말입니다."

"그렇군. 그 소마 나기 공은 이리스 님의 호위였군."

"예. 주공— 아니, 나기 공은 이리스 님께도 매우 소중한 분이십니다. 그래서 파티에 들어간 저 역시 이리스 님의 동료가 될 수 있었던 겁니다……."

"……그런 사정이 있었을 줄이야."

상인 도르골이 감격해하며 중얼거렸다.

그가 테이블에 놓인 차를 단번에 비우고서 힘차게 끄덕였다.

"난 젊은이를 지원하는 게 취미이니까. 커틀러스가 자신의 길을 찾아냈다면 그것으로 족해."

"……도르골 공."

"더욱이 '해룡의 무녀'님의 동료가 됐다면 더할 나위가 없어. 착실히 일하도록 해. 커틀러스."

"아, 옙! 감사하지 말입니다! 도르골 공!!"

"근데 그 목걸이는 웬 거야?"

도르골이 커틀러스 목에 있는 『주종계약의 목걸이』를 가리켰다.

"이, 이, 이건…… 제가 스스로를 높이기 위한 물건이지 말입니다!"

커틀러스가 목걸이에 손을 대고서 선언했다.

"스스로를 (주공의 노예가 됨으로써 스킬을 조합하여) 강화하고, (어엿한 노예로서 다른 노예 여러분들과 동등한 위치로) 높이기 위해서 주종계약을 했지 말입니다!"

"그렇군. 스스로를 (일부러 역경에 처하여) 강화하고, (어엿한 기사로서) 높이기 위해서인가? 응응. '해룡의 무녀'님이 관여하셨으니 틀림없겠지."

""하─핫핫하─.""

커틀러스와 도르골이 얼굴을 마주 보고서 웃었다.

웃음이 멎기를 기다렸다가 레티시아가 물었다.

"그나저나…… 해룡께서 궁금하시는 내용인데…… 이 도시 북쪽에 있는 해안에 관해 어떤 정보가 있다면 알려주실 수 있을까요?"

"해안이라고요"

"예. 인어의 보금자리라고 합니다만…….."

"흠…… 송구스럽습니다만, 거긴 사람이 거의 얼씬하지 않는 곳인지라…….."

"그렇습니까?"

"게다가 거기서는 지금 귀족님이 『신인 연수』를 벌이고 계시니까."

""……신인 연수?""

레티시아와 커틀러스가 어리둥절한 표정을 지었다.

어디서 들어본 단어였다. 분명 나기가 시로를 육성하는 것을 『신인 연수』라고 불렀다.

그러나 그것은 파티 안에서만 통용될 뿐 다른 곳과는 관련이 없을 텐데…….

"도르골 님!"

불현듯 노크하는 소리가 들렸다.

응접실 문을 열고서 저택 메이드가 얼굴을 내밀었다.

"손님을 응대하시는 중에 죄송합니다. 또다시 『신인 연수』를 권유하려는 분이!"

"또냐…… 지난번에 거절한다고 했는데…….."

상인 도르골이 떨떠름한 얼굴로 자리에서 일어섰다.

"……왜 그러시나요?"

레티시아가 묻자 상인 도르골이 씁쓸한 얼굴로 말했다.

"북쪽 해안에서 모험가와 귀족 사용인한테 『신인 연수』를 실시하고 있답니다. 참가인원이 부족하다면서 상인 길드에도 권유하러 왔는데…… 그 때문에 저한테까지 그 얘기가."

"바다 쪽에서 『신인 연수』를?"

"그래서 휴양지 북쪽에 있는 해안은 현재 사람이 출입할 수가 없습니다."

"그렇습니까?"

레티시아와 커틀러스가 눈빛을 주고받았다.

'해룡 케르카톨'의 말이 맞다면, 분명 그곳에 마룡의 유적이 있을 터.

그런 곳에서 귀족이 활동하고 있다면…….

"도르골 공. 저도 그 권유하러 오신 분을 뵐 수 있을까요?"

"저도 흥미가 있지 말입니다."

"상관없어요. 계단 위에 현관을 들여다볼 수 있는 층계참이 있습니다. 거기서 보시는 게 어떻겠습니까? 참고가 될지도 모르니."

상인 도르골이 그렇게 말하고서 방을 나갔다.

"……무슨 일일까요. 『신인 연수』라니."

"……귀족이 얽혀 있다면 간과할 수 없겠어요."

레티시아와 커틀러스는 메이드의 안내를 받아 계단 위 층계참으로 이동했다.

"그러니까 『신인 연수』 따윈 불필요하다고 말씀드렸습니다만, 카이마르 공."

현관에서 상인 도르골이 외쳤다.

저택 현관은 넓다. 십여 명이 늘어서서 이야기할 수 있을 만큼. 그곳에서 도르골과 통통한 상인이 대화를 주고받았다.

상인은 모자와 동그란 안경을 썼다. 『상인 길드』의 간부라고 했다.

상인의 좌우에는 두 여성이 서 있었다.

가죽 갑옷을 착용했고 허리에 숏소드를 차고 있었다. 아마도 호위겠지.

아주 무표정하게 도르골과 상인의 대화를 듣고 있었다.

"……왠지 수상쩍지 말입니다."

"……저 호위들…… 정말로 인간 맞나요?"

커틀러스와 레티시아가 중얼거렸다.

두 사람은 계단 층계참에 숨어서 대화를 엿들었다.

이곳에서는 현관에서 벌어지는 일들을 훤히 들여다볼 수 있었다.

열려 있는 문 앞에 서 있는 상인 카이마르와 두 호위의 표정도.

또한 그 너머에 서 있는, 도르골 저택의 문지기가 떨떠름한 표정을 짓고 있는 것도.

"몇 번을 설명해야 알아듣겠습니까, 도르골 공?"

상인 카이마르가 비웃듯 어깨를 들먹였다.

"부하한테 『신인 연수』를 받게 한 상인은 귀족한테서 보조금을 받을 수 있을뿐더러 그들과 거래할 때 편의를 제공받을 수 있어요. 그래서 『상인 길드』에 속한 상인은 빠짐없이 부하한테 『연수』를 받도록 해야 한다고 포고가 내려지지 않았습니까!!"

"내가 『연수』를 꺼려하는 이유는 받고 돌아온 자를 봤기 때문이야."

도르골이 상인 카이마르의 호위를 가리켰다.

"지시를 내리면 따르긴 하지만, 그때까지는 마치 인형처럼 서 있기만 해. 아무 얘기도 하지 않고, 희망사항도 통 밝히질 않아. 대체 『연수』에서 무슨 일이 벌어졌던 겐가?!"

"이들은 『연수』를 받고서 매우 쓸 만한 호위가 됐습니다만?"

상인 카이마르가 웃었다.

"온갖 무기의 간격을 파악하고 있고, 적의 숫자를 헤아리면 그에 맞는 전투 방식으로 싸운다. 근무 중에는 한눈을 팔지도, 잡담을 나누지도 않는다. 아무런 문제도 없죠?"

"난…… 그런 부하를 원하지 않아."

"그렇다면 당신의 부하가 우수하다는 걸 증명해 주실 수 있을까요?"

상인 카이마르가 한손을 올렸다.

그에 맞춰 좌우에 서 있던 두 호위가 앞으로 나섰다.

"당신의 호위와 이 자들을 2대2로 싸우게 해보죠."

"─무슨?!"

"별 거 아닙니다. 그냥 실력이나 겨뤄 보자는 거예요. 이 둘이 패배한다면 도르골 공의 수하가 유능하다고 간주하고서 저도 얌전히 물러나죠. 이쪽이 이긴다면…… 당신의 딸을 『신인 연수』에 내보내는 게 어떨까요?"

"그런 제안을 받아들일 리가 없잖아?!"

"뭐, 그렇겠죠!"

상인 카이마르가 뒤를 돌아보며 외쳤다.

"얼핏 보니 삼류 호위밖에 없으니까! 그래서 연수를 통해 단련해야 한다고 말씀드렸건만, 도르골 공은 아무것도 모르시는군. 역시 모험가 출신인 어수룩한 상인다워!"

""적당히 해라!!""

창을 든 두 남성이 저택 안으로 들어왔다. 도르골 저택의 문지기였다.

그들이 이를 갈면서 상인 카이마르에게 대들었다.

"매일매일 고용주를 귀찮게 하다니!"

"우리가 삼류 호위인지 어떤지 한번 보여 주마!"

두 문지기가 창을 들고서 전투태세를 취했다.

그 광경을 보고서 상인 카이마르가 '흐흥' 하고 코웃음을 쳤다.

"본인들이 원한다면야 좋지요. 내 호위들의 힘을 똑똑히 보여 주지."

"그만두시오, 카이마르 공! 너희들도 경솔하게 굴지 마라."

"이미 엎질러진 물! 싸워라, 둘 다!"

상인 카이마르가 외쳤다.

"지시! 『적 두 명』 『적의 무기는 창』 『불살』!"
""알겠습니다, 카이마르 님.""
두 여성 호위가 움직였다.

키잉!

"무, 무슨?!"
순식간이었다.
두 여성 호위가 문지기 중 하나를 동시에 좌우에서 가격하여 쓰러뜨렸다.
"커헉?!"
덩치가 큰 문지기가 바닥에 고꾸라졌다. 카이마르의 호위들이 부츠 뒤꿈치로 문지기의 등을 짓밟았다. 바닥에 짓눌린 문지기가 입으로 피를 토했다.
"히, 히익?!"
홀로 남은 문지기가 창을 쥔 손을 덜덜 떨었다.
"지시. 『적 한 명』 『적의 무기는 창』 『유혈 허가. 무력화』다."
""알겠습니다.""
그리고 좌우에서 두 여성 호위가 겁먹은 문지기에게 검을─.

"승부는 가려졌습니다. 그쯤 하세요."
"상대는 전의를 상실했지 말입니다!"

—휘둘렀으나 레티시아와 커틀러스의 검이 막아 냈다.

"지시.『신규, 적 두 명』『적의 무기는 검』『일시퇴각』."

상인 카이마르가 지시하자 두 호위가 뒤로 물러났다.

"누구냐? 이 승부는 2대2인데."

상인 카이마르가 그쪽을 찌릿 노려봤다.

"더 이상 싸우는 건 지나친 행위예요. 승리를 거둔 것만으로 만족하세요."

"주공이었다면 이런 싸움은 시작하기도 전에 만류했지 말입니다."

레티시아와 커틀러스가 무기를 쥐고서 상인 카이마르를 째려봤다.

눈앞에 있는 두 호위는 마치 꼭두각시 인형 같았다.

저것이『신인 연수』를 받은 결과물이라면 대체 어떤 무시무시한 짓이 벌어지고 있을는지— 레티시아는 상상만 했을 뿐인데 무심코 몸을 떨었다.

"도르골 님. 부탁이 있습니다."

"……부탁 말입니까?"

"저와 커틀러스 씨를 잠시 '호위'로 고용해 주실 수 없을까요?"

"도르골 씨께 진 빚을 갚고 싶지 말입니다."

그리고 조사하기 위해서.

승산은 있었다. 나기가 '무슨 일이 벌어졌을 때를 위한 전술 메모'를 줬으니까.

"……무모한 짓은 하지 않겠지요?"

"당연하죠."

"당연하지 말입니다."

"알겠습니다. 뒷일을…… 맡기겠습니다."

도르골이 그렇게 말하고서 쓰러진 문지기에게 달려갔다.

사람을 불러서 두 사람을 별실로 옮겼다.

"분수를 모르는 녀석들이군."

상인 카이마르가 툭 내뱉었다.

"내가 이 호위한테 받게 한 『신인 연수』의 효과는 이미 실증을 마쳤어."

"……그거 무슨 연수인가요?"

"이 녀석들을 이긴다면 알려주마! 지시! 『적 두 명』 『적의 무기는 검』 『불살』!"

""알겠습니다, 카이마르 님!!""

두 호위가 바닥을 박차고서 달려 나갔다.

두 호위와 레티시아, 커틀러스는 수 미터쯤 떨어져 있었다.

"작전1이에요. 갑니다, 커틀러스 씨!"

"알겠지 말입니다."

커틀러스가 레티시아의 뒤로 슥 이동했다.

커틀러스는 몸집이 작아서 레티시아의 뒤에 쏙 숨어들었다. 그리고—.

"필살! 커틀러스 대점프!!"

갑자기 커틀러스가 도약했다.

"수직 점프군요."

머리카락이 조금 긴 커틀러스가 허공에서 회전. 천장을 박차고서 급강하했다.

""—윽!!""

두 호위가 동작을 멈췄다.

그 틈에 레티시아가 달려들어 숏소드를 한번 번뜩였다.

끼이이잉!!

칼집째로 날린 일격을 호위가 검으로 받아냈다.

여성 호위가 검을 떨어뜨릴 뻔하자 황급히 뒤로 물러났다.

"뭐, 뭐야 방금 그건? 도움닫기도 없이 그런 대점프를?!"

"지시를."

"지시를."

상인 카이마르는 아우성쳤고, 두 호위들은 냉정하게 중얼거렸다.

물론 커틀러스는 뛰지 않았다. 레티시아의 등 뒤에 숨었을 뿐.

뛴 것은 핀이었다.

커틀러스는 『바랄의 갑옷』을 써서 마력체 핀을 불러내 허공에 날렸다.

"……효과가 있었군요."

"……주공의 '무슨 일이 벌어졌을 때를 위한 전술 메모'는 효과가 절대적이지 말입니다."

나기가 준 전술 메모는 상대를 효과적으로 무력화시키기 위한 것이었다.

눈앞에 있는 호위는 의사가 없는 인형 같았다. 나기의 기발한 작전에 대응할 수 없겠지.

"별거 아니군요!"

"이 분들은 '그저 강하기만' 하지 말입니다!"

레티시아와 커틀러스가 뛰어나갔다.

상인 카이마르가 모자를 바닥에 냅다 던지고서 외쳤다.

"지시! 『적 두 명』 『무기는 검』 『특수능력 : 대도약』!! 가라!!"

""알겠습니다—.""

카이마르의 호위들이 또다시 달리기 시작했다.

"앞뒤 가리지 않고 베는 것밖에 못합니까, 나 참!"

레티시아가 당당히 가슴을 펼치고서 선언했다.

"예의를 조금은 갖추도록 하세요! 인사드리지요! 레티시아 미르페랍니다!!"

스킬을 은밀히 발동하고서 레티시아가 고개를 숙였다.

"""정중하게 인사해 주셔서 감사합니다."""

두 호위와 상인 카이마르가 답례를 했다.

"""—헉?!"""

"그럼 인사를 마쳤으니 공격을 하지 말입니다. 에잇."

""히이이익?!""

커틀러스가 검을 휘두르자 두 호위가 황급히 펄쩍 물러났다.

"뭐, 뭐야 방금 그건?! 우리가 뭘?!"

""글쎄.""

레티시아와 커틀러스가 어깨를 들먹였다.

물론 레티시아가 사용한 것은 치트 스킬인 『강제 예절(매너 기아스)』이었다.

이 스킬을 사용한 뒤 인사를 받은 자는 자연스럽게 답례를 하는 효과가 있다.

귀족 레티시아와 어울리는, 적의 행동을 봉쇄하는 강력한 스킬이었다.

"—대응할 수 없는 상황이 발생했습니다."

"—지시를. 지시를!!"

두 호위가 뒤로 물러나 상인 카이마르를 쳐다봤다.

상인 카이마르도 저도 모르게 뒷걸음치기 시작했다. 자신이 현관 밖으로 발을 내디뎠음을 깨닫고서 상인 카이마르가 분통을 터뜨리며 고개를 흔들었다.

"이, 이번에는 자기 머리로 생각 좀 해보지 그러냐, 너희들!!"

""—적의 전투방식은 불확실 요소가 많아서 저희들의 대응능력에서 벗어납니다. 퇴각을.""

"헛소리 마라! 누가 너희들의 의견을 들려 달래!!"

"왠지 저 호위 분들이 가엾게 느껴지네요."

"사실이라면 상당한 갑질을 받고 있지 말입니다."

커틀러스와 레티시아가 한숨을 내쉬었다.

"에잇! 이제 됐다! 몸을 던질 각오로 가라! 『적 두 명』『무기는 검』『몸을 던질 각오』! 『동귀어진 허용』!!"

"우리가 두 명이라고 하는군요, 커틀러스 씨."

"그럼 보여줘야겠지 말입니다. 고속이동으로 만들어지는⋯⋯ 분신!!"

커틀러스가 두 명이 됐다.

"뭐라아아아아아아아아아아앗—?!

"지시를!"

"지시를!"

"『적은 세 명』! 아니⋯⋯『두 명』인가?! 『세 명』인가?! 어느 쪽이야?!"

"글쎄, 어느 쪽일까—?"

"어느 쪽일까—?"

"싸워 보면 알 수 있을지도 모르겠군요?"

커틀러스와 핀, 레티시아가 웃었다.

그러나 상인 카이마르와 여성 호위들은 패닉에 빠진 상태였다.

"지시를 지시를."

"지시를, 지시를!"

"『적은 두 명』『무기는—』. 아아, 세 명이 됐다. 이제 됐어. 내가 원하는 전투법을 알아서 짐작하고서 임기응변으로 싸워라!"

"지시를지시를."

"지시, 지시, 지시시⋯⋯."

두 여성 호위가 부들부들 떨기 시작했다. 그리고—.

"지시지시지시지시지시지시지시지시지시."

"지시지시지시지시지시지시지시……."

상인 카이마르의 호위가 끈이 떨어진 것처럼 바닥에 털썩 쓰러졌다.

커틀러스와 핀, 레티시아가 불러 봤지만 대답은 없었다.

"이게…… 『신인 연수』를 받은 결과입니까?"

"사람을 이상하게 망쳐 놓기만 할 뿐이잖아요?"

커틀러스와 레티시아가 상인 카이마르를 쳐다봤다.

그는 히익 하는 비명을 지르고서— 바닥에 무릎을 꿇었다.

"어, 어째서…… 내가…… 이런 신세가…… 이겨야 했는데."

"호위는 장난감이 아니라고요. 나 참."

레티시아가 싸늘한 목소리로 중얼거렸다.

"도르골…… 공."

"카이마르 공 뭡니까?"

"부디 이번 일은 비밀로. 당신의 호위가 유능하다는 걸 확인했습니다. 두 번 다시 『신인 연수』에 사람을 보내라고 요구하지 않겠습니다. 그러니…… 제발."

"레티시아 님과…… 커틀러스는 어떻게 생각합니까?"

도르골 씨가 레티시아 일행을 봤다.

"『신인 연수』에 관해 아는 것을 모조리 알려 주길 바랍니다."

레티시아가 말했다.

커틀러스가 뒤이어서 말했다.

"그 연수는 북쪽 해안에서 벌어지고 있지 말입니다. 누가 그런 짓을 했는지 알려주시길 바랍니다. 바다와 관련이 있다면 '해룡의 무녀'님과 그 동료한테 전해야만 하니까."

두 사람이 그렇게 선언했다.

제8화 「남의 이야기를 잘 캐내는 라필리아의 극비 조사」

―라필리아 시점, 모험가 길드에서―

"뭐, 그건 대단히 매력적인 이야기네요오."

라필리아가 말했다.

이곳은 모험가 길드. 그 1층에 있는 술집이었다.

안쪽에는 길드 접수처가 있고, 그 곁에는 의뢰를 붙이기 위한 『퀘스트 보드』가 있었다.

보통은 모험가들로 북적거리는 길드가 지금은 한산했다.

그저 라필리아에게 뭐라고 말하는 여성들의 목소리만이 들렸다.

"―그러니까 특별한 사람한테는 그에 걸맞는 특별한 『연수』가 필요해요."

"저흰 알아요. 당신한테서 특별한 기운이 느껴집니다."

"꼭 『신인 연수』를 받고서 함께 더 높은 스테이지에 올라가죠!"

똑같이 가면 같은 웃음을 지은 여성들이 흥분하며 말을 계속했다.

세 사람은 의자에 앉아 있는 라필리아를 아예 삼각형 모양으로 에워싸고 있었다.

그녀들의 이야기를 들으면서 라필리아는…….

"몹시 솔깃한 이야기네요오."

―후루룩. 컵에 든 차를 마시면서 고개를 끄덕였다.

"아아! 이토록 열심히 귀를 기울여 주신 분은 처음이에요."

"남의 이야기를 잘 들어주는 천성이라는 게 있나 봐요."

"뒷이야기를 마저 해도 될까요? 그『신인 연수』는 말이죠―."

여성들이 몰아붙이듯 이야기를 계속했다.

"응응. 흥미롭습니다―."

"""그런가요―."""

라필리아의 반응에 만족했는지 세 여성들이 손뼉을 쳤다.

라필리아가 정보를 수집하기 위해서『모험가 길드』를 방문한 지 불과 몇 분밖에 되지 않았다.

일단 이상이 없는지 파악하기 위해서 '심심합니다―. 일거리를 찾습니다―' 하고, 무료하다는 태도로 차를 마시고 있었다. 그랬더니 느닷없이 세 여성에게 둘러싸여 버렸다.

(……이것도 제 특기일지도 모르겠요오.)

천연에 얼빵해 보이는 엘프 라필리아.

그녀를 모르는 사람이라면 얼핏 보고서 꼬시기 쉽다고 생각하겠지.

실은 라필리아는 홀로 마물 집단을 상대할 수 있는『치트 캐릭터』였다.

성장도 했다. 나기의 노예가 된 이후로 자신의 특기와 장점을 이용하는 법도 익혔다.

(필살, 앉아서 말장구만 치기 기술입니다!)

(자연을 사랑하는 저밖에 할 수 없는 일입니다!)

길드에 다른 모험가가 있었지만, 곁눈으로 이쪽을 쳐다볼 뿐 아무것도 하지 않았다.

그러나 라필리아는 괘념치 않았다.

이런 권유 따윈 예전에 받았던 『압박 면접』에 비해 산들바람이나 마찬가지였다.

라필리아의 목적은 나기가 편해지는 것. 그러기 위해서 정보를 수집하는 것은 바라는 바였다.

(게다가…… 왠지 신기하게도 힘이 용솟음치는 것 같아요오.)

"―예―. 그러니까―."

"그래요―받은 사람은―강해―."

"당신도 다른 분들처럼―다시 말해―."

여성들의 목소리가 멀어져 갔다.

라필리아는 나기와 이리스가 개발한 매직 워드인 '대단히 매력적', '매우 솔깃하다', '굉장히 흥미롭다'는 단어를 틈틈이 반복했다. 그러자 여성들은 멋대로 정보를 쏟아 냈다.

이제는 앉아서 차만 마시면 되는 간단한 일만 남았다.

(그리고 요만큼도 흥미가 없는 이야기에 휘말림으로써…… 저의 새로운 힘이 눈을 뜨는 겁니다!)

지루한 권유를 버텨 내자― 몸속에서 힘이 솟아나더니―.

결국 라필리아는 새로운 스킬을 각성했다.

『흘려듣기LV2』
『이야기』의 『내용』을 『무시하는』 스킬.

주변에서 들려오는 잡음 같은 이야기를 의식 속으로 들이지 않는 스킬. 권유나 욕설을 무효화할 수 있다.
티 없이 순수하고 성미가 느긋한 사람이 습득하기 쉽다.

"좋아. 용건은 끝났습니다."
라필리아가 그렇게 말하고서 일어섰다.
"""―앗?!"""
열심히 권유하던 여성들이 입을 막았다.
"……우, 우리가, 어디까지…… 얘기를?"
"……어, 어느새 시간이 이렇게? 시간이…… 날아가 버린 것 같아."
"……얘기하다 보니 우리…… 쓸데없는 내용까지……?"
세 사람이 얼굴을 마주했다.
그녀들은 라필리아의 푼수 같은 면모에 방심했다.
'매력적', '솔깃하다', '흥미롭다'는 반응만 보이는 엘프 소녀에게 낚이고 말았다.
"어쨌든 『연수』를 받으면 당신은 주인님을 더 많이 도울 수 있을 겁니다!"

"결과를 내면 당장 해방시켜 줄지도 몰라요."

"쓸 만한 노예가 된다면 주인님도 만족하고서—."

여성들이 당황했는지 말을 주절주절 퍼부었다. 그러나—.

"제 마스터는 '쓸 만한 노예' 따윈 원하지 않는데요?"

라필리아는 고개를 갸우뚱거릴 뿐이었다.

권유역 여성들이 무심코 뒷걸음질 쳤다.

노예 목걸이를 차고 있는 게 믿기지 않을 만큼— 라필리아의 웃음이 해맑았기 때문이었다.

(……뭐, 제가 그렇게 된다면…… 그건 그것대로 오싹오싹 하겠네요오."

저도 모르게 등줄기를 타고 오르는 수수께끼의 감각에 라필리아는 몸을 떨었다.

(마스터가 명령을 내릴 때까지 직립부동으로 기다릴 뿐……. 옷을 갈아입는 것도…… 먹는 것도…… 욕실에서 몸을 씻는 순번조차 마스터의 뜻대로. 그건 그것대로 오싹하긴 하지만…… 마스터는 그런 걸 기뻐하는 분이 아니시니까—.)

"전 이만 가겠습니다. 흥미로운 이야기를 들려줘서 감사했습니다아."

"기, 기다려요!"

여성들이 황급히 일어서서 라필리아에게 손을 뻗었지만—.

미끄덩.

그 순간 발이 미끄러졌다.

세 사람이 동시에 휘청거리며 무심코 테이블에 매달렸다.

바닥을 보니— 발이 미끈한 무언가를 밟고 있었다. 누가 물을 흘렸나? 그런데 바닥에 떨어진 액체가 파랬다. 더욱이 약간 움직이는 것 같기도……?

"아아, 제가 떨어뜨린 망토를 밟고 말았네요오."

라필리아가 그렇게 말하고서 바닥에 떨어진 망토를 주웠다.

그 망토 안쪽에서 파란 무언가가 삐져나온 것을 권유역 여성들은 눈치채지 못했다.

"얍!"

망토를 휘날리며 라필리아가 길드를 뛰쳐나갔다.

라필리아는 줄곧 망토 안쪽에 사역마 '엘더 슬라임'을 붙이고 있었다.

모험가 길드에서 권유역 여성이 넘어질 뻔했던 이유는 그것을 밟아서였다.

"그나저나 리타 님이랑 아이네 님은 정보를 잘 수집하고 있을까요?"

라필리아는 그렇게 생각하면서 집합 장소로 향했다.

—아이네 시점(라필리아가 권유를 받고 있던 시각)—

"대단하군요. 라필리아."

"역시 라필리아 씨야."

모험가 길드의 자료를 뒤적이면서 리타와 아이네가 중얼거렸다.

이곳은 모험가 길드의 사무실이다.

문 옆에는 창문이 있어서 길드 내부를 둘러볼 수가 있었다. 라필리아를 권유하는 여성들의 목소리도, 라필리아의 어벙벙한 반응도 사무실에서 훤히 다 보였다.

"저 여성들의 이야기 내용은 모두 나기한테 『의식 공유 · 개량형』으로 보냈겠죠. 아이네?"

"물론이야. 그리고 자료를 찍은 『스크린샷』도 보내 뒀어."

아이네가 자료 파일을 덮고서 사무실 책장에 돌려놨다.

사무실에는 이 휴양지 주변에 서식하는 마물에 관한 정보와 아인에 관한 정보가 담긴 파일이 쭉 꽂혀 있었다.

모험가가 요금을 지불하면 그 중 일부를 볼 수 있다.

아이네는 자료를 체크하면서 필요한 정보를 나기에게 보냈다.

"인어 정보와 인간과의 관계는 알아냈어. 참고가 됐네."

자료에 따르면 인어는 『문명을 갖지 않은 아인』이라고 한다.

그저 바다에서 노래하고 헤엄치는 종족. 돈도 집도 필요로 하지 않는다.

이따금씩 휴양지 사람들과 해산물을 거래하는 게 고작이었다.

특히 『혼드 서펜트』는 계절 명물로 먹으면 기운이 매우 솟는다고 한다.

"고마웠어요. 도움이 됐어요."

아이네가 『열람 허가증』을 사무실에 있던 여성에게 건넸다.

여성— 길드 접수처 여직원은 자료를 확인한 뒤 『허가증』에 반납 완료라고 서명했다.

리타가 사무실 문에 손을 대려다가 불현듯 떠올랐다.

"아까부터 마음에 걸렸는데……저 사람들, 내버려 둬도 돼?"

리타가 권유 중인 여성들을 가리켰다.

접수처 여직원이 사무실 책상에 엎드려 머리를 싸쥐었다.

"알고 있습니다. 알고는 있지만…… 우리 길드 마스터가……권위에 약해서."

"……그랬구나."

"그래."

그렇다면 하는 수 없다. 모험가 길드는 지역마다 다르게 운영되니까.

"그럼 돌아가죠, 아이네."

"잠깐, 한 가지 확인할 게 있어."

돌아가려는 리타를 만류하고서 아이네가 접수처 여직원을 봤다.

"이 도시의 명물인 『혼드 서펜트 양념구이』는 어디서 팔아?"

"……그건, 올해에는 좀……. 통 잡히지 않아서."

접수처 여직원이 어째선지 얼굴을 붉히고서 아이네를 봤다.

"……혹시 먹여 드리고 싶은 분이 계십니까? 사랑하는 분이라거나?"

"응. 주인님께. 기운이 난다고 들어서."

"헌신적인 노예네요……. 그렇게까지 하다니."

"……으, 응. 그래."

접수처 여직원이 감동한 표정을 짓자 아이네는 고개를 갸웃거렸다.

길드 접수처 여직원이 얼굴을 살짝 붉히고서 말했다.

"『혼드 서펜트』는 인어밖에 잡질 못합니다. 인어는 그걸 인간 어부한테 팔고서 그 대가로 인간의 도구를 구해요."

"어부가 직접 『혼드 서펜트』를 잡으러 갈 수는 없어?"

"옛날에…… 실행했던 사람이 있었다고 합니다."

"어떻게 됐어?"

"제정신을 잃고서 돌아왔다고."

"……."

"그곳에는 인간이 정신을 놓아 버리게 만드는 무언가가 있을 지도 모릅니다. 아무튼 어부는 거긴 얼씬도 하지 않아요. 그래서 그 땅에서는 퀘스트가 발생하지 않죠. 의뢰하는 사람이 없으니까요."

"하지만 지금 그 땅에서 『신인 연수』가 진행되고 있어."

"그래서 이상합니다. 평범한 사람은 그런 곳을 가까이하지 않을 텐데……."

접수처 여직원이 그 말을 끝으로 입을 다물었다.

리타와 아이네는 함께 『모험가 길드』를 나왔다.

"근데 아이네, 『혼드 서펜트 양념구이』가 유명해?"

"응. 일부에서. 체력이 는다는 얘기가 있어서 나 군한테 먹여 주고 싶어서."

"그래? 그럼 열심히 해야겠네."

"근데 왜 사랑하는 분한테 주고 싶냐고 물어본 건지…… 잘 모르겠네."

일단 리타와 아이네는 정보를 나기에게 보냈다.

그리고 다 함께 회의를 하기로 했다.

제9화 「원격 작전 회의와 성녀님의 바람」

　저녁, 우리는 메일로 회의를 하기로 했다.

　나와 시로, 세실과 이리스는 『성녀님의 미궁』 안에 만들어진 휴식용 에어리어에 모여 있었다.

　아까 봤던 그 방은…… 역시나 손님용이었다. 성녀님은 '딱히 나기 군 일행을 위해 만든 건 아냐!'라는 말과 함께 우리가 이곳을 쓰도록 허락해 줬다.

　덕분에 낮잠도 잘 수 있어서 기력도 충분했다.

『송신자 : 나기(수신자 : 아이네)

　본문 : 우리는 준비가 다 됐어. 슬슬 회의를 시작해도 될까?』

　나는 아이네에게 『의식 공유·개량형』으로 메시지를 보냈다.

　리타와 아이네, 레티시아와 라필리아, 커틀러스는 휴양지 별장에 있었다.

　떨어져 있더라도 우리는 『의식 공유·개량형』으로 이어져 있으니까.

　그래서 성녀님도 끼워서 실시간 회의를 하기로 했다.

『송신자 : 아이네(수신자 : 나 군)

　본문 : 준비 오케이야. 시작하자. 나 군.』

『송신자 : 나기(수신자 : 아이네)

　본문 : 알겠어. 우선 우리가 모은 정보를 보낼게.』

　· 우리는 '마롱'에 관한 장소를 찾고 있다.

　목적은 '지룡 어스가르스'와 '길드 마스터'의 정체를 알아내기

위해서다.

　· '해룡 케르카톨'의 말에 따르면 휴양지 북쪽 해안에 『마롱의

유적』이 있다고 한다.

　· 그런데 그곳은 저주를 받았다. 더욱이 귀족이 『신인 연수』를

벌이고 있다.

　귀족 이름은 『힐무트 후작』.

　레티시아의 말에 따라면 무인 가문의 귀족이라고 한다.

　연수에 참가하면 그 사람이 보조금을 지급한다고 한다.

　· 『신인 연수』 탓에 인어가 쫓겨나 도움을 요청했다.

　"자, 여기까지 무슨 의견이 있는 사람?"

　〈이상하지 않아?! 너희, 대체 어떻게 정보를 수집한 거야?!〉

　테이블 위에서 고스트 성녀님이 외쳤다.

　"성녀님, 어디가 이상합니까?"

　〈저기 말이야. 이야기를 들은 지 아직 하루도 채 지나지 않았

거든? 그런데 어떻게 연수에 관한 정보를 전부 적나라하게 밝혀
낸 거야?!〉

"한마디로 대답하기가 난감한걸."

"……흔한 일이네요. 나기 님."

"우리 모두의『치트 능력』때문이겠죠?"

"아빠랑 엄마들이 노력했으니 당연하지 않나 싶어!"

세실은 의아해하면서, 이리스는 수긍하면서, 시로는 가슴을
활짝 펴고서 선언했다.

정말로 모두가 의욕적으로 정보를 수집하고 분석해 줬으니까.

순식간에 필요한 정보를 모아 버렸다.

"게다가 아직 핵심 부분은 밝혀지지 않았습니다."

〈……확실히.〉

내가 말하자 고스트 성녀님이 고개를 끄덕였다.

동시에 아이네를 통해 레티시아가 메시지를 보냈다.

『송신자 : 레티시아(대필 : 아이네) (수신자 : 나기 씨)

본문 : 그래요. 상대가『연수』에 혈안이 되어 있는 이유도 모
릅니다. 게다가『연수』를 받았을 뿐인데 사람이 그런 식으로 변
하는 이유도 아직 밝혀지지 않았어요.』

〈……아니, 인간이 변화한 이유는 데리릴라 씨가 짐작 가는
바가 있어.〉

성녀님이 우리를 둘러보고서 에헴, 하고 가슴을 활짝 폈다.

〈사람이 발을 들여서는 안 되는『저주받은 땅』이라는 곳이 있어.『신인 연수』를 그런 곳에서 벌인다면 사람이 망가질 만도 하겠지.〉

"아이네가 조사한 내용에도 있었죠. 인어의 땅에 침입했다가 이상해진 사람이 있었다고."

〈그래. 인간 이상의 존재가 커다란 원한을 품고서 죽으면 잔류 사념이 그 땅에 영향을 끼치기도 해.〉

"그럼『연수』를 받았던 사람이 이상해진 이유는……."

〈저런 땅에서 인간은 정신이 불안정해지기 십상이니 말이야.〉

"만약에 그곳에서…… 억지로 혹독한『연수』를 벌인다면……."

인격이 변할 만도 하겠네.

더욱이 우리는 예전에『천룡의 잔류 사념』과 만났다.

그때『잔류 사념』이 분노하여 마물이 흉포화(버서크)됐다.

혹시 인간에게 영향을 끼칠 만한『잔류 사념』이 있는 걸까……?

"세 가지 의문이 있습니다."

〈음. 말해 봐.〉

"인어는 어째서 그런 곳에서 사는 걸까요?"

〈그건 그들이 즐겁게 노는 행위로써 '정화'하는 종족이니까.〉

"즐겁게 노는 행위로써— 정화?"

〈그래. 인어들은 천진난만하고 즐겁게 노는 게 일이야. 그들은 '즐거움'이나 '유쾌한 기분'으로 저주나 원한을 중화하는 스킬을 갖고 있어.〉

진혼 제사를 연중무휴로 벌이는 것이나 마찬가지인가.

좋겠네. 그런 삶의 방식도. 재밌을 것 같다.

"두 번째 질문입니다. 성녀님은 그 땅에 가본 적이 있습니까?"

〈없어.〉

성녀님이 고개를 가로저었다.

〈데리릴라 씨는 육체를 갖고 있지 않은 영체이니까. 육체를 가진 사람이라면 신체를 휴식시켜 정화할 수가 있겠지만, 데리릴라 씨는 영체 그 자체에 영향을 받으니 말이야. 다가갈 수가 없어.〉

그렇다면 성녀님에게 부탁할 수는 없나.

"마지막 질문입니다. 『신인 연수』를 벌이는 사람은 어떻게 그 저주를 견디는 겁니까?"

〈모르겠는걸. 저항력을 갖고 있든가, 영향을 받지 않는 호부를 사용했을지도 몰라. 어쨌든 그런 땅에 발을 내딛고서 멀쩡할 수 있는 사람은 소수뿐이지.〉

"예를 들어 어떤 사람입니까?"

〈글쎄…….〉

성녀님이 허공에서 무릎을 끌어안고서 잠시 생각한 뒤―.

〈강력한 정화의 힘을 갖고 있는 사람은 괜찮지 않을까?〉

"그렇다면 리타는 괜찮겠군요."

〈그리고 용한테 사랑받는 사람들한테도 저주는 통하지 않지. 애당초 초월적 존재의 감정이 저주로 변한 거니까, 오히려 근처에서 용이 '좋아 좋아' 아우라를 내뿜는다면 저주를 막아 줄 거라고 생각해.〉

"예―! 시로, 파티 모두를 사랑해! 아빠도, 리타 엄마랑 아이네 엄마도, 이리스 엄마도, 세실 씨도 레티시아 씨도, 커틀러스 씨도 레기 씨도 사랑해! 아직 태어나지 않은 여동생도 사랑해!!"

내 무릎 위에 앉아 있던 소리가 두 팔을 올렸다.

"시로, 모두가 좋아! 사랑해. 그러니까 분명 막아지려나 싶어!"

〈……응. 너희들한테 저주가 통하지 않는다는 건…… 알겠어. 혹시 몰라서 확인해 본 것뿐이니까…….〉

어째서 성녀님이 뺨을 부풀리는 겁니까?

〈결론부터 말하자면 시로 군이 '좋아 좋아', '가족', '친구'라고 생각하는 사람은 저주의 영향을 받지 않는다는 말이야.〉

"파티원 모두가 괜찮겠군요."

〈요만큼도 문제가 없지.〉

다시 말해 우리는 모두 『신인 연수』가 벌어지고 있는 곳을 조사하러 갈 수가 있다.

마룡의 『저주』와 같은 급의 시로의 『좋아 좋아 아우라』가 우리를 지켜 줄 테니 저주는 통하지 않는다.

〈그리고 이걸 갖고 가도록.〉

성녀님이 골렘을 불렀다.

작업용 작은 골렘이 원반 모양의 은색 판을 가져왔다.

〈이건 데리릴라 씨가 성녀 시절에 저주에 걸린 사람을 돕기 위해 만든 물건이야. 이 은반에는 정화 술식이 삽입되어 있어.〉

성녀님이 말했다.

〈저주받은 곳에 들어가면 이 원반을 기동하도록 해. 그러면 저주의 영향을 억누를 수 있어. 『신인 연수』를 받았던 인간을 제

정신으로 돌려 줄 거야.〉

"감사합니다. 성녀님."

〈괘념치 마. 애당초 데리릴라 씨가 너희를 끌어들인 셈이야.〉

영체 성녀님이 어깨를 들먹였다.

〈남한테 맡기는 걸 좋아하지는 않지만. 그래도 너희들이라면 안심이야. 보수도 확실히 준비해 둘 테니 부탁할게. 이 땅을 지키는 성녀 데리릴라의 이름을 걸고서.〉

"알겠습니다."

"시로도 열심히 할게! 가족이랑 파티와 여동생을 위해서라도!"

"……시, 시로 씨. 자꾸 여동생이라고 말하면…… 저…… 부끄러워요."

"이리스도, 왠지 몸이 몹시 간지러워서 못 견디겠습니다……."

〈이상하네. 나기 군 일행은 이제부터 난관 퀘스트에 임하러 가는 길인데…… 데리릴라 씨한테 뭘 보여주는 거람…….〉

터벅터벅, 터벅.

불현듯 소리가 났다.

우리가 이야기를 끝맺기를 기다렸던 것처럼 미궁 안에서 대형 골렘이 다가왔다.

〈어머. 수영장에 갔던 골렘 군이 돌아왔네.〉

고스트 성녀님이 골렘에게 다가가 고개를 끄덕였다.

그러고는 우리를 쳐다보고서 말했다.

〈인어 소니아 짱이 깨어났다는데 어쩔래?〉

"이야기를 들어보겠습니다. 가자."

나와 세실, 이리스와 시로가 자리에서 일어섰다.

성녀님도 두둥실 떠올라 미궁 안으로 나아갔다.

수영장은 다음 방에 있다.

선두에서 나가가던 골렘이 문을 열자 아까와 마찬가지로 수영장이 있고―.

"도와주셔서…… 감사합니다…… 성녀님. 여러분……."

자그마한 인어 소니아가 우리를 기다리고 있었다.

"전…… 휴양지 북쪽…… 후미에서 살고 있었습니다."

인어 소니아가 떠듬떠듬 말하기 시작했다.

나와 세실과 시로는 수영장 가장자리에 걸터앉아 그녀의 이야기를 들었다.

이리스는 소니아를 안고서 등을 쓰다듬어 줬다. 인어는 바다 생물인지라 해룡의 피가 흐르는 이리스와 접촉하면 커다란 존재의 보호를 받는 것처럼 안심할 수 있다고 한다.

〈소니아 군, 가르쳐 줄래? 너희들의 보금자리 일대가 『저주받은 땅』이니?〉

성녀님이 허공에 뜬 채로 물었다.

이리스의 팔에 안긴 채로 자그마한 인어가 고개를 끄덕였다.

"저희들 보금자리 근처에는『마룡의 유적』이라 불리는 곳이 있습니다. 그런데…… 열흘 정도 전쯤, 저희는 거기서 쫓겨났습니다."

"쫓겨났다?"

"……무서운 인간이, 왔습니다."

내가 묻자 소니아가 부들부들 떨면서도 대답해 줬다.

성녀님이 말했던 것처럼 인어는 해안가에 사는 아인이다.

소니아 및 인어의 보금자리가『저주받은 땅』근처라는 것도 예상대로였다.

"인어들은 대대로 즐겁게 노래하고 춤추면서 저주를 정화해 왔습니다."

그곳이 언제『저주받은 땅』이 됐는지는 인어들도 몰랐다.

다만 전해지는 말이 있었다.

—옛날에 인간의 왕이 대지에 사는 용에게 커다란 죄를 범했다.

—사망한 용은 그 죄를 저지른 인간에게 어마어마한 분노를 토해 냈다.

—그 분노는 용이 죽은 후에도, 오랜 세월이 흘렀음에도 가라앉지 않았고.

—그 땅에 다가가는 자의 정신을 불안정하게 만든다고 한다.

"인어한테는『저주』가 통하지 않습니다. 번뇌가 거의 없는 종족이라서."

"번뇌가 없다?"

"예. 목숨이 달린 일이 아니라면, 불쾌한 기억은 사흘쯤이면 잊어버려서."

"그럼 목숨이 달린 일은?"

"대처합니다. 그게 안 된다면 포기하고서 도망칩니다."

"""……그렇구나."""

바다에서 자유롭게 사는 종족이기에 가능한 삶의 방식이겠지.

그래도…… 좋겠네. 그런 삶도.

"그런 인어의 보금자리에…… 무서운 인간이 왔……습니다."

소니아가 말을 이어 나갔다.

스무날쯤 전에 인어의 영역에 배가 들어왔다.

배에는 선원 외에도 두 검사가 타고 있었다.

두 사람은 인어들에게 이렇게 선언했다.

'이 땅을 열 때가 왔다. 저주에 대항할 수 있는 인재를 찾아내어 오랜 맹세를 완수하겠다.'

—그리 말하고 그들은 인어들을 공격하기 시작했다.

인어에게는 전투 능력이 없다. 기껏해야 『정화』 효과를 지닌 노래를 부르는 게 고작이다.

그런데도 인간들은 활과 거대한 사역마로 인어들을 몰아냈다.

그 이후에 어떻게 됐는지…… 소니아도 기억이 잘 나지 않는다고 했다.

그녀는 필사적으로 지하 수맥으로 도망쳤다.

지하 수맥은 유속이 빠르기에 소니아는 바위에 여러 번 부딪쳤고 그대로 의식을 잃었다.

　그리고 정신을 차렸더니 성녀님의 미궁에 있었다고 한다.

　"굉장히 무서웠습니다. 습격했던 인간은…… 마치 소니아와 인어들을, 아인도 마물도 아닌…… 장애물을 치우듯이…… 무기와, 커다란 마물을, 동원해서……."

　수영장에 물결이 찰랑, 일었다.

　인어 소니아의 몸이 부들부들 떨렸다. 이리스가 끌어안아도 멈추지 않았다.

　"가장 무서웠던 것은 왜 그런 짓을 저질렀는지 이유를 모른다는 겁니다. 인어는…… 그 땅을 정화하는 존재인데…… 그저 그게 즐거워서 하고 있을 뿐입니다. 그런데…… 어째서."

　소니아가 손을 뻗어 내 바지 자락을 꼬옥 쥐었다.

　"당신들과 만나지 않았다면…… 소니아는 인간을 혐오하게 됐을지도 모릅니다."

　"미안해. 무서운 기억을 들춰내서."

　인어들은 『저주받은 땅』을 계속 정화해 왔다.

　그 인어들을 『신인 연수』 패거리가 쫓아냈다.

　연수를 받았던 인간이 이상해진 이유는 저주 때문인가?

　〈……왜 그런 짓을 벌이는 걸까. 데리릴라 씨는 전혀 이해가 안 돼.〉

　"……그렇군요."

　소니아의 이야기를 토대로 추측해 보건대…….

"다시 말해 인어들은 옛 저주를 정화하기 위해 그 영역에 살고 있었다. 그 저주란 '지룡'의 저주일 가능성이 높다. 인어들을 쫓아낸 인간은 아마도 이능력을 지닌 자. 배후에 힐무트 후작이라는 귀족이 있다면 『내방자』일지도 모른다. 그들은 그곳에서 『신인 연수』를 벌이고 있다. 목적은 저주 저항력을 가진 인재를 찾아내는 것. 놈들은 저주의 근원인 『마룡의 유적』을 찾아내려고 한다. 후작은 그 일에 협력하고 있다……. 아니, 속단은 금물이지. 정보를 더……."

"인간 씨! 이해하는 속도가 너무 빨라요!"

⟨……소니아 군. 나기 군 일행이 뭘 할 때마다 일일이 놀라면 몸이 버티지 못할 텐데……?⟩

성녀님, 듣기 사나운 말 좀 하지 말아 주세요. 미리 조사했을 뿐입니다.

"뭐, 일단 『마룡의 유적』을 탐색하러 갈 작정이었으니까요."

'마룡'의 정체는 시로에게 마력을 줬던 '지룡 어스가르스'다.

그 용이 왜 저주를 뿌리고 있는지 확인하러 가보자.

"가는 김에 인어의 보금자리를 되찾을 수 있을지 해 보자고."

"저기, 그렇다면 보답을 하고 싶습니다."

소니아가 고개를 들고서 나를 쳐다봤다.

"인어한테는…… 비보가 있습니다. 『일하지 않는 종족』이라서 '의·식·주' 세 가지의 비보가 있습니다. 장로님한테 부탁드려서라도…… 그걸 드리고 싶어요."

"……어?"

"인어한테는 부적 같은 물건입니다. 그 비보가 있으면 최소한 굶주리거나, 생활을 영위하지 못할 지경으로 피폐해지지는 않을 테니까. 만약에 여러분이 소니아와 인어의 보금자리를 되찾아 주신다면 그걸 드리겠습니다."

"……오오."

이상한 소리가 나왔다.

무심코 나는 심장을 부여잡고 있었다.

나의 궁극적인 목적『일하지 않고 살아가는 스킬』─ 그 힌트가 이런 곳에 있었을 줄이야.

"그렇구나…… 인어는 일하지 않고 살아가는 프로이니까……."

아무것도 갖지 않는 대신에 노래하고 춤추며 살아가는 종족.

그녀들은『일하지 않고 살아가는 것』을 목표로 삼은 나에게는 선배 격의 존재였다.

"……선배라고 불러도 될까?"

"인간 씨, 대체 무슨 소리를 하는 건가요?!"

"어쨌든『성녀님 퀘스트』는 수주할게. 우리가 힘써 볼 테니까."

나는 수영장 가장자리에 무릎을 대고서 그녀의 작은 손을 쥐었다.

"……인간 씨."

"민폐스러운『신인 연수』도 막고, 거대한 마물도 쫓아내 볼게. 그리고『저주』의 정체도 밝혀낼 테니까."

의욕이 생겼다.

궁극의 목적인 『일하지 않고 살아가기』를 위해서 인어들을 돕자.

"정보는 여기까지야."

나는 『의식 공유·개량형』으로 이어져 있던 아이네에게 메시지를 보냈다.

답신이 바로 돌아왔다.

모두의 의견을 모아 보니 '인어를 돕고 싶다'로 뜻이 일치됐다.

모두들 소니아를 동정하고 있으면서도, 주요 동기는 저마다 다른데—.

리타와 이리스는 '인어 씨(자그마한 아이)(바다의 동료)를 돕고 싶다'.

라필리아와 레티시아와 커틀러스는 '악인은 용서할 수 없다'.

나와 세실과 아이네 쪽은 '이상한 『신인 연수』를 중단시키고 싶다'—였지만.

이번에는 파티를 세 조로 나누기로 했다.

나와 세실, 리타는 『저주』를 정화하고, 『마룡의 유적』 위치를 특정한다.

아이네와 이리스는 우리를 지원한다.

레티시아와 라필리아와 커틀러스는 소동을 일으킨 인간의 주의를 끌기로 했다.

그리고 나와 세실과 리타는 함께 『대마법』을 쓰는 걸로 의견이
모아졌는데…….

"세실, 몸 상태는 어때?"

"괜찮습니다. 나기 님. 대마법도 무리 없이 사용할 수 있을 것
같아요."

세실이 은발을 흔들며 내 곁으로 다가왔다.

"실은…… 저, 최근에 나기 님의 마력이 예전보다 몸속에서
더 원활하게 도는 것 같아요."

"그래?"

"아, 예. 저기…….

세실이 뺨을 붉히고는 양쪽 검지를 툭툭 맞댔다.

"제, 제 몸이…… 나기 님에 맞춰서, 여러모로 변하고 있는 게
아닌가 싶어요……. 이 몸에…… 나, 나기 님의, 아……기……
가 익숙해지도록."

"실은 이번에 세실은 쉬었으면 싶지만…….

"……부탁드려요. 일하게 해주세요."

세실이 또 울먹이며 내 옷에 매달렸다.

"저도 '지룡 어스가르스' 씨를 알고 싶어요. 마족은…… 멸망
해 버린 일족이니 만약에 지룡 씨가…… 멸망한 용이라면 어떤
공통점이 있을지도 모릅니다. 자식을 위해서라도 이 세계에 무
슨 일이 있었는지 전 알고 싶어요."

"……세실."

나는 세실의 은발을 쓰다듬었다.

세실의 겉모습은 처음 만났을 때와 거의 변하지 않았다. 자그마한 몸도, 가녀린 어깨도, 매끈매끈한 갈색 피부도, 금방 울먹일 것 같은 붉은 눈도.

그러나…… 그 시절보다 훨씬 강해진 것 같았다.

그녀의 전투 능력을 올려준 사람은 바로 나지만, 그것과는 조금 다른 의미에서.

"대단하네. 세실."

"그 말씀, 고스란히 돌려드릴게요."

"난 내가 대단하다고 생각한 적이 없는데 말이야."

"저희들을 『치트 캐릭터』로 만들고서 전적으로 믿어 주시는 나기 님이 대단하지 않을 리가 없잖아요? 그렇지?"

세실이 이곳에 없는 누군가를 부르듯 배를 매만졌다.

사실은 세실이 별장에서 기다려 줬으면 좋겠지만─ 그러나 마족의 생존자로서 멸망한 용에 관해 알고 싶어 하는 그 기분을 알 것 같았다.

그래서─.

"위험하다면 바로 돌려보낼 거야."

"예. 감사합니다. 나기 님!!"

"괜찮습니다!! 세실 님은 이리스가 전력으로 서포트할게요!!"

"시로도 지킬게! 그리고 여동생한테 '시로 언니, 열심히 했구나'라는 말을 듣고 싶어!!"

"""오─!!"""

세실, 이리스, 시로가 손을 포개고서 높이 쳐올렸다.

성녀님이 흐뭇한 눈으로 세 사람을 쳐다봤다.

〈……저기, 나기 군.〉

성녀님이 웃음을 참는 듯 입을 막고 있었다.

〈예전에 데리릴라 씨가 여기서 친구— 마족 아리스티아의 자손이 찾아오길 기다리고 있다는 얘기를 했지?〉

"우리가 처음 왔을 때 말이죠?"

〈응. 그 후에 데리릴라 씨가 여러모로 생각하고서 언젠가 마족의 도시를 찾으러 가볼까, 하고 생각했는데…… 너희들을 보고 나서…… 왠지 생각이 바뀌었어.〉

"그렇습니까?"

〈차라리 다시 태어나 버릴까? 그래서 나기 군한테 거둬져 너희들의 자식이 된다거나.〉

"좋네요. 재밌겠습니다."

〈즉답?!〉

"네? 그야 그러면 성녀님과 줄곧 함께 지낼 수 있잖아요?"

성녀님이 고스트인 채로 줄곧 시로와 함께 있어 주기를 바랐는데…… 생각해 보니 차세대 동료로 전생하는 것도 괜찮을 것 같았다.

애당초 우리는 주종 계약(예외 있음)으로 얽힌, 여러 종족이 뒤섞인 별난 파티이니까.

내방자에다가 마족, 수인, 귀족, 누나, 용의 혈통, 고대 엘프의 레플리카, 왕가의 숨겨진 공주, 마검, 천룡의 유생체까지.

그러니 파티에 '성녀님 전생체'가 있더라도 딱히 상관없잖아?

"성녀님한테 그 정도쯤은 별일도 아닐 것 같군요. 그럼 성녀님이 어딘가에서 환생하면 제가 거두는 흐름인가? 성녀님이라면 엄마가 될 사람한테『계시』같은 것도 내릴 것 같네요. 그때 장차 우리 자식으로 삼아도 되겠느냐고 승낙을 구하면 되려나……?"

〈……풋.〉

성녀님이 웃음을 터뜨렸다. 어라?

〈아이 참—! 못 당하겠어—! 나기 군도 참! 에이에이!!〉

"저기, 성녀님?"

〈이제 그만! 무슨 일이 생기거든 데리릴라 씨가 도와줄게! 너희들은 퀘스트나 수행하러 가버려!〉

왜 웃으면서 발끈하는 겁니까, 성녀님.

〈어쨌든 소니아 짱은 데리릴라 씨가 보살필 테니 너희들은 조심해서 다녀와. 상황이 여의치 않다면 돌아오고…… 뭐, 굳이 당부할 필요도 없나?〉

"알겠습니다."

나는 손을 뻗어 허공에 떠 있는 성녀님과 악수를 나눴다.

"『성녀님 퀘스트』, 안전 최우선을 고려하며 다녀오겠습니다."

그리하여 우리는 성녀님에게 손을 흔들고서『성녀님 퀘스트』를 깨러 출발했다.

─휴양지 인근의 어느 장소에서─

『저주』 내성이 있는 자는 몇 명 발견했지?"

어느 방 안에서 남성이 말했다.

"세 명입니다. 그 중 두 명은 그 땅에서도 제정신을 유지하고 있습니다."

"인어의 거처 탐색은 어떻게 됐나?"

"중지됐습니다. 인어가 노래를 하지 않아서."

『정화의 노래』가 통하는 건 배 안— 이 방까지인가? 수영장이 딸린 저택을 지어 주겠다고 했지? 허참, 아무리 아인이라고 해도 가치를 모르는 놈들이군."

"언젠가 힐무트 후작님의 자비에 감사를 표할 겁니다."

"그렇겠지. 이건 중대한 일이야. 성검을 찾아낸다면 왕가에서도 높이 평가해 주시겠지. 인어한테도 명예로운 일이 될 터."

"분부를 받들겠습니다."

후드를 뒤집어쓴 소년이 고개를 끄덕였다.

"전 당신께 충성을 맹세했습니다. 무력으로써 언젠가 마왕을 쓰러뜨릴 당신께."

속닥거리기 시작한 두 사람의 말소리를 파도 소리가 지워 버렸다.

멀리서 기합이 들어간 고함이 들렸다. 남성이 만족스레 고개를 끄덕였다.

"고통은 지금뿐, 이 고비를 극복하면 강해질 수 있다. 뻔한 이야기지."

이윽고 바람이 거세지자 바다 위에 정박 중인 배가 서서히 흔들렸다.

"······흔한 일이야. 이 고비를 극복하면 강해질 수 있다."

아까 전에 했던 말을 다시 되뇌면서 남성이 잔을 기울였다.

배 안에 채워진 '연수생'들을 —그의 주관에서— 듬뿍 걱정하면서.

제10화 「해안 지역 공략전1 레티시아 팀의 모험」

—며칠 뒤 휴양지 북쪽 해안—『신인 연수』현장에서—

며칠 뒤 이른 아침.

'휴양지 미슈릴라' 북쪽에 있는 해변에 무수히 많은 사람들이 모여 있었다.

"기합이 부족하다! 그래서야 어엿한 사회인이라고 할 수 있 겠나!"

아침 해안가에서 남성의 목소리가 울려 퍼졌다.

진홍색 로브를 두른 남성— '교관 마도사'가 연수생들 앞에서 힘껏 외쳤다.

"다시 한번 말한다! 보아하니 너희들은 기합이 부족해! 부족 한 이유는 훈련이 부족하기 때문이다! 다른 이유는 있을 수 없 어! 반론이 있다면 말해 봐라!!"

""아뇨! 죄송합니다! 교관 마도사 버밀리온 공!!""""

해안가에 늘어선 연수생들이 꼿꼿이 선 채로 대답했다.

'교관 마도사'는 검을 든 채로 그들 앞을 오가면서 모래를 차 날렸다.

"이 『신인 연수』는 아무리 고용주가 시켰다고 해도 너희들이 자발적으로 시작한 거다. 무슨 일이 벌어지든 자기책임이다. 싫다면 언제든지 돌아가도 좋다!"

"사실입니까? 그렇다면 전…… 이만."

"단, 도중에 돌아간 놈은 스스로 정한 것조차 이루지 못하는 글러 먹은 인간이다! 그렇게 고용주와 길드, 상회에 보고하겠다. 앞으로 어떻게 될지 한번 생각해 보면 좋겠군!!"

"……아아."

"자, 러닝을 마쳤다면 협동 체조다. 모두의 마음을 하나로 만들어 마력을 모으는 거다. 기합과 협조성이 충분한지 어떤지 알 수 있겠지!!"

'교관 마도사'가 손뼉을 쳤다.

그것을 신호로 '연수생'들이 이동하기 시작했다.

"그냥 걷기만 하면 안 된다. 기합과 협조성을 알 수 있도록 움직여라. 알겠나!"

이곳은 휴양지 미슈릴라 북쪽에 있는 해안 지역.

모래사장에는 직장이나 지인의 권유로 『신인 연수』를 받으러 온 자들이 있었다.

성별과 나이는 제각각이지만, 모두 같은 옷을 입고 있었다.

너덜너덜한 천을 허리띠를 대신하여 끈으로 동여매기만 한 옷. 겉면에는 그룹명과 숫자가 적혀 있었다.

"순번대로 이동하라. A부터 E그룹. 각자 점호하고서 협동 체조를 시작해라!"

"""""""……예."""""""

'연수생'들이 얼빠진 표정으로 『협동 체조』 준비를 했다.

모래사장에는 기묘한 마법진이 그려져 있었다. '교관 마도사'가 그린 것으로, 협동 체조에 참가한 자의 마력을 사역마에게 보내는 효과가 있다.

더욱이『협동 체조』를 마친 뒤에는 협조성이 상승한다.

모두가 흐리멍덩한 눈으로 정해진 포즈를 취하자 '교관 마도사'가 만족스레 고개를 끄덕였다.

그러고는 허리에 채워진 자루에서 수정구를 꺼냈다.

"아직은『저주』의 영향이 경미하군. 앞으로 한 시간은 더 움직일 수 있겠어."

그가 들고 있는 수정구는『저주』를 막아 주는 매직 아이템이었다.

소유자를 대신하여『저주』를 받고, 한계가 되면 완전히 새카매진다.

현재는 회색. 아직은 할 일이 끝나지 않았기에 활동을 조금 더 계속할 작정이었다.

"이 모래사장은『저주』의 영향이 약하니까. 호부가 있으면 버틸 수 있겠지."

'교관 마도사'가 주변을 둘러봤다.

북쪽에 깎아지른 것 같은 벼랑이 있었다. 파도가 부딪치는 것이 희미하게 보였다.

인어는 살던 곳이 바로 저 부근.『저주』의 영향이 가장 강한 곳이기도 했다.

저곳에는 먼 옛날에 봉인된 유적이 있다고 했다.

그러나 그곳은 『저주』가 너무 강했다. 호부가 있어도 오랫동안 있을 수가 없었다.

저곳을 탐색하기 위해서는 저주에 내성을 갖고 있는 인간을 찾아낼 필요가 있었다.

이 연수의 목적은 바로 그것이었다.

"그러나…… 『저주』에 짓눌려서 생각을 잃어버린 놈투성이군. 못 써먹겠어."

'교관 마도사'가 바닷바람에 검은 머리카락을 휘날리며 중얼거렸다.

모래사장에서 '연수생'들이 협동 체조를 시작했다.

열 명이 한 조를 이루어 피라미드를 만드는 체조인데, 그 중 하나가 무너져 내렸다.

"뭣들 하나! 어째서 기합을 더욱 불어넣지 못하는 거냐?!"

'교관 마도사'가 외치자 피라미드에 속한 '연수생'이 두 손을 부들부들 떨면서 그를 쳐다봤다.

"교, '교관 마도사'공…… 이 인원수로는, 형태를…… 갖출 수가 없는지라…… ."

"누가 말대답을 해도 좋다고 했나!"

'교관 마도사'가 외쳤다.

모래사장에서 협동 체조를 하는 그룹들 중 하나만이 형태가 일그러졌다.

"……4번이…… 없습니다…… ."

"도망친 건가……? 왜 더 일찍 말하지 않았나?! 그 녀석의 이름은?"

"……아, 아니. 연수를 받는 중에는 개인을 이름으로 부르지 말라고……."

"시끄러워! 동료 이름쯤은 기억해 둬라! 연대 책임이다. 너희 들 모두 따라와!!"

'교관 마도사'가 손짓하여 협동 체조를 하던 연수생들을 불러 모았다.

그들은 팔다리를 덜덜 떨면서 모래사장 위에서 대열을 이뤘다.

"이『신인 연수』는 힐무트 후작께서 의뢰하신 중요한 일이다. 탈주 따윈 용납할 수 없다."

'교관 마도사'가 근해에 정박 중인 대형선을 쳐다봤다.

저 안에는 힐무트 후작과 또 하나의『교관』이 있었다.

그 얼굴을 떠올린 '교관 마도사'가 무심코 어금니를 악물었다.

라이벌이기도 한 또 하나의『교관』은 더욱 강대한 힘을 갖고 있었다.

배에 있는 이유도 그 힘을 인정받았기 때문이었다.

"『D그룹 4번』을 찾으러 간다. 성별은 여성, 머리 색깔은 파란 색이다. 나머지는 내가 돌아올 때까지 협동 체조를 계속해라. 그 후에 특별히 수분 보충을 허락하마."

"""""예."""""

모래사장에 있는 연수생들이 흐리멍덩한 눈으로 대답했다.

그 광경을 만족스레 쳐다보고서 '교관 마도사'가 중얼거렸다.

"달아나는 놈은『저주』에 내성을 갖고 있지만, 명령에 따르지 않는다. 명령을 따르는 자는 내성이 없다. 어렵구만."

'교관 마도사' 로드 오브 버밀리온이 뛰어나갔다.

—해안과 가까운 구릉지대 레티시아 팀—

"그럼 작전을 개시하겠어요."

모여 있는 동료들에게 레티시아가 말했다.

이곳은 해안을 내려다볼 수 있는 언덕이다.

주변에 숲이 있어서 그녀들의 모습이 적절히 감춰졌다.

현재 이곳에는 레티시아와 라필리아, 커틀러스 세 사람이 있었다.

나기와 세실과 리타, 아이네와 이리스는 각기 다른 팀을 꾸려서 제 위치로 갔겠지.

"라필리아 씨, 나기 씨한테서 메시지가 왔나요?"

"『의식 공유·개량형』 말이죠오. 왔어요오."

라필리아가 나무 뒤에 숨은 채 고개를 끄덕였다.

"마스터 일행은 여기서 도보 20분쯤 떨어진 지점에서 대기하고 있어요. 우리가 소동을 피우면 움직일 예정이에요."

라필리아가 그렇게 말하고서 나무 사이로 모습을 감췄다.

그녀는 원거리 전투와 나기와의 통신을 맡았다.

레티시아 팀의 목적은 『신인 연수』를 받는 사람들의 시선을 끄는 것과 정보 수집이었다.

적재적소의 원칙에 따라 레티시아, 커틀러스, 라필리아가 이 역할을 맡겠다고 희망했다.

"커틀러스 씨는 준비가 됐나요?"

"방금 핀을 불러냈지 말입니다!"

커틀러스가 장비한 『바랄의 갑옷』을 만졌다.

나무 밑에서 눈을 감고서 기도하듯 또 하나의 자신의 이름을 불렀다.

"핀! 색적을 부탁하지 말입니다!"

"알겠습니다!"

커틀러스와 얼굴은 똑같지만— 머리카락이 조금 길고, 눈동자 색깔이 다른 소녀가 나타났다.

마력으로 형성된 몸을 빙그르르 돌리면서 그대로 허공에 떠올랐다.

"그럼 나무 위에서 주변을 둘러보겠습니다. 상세한 내용은 커틀러스한테!"

핀은 그렇게 말한 뒤, 나뭇가지를 가볍게 박차고서 나무 꼭대기로 향했다.

몸이 마력으로 이루어진 핀은 하늘을 날 수가 있었다.

색적과 정찰은 특기 중에 특기였다.

"뭐— 아무것도 없긴 하겠지만요."

핀이 나뭇가지와 잎 사이에 숨으면서 가장 높은 가지까지 올라갔다.

"우리는 상대의 주의를 끌기만 하면 되는 간단한 임무를 맡았어요. 아무것도 없으면 라필리아 공은 『화구(파이어 볼)』를 두어 발 쏘면— 이런, 누군가가 옵니다."

"이상이 있지 말입니다."

보고를 듣고서 커틀러스가 모래사장 쪽으로 시선을 돌렸다.

"누가 이쪽으로 오고 있다. 상세한 내용은…… 흠흠. 젊은 여자에다가 파란색 머리…… 몹시 지친 것 같다고. 핀이 말하지 말입니다."

"무장하고 있나요?"

"하지 않았지 말입니다. 그보다도 싸울 만한 상태가 아니라고 하는군요. 낯빛도 나쁘고, 눈도 흐리멍덩하고, 무슨 숫자가 적힌 옷을 입었고……. 아마도 『신인 연수』를 받던 연수생이 아닐까요?"

"……『신인 연수』에서 도망친 사람일지도 모르겠네요."

레티시아가 검을 땅바닥에 내려놨다. 상대가 경계심을 품지 않도록.

"보호하도록 하죠. 라필리아 씨는 나기 씨한테 이 사실을 전해 주세요."

"알겠습니다아."

나무들 너머에서 라필리아의 목소리가 돌아왔다.

레티시아가 머리를 매만지고서 귀족 같은 표정을 지었다.

"―오지 말입니다."

커틀러스가 신호했을 때― 나무들 저편에서 야윈 소녀가 나타났다.

"……허억. 허억…… 이제 틀렸어. 더는, 못 움직이겠어……."

땀투성이에다가 머리카락은 부스스했다. 끈으로 천을 동여매기만 한 간소한 옷을 입고 있었다.

가슴에는 'D그룹 4번'이라는 글자가 적혀 있었다.

소녀가 땅에 무릎을 꿇고서 고개를 들었다. 레티시아 일행의 존재를 알아채고는―.

"히, 히익! 아, 아닙니다. 물을 마시려고 했을 뿐입니다……. 정해진 시간에만 마실 수 있다는 걸 압니다만…… 목이, 너무, 말라서……."

"진정하세요. 우린 연수와는 아무 관련이 없습니다. 지나가던 모험가예요."

"……어……아."

"당신은 해안에서 벌어지고 있다는…… 연수생이죠?"

"……D그룹 4번…… 파란머리 꼬맹이……입니다."

소녀가 쉰 목소리로 말했다.

"아침식사 당번은 제3그룹에 소속되어 있습니다. 목소리가 작아서 매주 세 번씩 당번을 맡으라는 벌을 받았는데― 아니, 자청했습니다. 실은 마법을 익히고 싶었지만, 그쪽 그룹에 들어가기 위한 조건을 충족하지 못해서 근접전투조입니다. 그쪽은 랭크E인데……."

"그런 암호로 불렸군요……."

"아, 아, 아…… 죄, 죄송합니다!"

"진정해요. 당신을 책망하는 게 아니에요. 차분하게 이야기를 계속해 주세요. 알겠죠?"

레티시아가 소녀와 눈을 맞추고서 상냥하게 물었다.

"아, 전, 모험가인데, 선배가, 『신인 연수』에 참가하면 강해질 수 있다고 해서…… 근데, 적성이 없다고. 뭘 위해 태어났는지 모르겠다는 말까지, 듣고…… 무서워서."

"견딜 수가 없었던 거군요."

레티시아가 소녀의 입가에 물주머니를 내밀었다.

소녀가 주머니를 허겁지겁 입에 대고서 물을 마시기 시작했다.

"거기에 있으면…… 이상해질 것 같습니다. 다들 이상한 소리를 하는데도…… 그게 평범한 것처럼 느껴지고……. 근데 도망쳤다가는…… 글러먹은 인간이라고, 두 번 다시 일을 할 수 없도록 소문을 퍼뜨리겠다고 하는데…… 그래도, 견딜 수가 없어서."

연수생 소녀가 제 어깨를 감싸고서 부들부들 떨었다.

"……저, 이상하죠? 이상한 건, 저 맞죠?"

"아뇨. 당신은 올바른 판단을 내렸다고 생각한답니다."

레티시아가 소녀의 어깨에 손을 올렸다.

"마음이 진정되거든 '휴양지 미슈릴라'로 돌아가세요. 그곳 『상인 길드』에 얘기를 해놨습니다. 당신을 보호해 줄 겁니다."

"……예 ……예!"

'연수생' 소녀가 주저앉은 채로 울음을 터뜨렸다.

소녀의 머리를 쓰다듬는 레티시아에게 커틀러스가 말했다.

"핀이 보고했지 말입니다. 추격자가 온다고."

"—추격자. 혹시…… '케르베로스'?!"

갑자기 '연수생' 소녀가 외쳤다.

"'교관 마도사'가 그랬어! 의욕이 없는 자…… 필요 없는 자는 '케르베로스'의 먹잇감으로 던져 주겠다고! '연금술사(알케미스트)'가 만든 목양견이, '케르베로스'가, 아아…… 아아아아앗!"

소녀가 그렇게 외치자 수풀이 또 흔들렸다.

"흠, 이런 곳에 모험가가? 난감하게 됐군."

나무들 너머에서 나타난 자는 진홍색 로브를 걸친 남성이었다.

그 뒤에는 남녀 아홉 명이 서 있었다. 모두 소녀와 같은 복장이었다.

그리고 모두 곤봉을 들고 있었다. 그들도 '연수생'일까?

"휴양지의 『모험가 길드』에서 요청했을 텐데요. 힐무트 후작이 주최하는 『연수』를 실시하므로 이 땅에 일반인은 되도록 접근하지 말라고."

로브를 입은 남성이 레티시아 일행을 둘러보고서 물었다.

"결례를 범했군요."

레티시아가 탈주 연수생 소녀를 감싸듯 앞으로 나섰다.

"하지만 그건 어디까지나『요청』이지요? 강제는 아닐 테죠?"

"예. 자주적으로. 자신의 의사로 '접근하지 않도록'『요청』했을 뿐. 우리는 아무런 강제도 하지 않았습니다. 저 '연수생'처럼 말이죠."

"······'교관 마도사' 로드 오브 버밀리온······님."

"음음?"

연수생 소녀가 떨리는 목소리로 말하자 로브를 착용한 남성— '교관 마도사'가 소녀를 봤다.

"『D그룹 4번』왜 그러지? 지쳤구나? 말했다면 휴식 시간을 줬을 텐데, 왜 이런 곳에 있을까? 말해 보렴?"

"······히익."

탈주 연수생 소녀가 뒷걸음질을 쳤다.

'교관 마도사'의 말투는 부드러웠다. 그러나 얼굴에는 웃음기가 없었다.

눈썹을 치올렸고 입술을 일그러뜨렸다. 당장에라도 잡아먹을 것 같았다.

"말을 못 하겠나? 아쉽군. '서로의 비밀을 털어놓는 수련'은 끝마쳤지? 그런데도 정작 중요한 순간에 대답하지 못하다니 연수 시간이 부족했던 모양이구나."

"저, 전······ 연수를 그만두겠습니다. 돌아가겠어요!"

"오호······."

"제가 굉장히 무리했다는 걸······ 잘 압니다. 도중에 포기해서 죄송합니다."

소녀가 비틀거리며 일어서서 고개를 깊이 숙였다.

한계였는지 도주 연수생 소녀가 그대로 땅바닥에 주저앉고 말았다.

"그렇다고 하네요. 이 아이는 우리가 보호하겠습니다."

레티시아가 소녀의 어깨에 손을 올렸다.

"당신은 그저 지나가던 모험가 아닙니까?"

"같은 모험가가 도움을 요청한다면 그에 응하는 게 당연하답니다."

'교관 마도사'가 조롱하듯 말하자 레티시아가 바로 대답했다.

커틀러스가 레티시아 옆으로 이동했다. 왼손으로 방패를 든 채로, 레티시아와 소녀를 지키는 위치에 섰다.

레티시아와 커틀러스가 '교관 마도사'를 똑바로 쳐다봤다.

"당신들을 방해할 생각 없습니다. 전 자력으로 귀환하기 어려운 모험가를 구조했을 뿐입니다."

"저도 예전에 어려운 자격시험을 치르려고 했던 적이 있기에 잘 알지 말입니다."

커틀러스가 레티시아에 뒤이어 말했다.

"자격시험이든 연수든 본인을 위한 것이니 '흥이 올랐어!' 하고 시작했다가, '근데 이제 흥이 깨졌어' 하고 그만두면 되는 거지 말입니다."

"어머, 멋진 말이군요."

"요즘에 멋진 대사 스승님이 생겼지 말입니다."

"그런가요? 그 스승님이라면 분명 딱 좋은 타이밍에 우리를 구해 줄 거예요."

"후후. 기대할 수 있지 말입니다."

레티시아와 커틀러스가 시선을 마주치고서 고개를 끄덕였다.

"그러니 우리는 이만 실례하겠어요."

"가죠. 우리랑."

"……아, 예."

레티시아와 커틀러스가 '연수생' 소녀의 손을 잡고서 뒤로 물러났다.

"아쉽군. 모두 네게 기대했건만."

'교관 마도사'가 팔을 휘둘렀다.

그러자 뒤에 있던 연수생들이 입을 모아서―.

"4번아~."

"연수받으러 돌아와―."

"다들 기다리고 있어―."

"함께 열심히 노력해 보자고―."

무기를 휘두르면서 감정 없는 목소리로 외치기 시작했다.

"넌 할 수 있는 아이라는 걸 알아―."

"다 함께 힘을 합치면 불가능 따윈 없어."

"교관 마도사님은 엄격하긴 하지만, 더 널 생각해서 그러는 거야―."

"어서 오렴―."

"이리로 와."

"그마아아아아아아아아아안!!"

탈주 연수생 소녀가 머리를 싸쥐었다.

"……싫어. 그런 거 싫어. 이제 그만둬어어어."

"우리 모두는 동료야."

"기다리고 있어."

"함께 돌아가자."

"돌아가자." "돌아가자." "돌아가자." "돌아가자!!"

'교관 마도사'가 코러스처럼 똑같은 말을 연거푸 외치는 연수생들을 바라보면서 말했다.

"그렇군. 너희들은 『D그룹 4번』이 돌아오길 바라는군. 그럼 너희들의 자주성을 존중하지. 4번과 함께 저 모험가들도 제압하도록!"

""""예. 교관 마도사님.""""

'연수생'들이 곤봉을 들고서 레티시아와 커틀러스를 향해 뛰기 시작했는데—.

철퍽.

그들의 다리에 끈적끈적한 것이 들러붙었다.

"모두 동료."

"어서 돌아가자."

"연수를 받자."

"하자."

"어라."

"어라라."

다리가 휘청거리더니 연수생들이 그대로 수풀을 향해 우르르— 쓰러졌다.

그러더니 말 그대로 하나의 생명체처럼 몸부림치기 시작했다.

〈푸니푸니. 푸니.〉

연수생들의 발치에는— 파란색 슬라임 세 마리가 들러붙어 있었다.

"슬라임?! 언제 나타났지?!"

"역시 '연수생'은 돌발 상황에 약하군요……."

땅바닥에 있는 슬라임은 라필리아의 사역마인 '엘더 슬라임'이었다.

그들이 수풀에 숨어 있다가, 달리기 시작한 연수생의 다리에 들러붙어서 넘어뜨린 것이다.

"어라?"

"슬라임."

"예상 밖."

"어쩌지?"

"연수."

"연수를 해야 해."

"어라라?"

연수생들이 땅바닥에 넘어진 채로 꼼짝도 하지 않았다.

레티시아와 커틀러스는 상인 도르골의 저택에서 연수를 받았던 자들과 싸운 바 있었다.

그래서 그들이 돌발 상황에 약하다는 건 이미 확인했다.

""……지원해 줘서 감사(해요)(하지 말입니다).""

레티시아와 커틀러스가 '교관 마도사'가 보지 못하는 위치에서 엄지를 척 세웠다.

"쓸모없는 것들 같으니. 이제 됐다!"

'교관 마도사'가 외쳤다.

"『소환』『사역』『연수생에게서 약탈한 마력을 사용』『이 땅을 질풍처럼 달려서 나의 적을 먹어 치워라』!"

"소환 마법이에요오! 무언가가, 마물이 오고 있는 거예요!"

라필리아의 목소리가 들리자마자 '교관 마도사'의 뒤쪽 수풀에서 빛이 방출됐다.

"협조하지 않는 자는 개한테 먹잇감으로 던져도 좋다고 했다! 와라! 거대한 목양견 '케르베로스'!!"

'교관 마도사'가 외치고서 팔을 쳐올렸다.

〈워오오오오오오오오웅!!〉

그 목소리에 반응하여 개가 우는 소리가 들렸다.

모래사장 쪽에서 검은 실루엣이 달려왔다. 키는 성인보다도 컸다. 검은 머리통에는 삼각형 귀가 도출되어 있었다. 새빨간 눈이 여섯 개. 머리는 세 개. 쩍 벌어진 세 입 밖으로 침을 질질 흘리면서 거대한 개가 연수생을 향해 달려왔다.

"히이이이이이익!!"

탈주 연수생 소녀가 비명을 질렀다.

"싫어—! 우린 양이 아냐. 오지 마, 오지 마아아아아아아아!!"

"능력 있는 자는 인간 취급을 해주겠다고 했지? 개한테 쫓긴다는 건 너희들은 양에 불과하다는 뜻이야!"

'교관 마도사'가 가슴을 펼치고서 웃었다.

"이, 이쪽으로 오지 마!『정령의 숨결이여 나의 적을 쏴라—화염 화살』!!"

탈주 연수생이 팔을 휘두르며 마법을 쐈다.

새빨간『화염 화살』이 '케르베로스'에게 날아갔다.

그러나—.

〈멍?〉

꽤액.

'케르베로스'가 날아든 마법을 가벼운 발놀림으로 피했다.

왼쪽, 오른쪽, 스텝을 밟으면서 다가왔다. 무서우리만치 날쌨다.

"이 '케르베로스'는 연수생 놈들이 도망치지 못하도록 만들어낸 인조 생물이다. 조그마한 마법이 통할 것 같으냐!"

"오호. 흘려들을 수 없는 말을 하는군요오!!"

갑자기 나무가 흔들렸다.

수풀 너머에 숨어 있던 라필리아가 데굴데굴 구르면서 나타났다.

그녀가 벌떡 일어서서 들고 있던 지팡이를 쳐들었다.

"……라필리아 씨도 참."

"멋있지 말입니다!"

"멋있네요!"

레티시아는 이마에 손을 댔고, 커틀러스와 나무 위에 있는 핀은 손뼉을 쳤다.

라필리아가 '교관 마도사'를 향해 지팡이를 겨누고서 외쳤다.

"당신 같은 악인은 내가 용서하더라도, 블랙을 증오하는 마스터가 용납하지 않습니다!!"

"네놈은 누구냐?! 슬라임도 네놈 소행이냐?!"

"당신한테 밝힐 이름은 없습니다! 이 『마장 바르보르가』에 걸고서!!"

라필리아가 다짜고짜 지팡이를 '케르베로스' 쪽으로 돌렸다.

한쪽 눈을 감고서 지그재그로 달려오는 검은 짐승을 조준했다.

"하핫. 원거리 공격으로 저 '케르베로스'를 맞출 수 있을 것 같으냐!"

"그렇죠오. 전 아직 미숙하니까요오. 일일이 조준해야 합니다. 제 선배 노예의 마법이라면 이 일대를 잿더미로 만들 수 있지만요오."

라필리아가 『마장 바르보르가』에 마력을 주입했다.

나기가 개조해 준 그 지팡이에 마력을 불어넣으면 넣을수록 마법 속도가 상승한다.

2배, 그를 넘어서 3배까지 주입하고서 라필리아가 마법을 발동했다.

　『『정령의 숨결이여 나의 적을 쏴라!』─『화염 화살』!!"

슈우─푹!

〈구아아아아아아?!〉

코에 『화염 화살』이 박히자 '케르베로스'가 절규했다.

"말도 안 돼?! 그 속도로 달리는 마물을 명중시키다니?!"

"다음이에요─! 『정령의 분노여 나의 적을 불살라라』─『화구』예요오!!"

슈우콱!

절규를 내지르는 '케르베로스'의 입속으로 라필리아의 『화구』가 들어갔다.

마물의 머리 중 하나가 날아가 버렸다.

"뭐야?! 저 마법은 뭐냐?! 날아가는 게 보이지…… 않잖아?!"

"발동하자마자…… 적중했다? 그런 마법이 있을 수 있어……?"

'교관 마도사'와 '탈주 연수생'이 망연해하며 라필리아의 마법을 쳐다봤다.

지팡이가 빛날 때마다 마법이 발동하더니 동시에 '케르베로스'가 비명을 질렀다.

라필리아가 쏜 마법은 『화염 화살』과 『화구』였다. 그것이 무시

무시한 속도로 날아갔을 뿐. 그래서 마치 순간이동을 한 것처럼 보일 뿐. 그뿐이었는데―.

"당신― 이 『마장 바르보르가』의 적수가 아닌 것 같아요……."

라필리아가 지팡이를 내리자마자 '케르베로스'의 마지막 머리가 폭발했다.

〈끼이아아아아아아아아아아.〉

목양견 '케르베로스'의 몸이 무너져 내렸다.

이 정도라면 해변까지 소리가 울렸겠지.

레티시아 팀의 목적은 적의 주의를 끄는 것. 성과는 충분하다.

"……아아, 위대한 『마장 바르보르가』여. 다크 히어로의 지팡이여. 대체 내가 얼마나 많은 적들을 죽여야만 그대의 직성이 풀릴는지……."

"그 지팡이의 정식 명칭은 『마법사를 위한 마법 지팡이·개량형』이죠?"

"마력을 너무 많이 소비했지 말입니다. 조금 쉬어 주시지 말입니다."

레티시아와 커틀러스가 라필리아를 감싸듯 앞으로 나왔다.

레티시아가 '교관 마도사'에게 검을 겨눴다.

커틀러스는 '탈주 연수생'에게 어깨를 빌려줬다.

라필리아는 레티시아의 뒤에서 경계태세를 취했다.

"제가 뒤를 맡겠어요. 여러분들은 그 아이를 안전한 곳으로."

"너희들은 뭐냐!"

'교관 마도사'가 외쳤다.

"이건 있을 수가 없는 일이야! 후작이 인정한 『연수 교관』인 내가…… 탈주자를 붙잡지 못하다니 용납할 수 없다고!!"

"고지식하군요! 이 세상에는 당신이 상상조차 할 수 없는 일이 있다고요!"

"시끄러워! 『강화』『두 다리』『가속』—포박한다!"

'교관 마도사'가 주문을 영창하고서 땅을 박찼다. 그의 두 다리가 빛을 발했다.

"마스터가 분석 내용을 보냈습니다! 저 사람, 마력을 신체 일부에 집중하여 『강화』하는 『치트 스킬』을 갖고 있는 거예요!"

"알겠어요! 요격합니다!"

"지원할게요. 『화염의 벽(플레임 월)』!!"

라필리아가 외치자마자 '교관 마도사' 앞에 활활 타오르는 벽이 생성됐다.

그러나—.

"『강화』! 『레지스트 상승』『내화』!! 『검』에 마력을 집중!"

'교관 마도사'가 검을 휘둘러 『화염의 벽』을 갈랐다.

"무기에 마력을 집중하여 강화?! 마법을 잘라 낸다고?!"

"이 능력 덕분에 난 교관을 맡을 수 있었다!"

'교관 마도사'가 거듭 검을 휘둘렀다.

마력이 담긴 검으로 『화염의 벽』을 없애고는 레티시아에게 육

박했다.

"용사가 되기 위해 실패할 수는 없다! 각오해라!!"

"용사라면 인사 정도는 하세요! 발동 『강제 예절』!! 안녕하세요! 인사드리겠어요—!!"

『화염의 벽』을 뚫어낸 '교관 마도사'에게 레티시아가 고개를 숙였다.

『강제 예절』은 상대에게 인사하면 강제적으로 인사를 시키는 기술이다.

그러나 '교관 마도사'가 눈을 번쩍 뜨고서 외쳤다.

"내 몸이 멋대로 인사를 하려 한다······? 그렇다면 『모든 마력을 레지스트 상승에 주입』!!"

그의 온몸이 빛나더니 상반신이 살짝 기울어지는 선에서 멈췄다.

"멈췄다고?!"

"『강제 예절』에 저항한다고요?!"

레티시아와 커틀러스의 눈이 휘둥그레졌다.

그 배후에서 라필리아가 불쑥 외쳤다.

"그럼 돌리는 겁니다. 발동! 『용종 선풍』!"

강렬한 회오리가 '교관 마도사'를 휘감았다.

『강제 예절』을 저항하고자 모든 마력을 집중시켰기에 이것까지는 막아낼 수 없었다.

진홍색 로브를 걸친 몸이 회전하자 집중이 풀어지면서 『강제
예절』까지 더해져ㅡ.

"우오오오오오오오오옷?! 안녕하세요오오오오오오오?!"

인사를 하면서 회전하더니ㅡ 회오리와 함께 몇 미터쯤 날아오
르다가 떨어졌고ㅡ.

"……이런…… 얼토당토않은…… 안녕……하십니……까."

그대로 기절해 버렸다.

"『강제 예절』과 회오리의 합체 기술은…… 위험하군요."

"회전하면서 인사하는 게 멋지다고 생각합니다."

"일단 저 사람을 묶어 놔야 하지 말입니다."

라필리아가 밧줄을 꺼내자 레티시아가 재빨리 마도사를 나무
에 꽁꽁 묶었다.

핀이 허공에서 내려와 커틀러스에게 보고했다.

해안에 '연수생'과 교관으로 보이는 인간들이 모여 있고, 다음
작전으로 이행할 준비를 마쳤다고.

"이제는 주공의 차례군요."

"우린 서포트를 하지 말입니다."

커틀러스 일행의 할 일은 아직 남아 있었다.

어쨌든 이곳에서 벗어나 안전한 곳으로 이동하자.

"……다, 당신들은, 대체……?"

커틀러스의 뒤에서 '탈주 연수생' 소녀가 물었다.

"우린 '그저 지나가던 사람'이지 말입니다."

커틀러스가 그렇게 말하고서 웃었다.

"우린 마음대로 했을 뿐입니다. 단지 이 세계가 조금 더 상냥해지길 바라고 있습니다만."

"우리도 얼마 전까지 무리를 했으니까요."

"그러니 걱정할 필요가 없지 말입니다. 지금은 푹 쉬도록 합시다."

커틀러스가 뒤에 있는 소녀에게 웃음을 보냈다.

"마음을 가라앉히고서…… 자신의 이름이 떠오르거든…… 사정을 조금 들려준다면 고맙겠지 말입니다. 그것만으로도 당신은 우리한테 굉장히 가치가 있는 사람이니까."

제11화 「해안 지역 공략전2 회피 불가능한 『정화 마법』」

―해변에 떠 있는 배 안―

"'교관 마도사'가 돌아오지 않았다고?!"

남성이 거친 목소리로 외쳤다.

커다란 몸을 의자에 기대고는 짜증스럽게 팔걸이를 두드리면서 눈앞에 있는 소년을 노려봤다.

이곳은 『신인 연수』를 해상에서 감시하기 위한 배 안.

그 중에서도 호화로운 융단이 깔린 선실 안에서 수염 난 남성이 험악한 목소리로 말했다.

"특별히 '케르베로스'까지 동원했는데도? 대체 무슨 일이 벌어진 거냐?"

"침입자 대응에 실패한 것 같습니다."

은색 갑옷을 입은 소년이 대답했다.

"로드 오브 버밀리온이라고 들먹이고 다닙니다만, 히모토 케이스케는 멍청이라서요. 마무리가 어설프죠. 저였다면 인어를 더욱 효율적으로 붙잡았을 텐데."

그가 선실 안쪽에 놓여 있는 욕조를 쳐다봤다.

그 안에는 고개를 푹 떨군 인어 소녀가 있었다.

"어쨌든 직접 지휘를 할 필요가 있겠죠. 상륙할 수 있도록 소형배 출항을 허가해 주시겠습니까, 힐무트 후작님?"

"아직 호부의 정화가 완전하지 않다. 우리가 움직일 필요는 없겠지."

힐무트 후작이라 불린 남성이 허리에 달린 수정을 봤다.

'교관 마도사'와 눈앞에 있는 소년이 소지한 것과 동일한 '저주를 피하는 호부'였다.

『저주』로부터 소유자를 지키는 힘이 있지만, 하루를 사용하면 빛깔이 흐릿해진다. 정화하려면 인어의 노래가 필요하다.

힐무트 후작은 매일 반드시 상륙하여 '연수생'에게 기합을 불어넣었다.

그때는 어떻게든 저주의 영향을 받을 수밖에 없기에 인어의 노래로 정화했던 것인데―.

"어제부터 노래를 하려고 하지 않는다. 저 게으름뱅이 아인이!"

후작이 들고 있던 은그릇을 욕조에 던졌다.

카앙, 하는 소리가 나더니 그릇이 욕조에 맞고서 튕겼다.

"머물 곳을 달라고 해서 내줬다! 그 욕조에 얼마나 돈을 썼는지 아느냐. 명공이 빚은 도기를 사용했고, 수정으로 장식했고, 온통 보석으로 치장했다! 너희 아인이 아무리 애를 써도 손에 넣을 수 없는 일품이란 말이다. 게다가 주위에 고급 향유까지 뿌려 놨다. 대체 뭐가 불만이야!"

"……일하고 싶지 않아."

인어 소녀가 툭 중얼거렸다.

"……일하고 싶지 않아. 친구와, 만나고 싶어."

"허참, 요즘 것들은!"

후작이 침을 내뱉고서 외쳤다.

"지금이 사력을 다해야 하는 시기이거늘 왜 모르는 거냐!"

"……사력을, 다해야 하는 시기?"

"난 원래 왕가의 무술 사범이었다. 젊었을 적에는 대검을 휘두르며 마물을 단숨에 베었던 몸이다. 이런 내가 중요 유적을 탐색해 달라는 의뢰를 길드로부터 받았다!"

"……난 그런 거 몰라."

"난 너희들이라면 유적을 탐색할 때 저주를 정화하는 데 요긴하게 쓰일 것 같아서 이런 짓을 벌였던 거다. 너희들이라면 가능하리라 기대했다. 근데 그걸 배신하겠다는 거냐?!"

"난 모른다고 말했는걸."

인어 소녀가 고개를 가로저었다.

물색 머리카락이 흔들리며 바닷물이 바닥에 뚝뚝 떨어졌다.

그 모습이 또 거슬렸는지 힐무트 후작이 코웃음을 쳤다.

"인어 아가씨."

은색 갑옷을 입은 소년이 욕조로 다가와 말했다.

"나와 『계약』을 하지 않겠습니까? 당신은 '정화를 하기 위해 노래를 부른다'. 난 '성검을 손에 넣고서 정의를 위해 싸운다'."

"……무슨 소린지 모르겠어."

"난 『성검』이 필요해. 내 스킬을 활용하기 위해서 말이야."

"……모르겠어."

그녀가 눈을 감고서 파도 소리에 귀를 기울였다.

지금 당장 바다에 뛰어들고 싶었다. 아무것도 필요 없으니 자유롭게 헤엄치며 노래하고 싶었다.

이곳에 있는 인간들이 무슨 생각을 하는지 그녀는 알 수가 없으니까.

"……바깥을 보여 줘……."

소녀가 말했다.

"……내게…… 바깥을 보여 주고…… 흐르는 물을 만질 수 있게 해주면…… 노래해 줄게."

"귀찮은 부탁을 하는군!"

힐무트 후작이 내뱉었다.

"바라는 대로 해줘라, '성검사'. 이 녀석의 몸에 사슬을 채워 두는 걸 잊지 말라고."

"침입자는 어떻게 대응할까요?"

"포위해서 죽여. 뒤처리는 내가 한다."

"해안에는 교관을 보조하는 '엘리트 연수생'이 있습니다. 여기서 깃발로 지시를 내리면 알아들을 겁니다. 지휘는 그들한테 맡기죠. 그럼 되겠습니까?"

"……그래…… 아니, 잠깐."

후작이 움직이려고 하는 소년을 만류했다.

"얼마 전에 가도에 언데드 집단이 출현한 적이 있었지. 그리고 거대한 빛의 고리— 정화의 빛이 그들을 휩싸서 없애 버렸다는 얘기도 들렸고."

"천룡이 부활하여 힘을 발휘했다. 혹은 『천룡의 대행자』가 있다는 소문이었습니다만."

"소문 따윈 모르겠지만, 정화의 대마법은 존재한다. 그럼 대책을 수립해야겠지."

후작이 잠시 생각한 뒤 말했다.

"연수생들을 분산시킨 뒤 침입자를 포위해라. 그럼 모두 정화할 수가 없겠지. 『저주』의 영향이 사라지면서 놈들이 제정신을 되찾는다면 골치 아파지니까."

"후작님의 지혜에 감복할 따름입니다."

'성검사'라 불린 소년이 바닥에 무릎을 꿇었다.

"역시 전직 왕가 무술 사범답습니다. 전술에 능통하시군요."

"네놈의 가치를 알아차린 것도 바로 이 몸이지."

후작이 일어서서 검을 잡았다.

그러고는 정중하게 소년에게 건넸다.

"지금은 일개 검사지만, 성검만 손에 넣는다면 무쌍이 될 자여. 앞으로 닥쳐올 마왕과의 전투를 위해 내 곁에서 공적을 세우도록."

"존명."

소년이 고개를 숙이고서 대답했다.

"이 땅이 그곳이 맞다면 필시 성검이 잠들어 있을 터. 어떤 수단을 동원해서라도 손에 넣어 보겠습니다."

"좋다."

후작과 소년이 그렇게 말하고서 입술을 일그러뜨리며 웃었다.

—나기, 세실, 리타, 시로 팀—

　공기가 무거웠다.

　우리는 아직 해안에 다가가지도 않았다. 그런데도 주변 공기가 괴어 있다는 걸 느꼈다.

　"여기가 『저주받은 땅』인가?"

　우리는 해안 인근 바위 지대에 숨어 있었다.

　얕은 구릉에 바위가 널려 있는데, 그곳에서 모래사장을 내려다볼 수 있었다. 바닷바람에 침식됐는지 숨을 수 있는 우묵땅이 많았다.

　나와 세실과 리타와 시로는 이곳에서 마법을 쓸 타이밍을 엿보고 있었다.

　고개를 드니— 수백 미터 앞 모래사장에 연수생들이 모여 있는 광경이 보였다.

　연수생들은 모두 인형처럼 움직였다. 팔다리도 어색하게 거동하는 것이 마치 실로 조종당하는 것 같았다. 역시 저 일대는 『저주』의 영향을 받고 있구나.

　"동족의 냄새가 풍기는 것 같아! 하지만 시로가 지킬 거야!!"

그러나 시로 덕분에 우리의 머리는 맑았다.

『저주』의 영향을 전혀 받지 않는 건강 그 자체였다.

"시로 씨가 있으면 저주에 전혀 영향을 받지 않는군요……."

"『신성력』으로 정화할 필요도 없고 말이야."

세실과 리타가 시로와 손을 잡고서 웃고 있었다.

천룡의 전생체인 시로는 존재하기만 해도 저주의 영향을 지워 준다.

이곳이『저주의 땅』일지라도 우리에게는 평범한 해안가였다.

"내성이 없는 연수생들은 지금 어떤 상태일까?"

"탈주 연수생이 말했었죠. 다들 2일차까지는 도주를 시도한다고."

"근데 3일차부터는 모두의 눈빛이 바뀌면서…… 포기해 버렸다고."

우리는 바위 뒤에서 연수생이 모여 있는 모래사장을 내려다보고 있었다.

방금 전까지 모두가 합동 체조를 벌였는데, 지금은 멍하니 서 있기만 했다.

검사 소녀와 로브를 입은 소녀가 연수생들 사이를 바삐 돌아다녔다.

'교관 마도사'를 보좌하는 역할인 듯했다.

"─전원 집합합니다. 쉬고 있던 사람도 나와!"

"─여러분, 미안합니다. 일해 주세요─!"

소녀들이 외치면서 바다에 떠 있는 배를 쳐다봤다.

『신인 연수』에 관한 정보는 라필리아를 경유하여 탈주 연수생 소녀로부터 들었다.

소녀는 '교관 마도사'에게 보좌가 있다고 알려줬다.

그리고 바다 위에 떠 있는 배 안에 귀족과 검사가 있다고 했다. 귀족— 힐무트 후작은 하루에 꼭 한 번씩 모래사장에 와서 연수생들에게 '고귀한 가르침'을 내린다. 그래서 늘 부상자가 나온단다.

그들은 저주에 내성이 있는 자를 찾고 있었다.

그자들을 부려서 인어의 서식지를 탐색하려고 했다.

"……아무리 그래도 평화롭게 살던 인어를 내쫓다니…….."

더욱이 『신인 연수』는 무지무지하게 블랙스럽고 말이야.

뭐 하는 짓이야. 오래 있다간 『저주』 때문에 이상해지는 곳에서, 사람들을 모아서 그룹명과 암호로 부르다니.

그냥 평범하게 인재를 모집해서 탐색하면 되잖아. 나 참.

"얼른 연수생들을 해방시키자. 우선은 거대한 『신성력』을 쬐게 하는 것부터."

나는 설명하기 시작했다.

"그러면 모두들 『저주』에서 해방되어 제정신을 차릴 거야. 그후에 우리는 『저주』의 중심을 수색한 뒤 성녀님이 주셨던 정화의 은반을 놔두고 오면 미션 클리어야."

"……저주의 땅 말이죠?"

세실이 불쑥 중얼거렸다.

"인어가 말했는데…… 인간의 왕이 용한테 저질렀던 죄가 대체 뭘까요? 아주 오랫동안 『저주』가 없어지지 않을 만한 죄가 있을까요……. 상상이 되지 않습니다."

"응. 나도 그 생각을 했어."

나는 세실의 은색 머리카락을 가볍게 쓰다듬었다.

세실이 불안해하는 표정을 짓고 있었으니까.

소니아의 이야기에서 '인간의 왕이 대지에 사는 용에게 대단히 큰 죄를 범했다'라고 했다.

마족도 비슷한 피해를 받았다. 인간은 마족을 없애 버렸으니까.

하지만 세실은 인간을 증오하지 않았다. 저주하지도 않았다.

반대로 '자신이 마음속으로 인간을 증오하면 어쩌지' 하고 두려워하며 나에게 잠재의식을 빼내 달라고 부탁했을 정도였다. 그 결과…… 나는 세실의 진정한 바람을 들어 줬지만.

그러나 이 저주의 근원이 되는 용은, 아직도 상대가 저질렀던 행위에 분노하고 있었다.

그만한 분노가 생겨난 이유가 대체 뭘까— 우리는 상상도 할 수 없었다.

"응. 시로도 모르겠네—."

시로가 플래티넘 블론드를 내 가슴에 댔다.

"시로는 아빠랑 엄마랑 함께 있기만 해도 행복하니까!"

"고마워, 시로."

나는 시로의 머리를 쓰다듬었다.

시로가 간지러워하며 웃었다.

"인간을 증오하는 용과 만나면 아빠 이야기를 들려줄까 해."

"그거 좋은 아이디어입니다. 저도 '사랑하는 주인님과 만나서 행복하다'라고 전해 주겠어요."

"나도, 나도. 나기가 목걸이를 채워 줘서…… 이어져서 얼마나 기쁜지 알려줄 거야."

"찬성이야."

"당연하죠.

"당연하지."

잠깐, 다들 『저주』의 근원에게 무슨 이야기를 할 생각이야?

따지려고 했으나 세실과 리타와 시로가 얼굴을 마주하고서 웃었다.

"……슬슬 연수생들이 다 나올 시간인가."

나는 모래사장 쪽으로 시선을 돌렸다.

그쪽에서 소녀 검사가 외쳤다.

'난 엘리트 연수생', '한 시간 늦게 일어나도 되는 특권을 받았다', '차별은 중요', '대우받는 자가 있다면 다들 그렇게 되고 싶어서 노력한다', '그러면 기합이 들어간다', '모두 우리처럼 되라'— 그리고 마지막으로 '전원 출동'.

그 말에 반응하여 모래사장 여기저기에서 연수생들이 모여들었다.

좋아. 정화해야 하는 연수생들은 저들이 전부다.

"세실, 리타. 합체 마법 준비."

나는 두 사람에게 지시를 내렸다.

"잠깐, 나기. '연수생'들이 흩어지기 시작했어—."

"진짜네요! 저래서는 정화 범위에서 벗어나는 사람이—."

리타가 모래사장을 가리켰고, 세실은 목소리를 높였다.

두 사람의 말이 맞았다.

모래사장에 있는 '연수생'들은 수십 명. 그들이 4조로 나뉘어 각각 다른 방향으로 이동하기 시작했다.

"이곳으로 적이 접근할 겁니다!!"

"적은 거대한 마법을 쓸 가능성이 있습니다."

엘리트 연수생이 크게 외쳤다.

"모두를 4조로 나누겠습니다. 우리가 각각 두 조씩 이끕니다. '케르베로스' 두 마리를 호위로 붙입니다."

"연수생 여러분, 긴급 매뉴얼대로 행동해 주세요!"

목소리를 크게 하는 마법을 쓴 모양이었다. 여기까지 다 들렸다.

연수생을 이끄는 사람은 양손에 검을 든 소녀와 지팡이를 든 소녀였다.

또한 바위 지대 쪽에서 머리가 세 개 달린 짐승이 출현했다.

라필리아가 보낸 보고 내용에 들어 있던 인조생물 '케르베로스'였다.

연수생과 '케르베로스'가 '엘리트 연수생'이 명령한 대로 흩어져 이동하기 시작했다.

"—대책을 세웠나?"

예전에 가도에 언데드가 창궐했을 때 대마법으로 정화한 적이 있으니까. 소문이 나돌 만도 하겠지.

적은 인간을 조종하기 위해 『저주』를 이용하고 있으니 당연히 정화 마법에 대한 대책쯤은 세웠겠지.

"……시로, 힘을 좀 빌려줄래?"

"시로의 힘?"

"마룡의 『저주』가 용의 어두운 면모라면 시로의 『호감』은 용의 밝은 면이야. 그 마력을 빌리면 정화 마법을 더욱 강화할 수 있을지도 몰라."

"잘 모르겠지만, 해볼까 싶어!"

"그럼 이리로 와."

나는 시로를 무릎 위에 올렸다.

그러고는 스킬을 발동했다.

"발동, 『능력 교차(스킬 크로싱)』!!"

이번에 쓰는 기술은 늘 쓰는 강화형 정화 마법이다.

거기에다가 시로의 마력을 실어서 저주에 대항할 수 있는 특화형으로 만들어 보자.

"간다. 세실, 리타."

"아, 예."

"……좋아. 와주세요, 주인님."

나는 오른손을 세실의 가슴을, 왼손을 리타의 가슴에 댔다.

하나가 되어 정화의 대마법을 방출하기 위해서.

"시로도 괜찮을까?"

"예─."

마지막에『마력의 실』로 시로와도 연결되면 준비 완료다.

"……들어와요. 나기 님의 마력과 리타 씨의 신성력. 그리고."

"……부드러운 마력이 느껴져. 이건…… 시로 짱의 힘인가?"

세실은 눈을 감았고, 리타는 평온한 얼굴로 미소를 머금었다.

나는 주인님 권한으로 두 사람의 스킬을 윈도우에 불러냈다.

지난번과 동일한『고대어 영창LV1』과『신성력 장악LV1』을 사용한다.

『능력 교차』는『스킬 합체 에뮬레이터』.

두 스킬을 조합하여 한시적으로 여섯 개념의 치트 스킬을 만들어낼 수가 있다.

『소유자』『주문』『신성력』『상세하게』『영창한다』『알아차린다』.

"……왠지 안심이 돼요."

세실이 로브 가슴 부분을 누르며 나를 쳐다봤다.

"나기 님과…… 시로 씨가 지탱해 주는 것 같아서…… 평소보다, 굉장히 편해요."

"나도…… 응. 그런 느낌."

리타도 마찬가지로 가슴에 손을 대고 있었다.

"……그리고 또 하나 알아차렸는데……."

"……또 하나, 말인가요?"

"……세실 짱의 배 속에서…… 생명이……."

"……어?"

"저, 저기. 시로 짱의 마력을 받았잖아? 그래서 나도 왠지, 그런 걸 감지할 수 있게 된 것 같은데……."

리타가 새빨개진 얼굴로 중얼거렸다.

세실의 얼굴도 화악 새빨개졌다.

두 사람이 무척 당황했는지 손사래를 치면서 고개를 저었다.

"—아니, 리타 씨의 기억이 들어오고 있어요?! 이건 리타 씨랑 나기 님이……."

"잠깐, 잠깐잠깐잠깐!"

"이, 이건. 리타 씨의 시점인가요? 와와와…… 나기 님의 얼굴이 근처에…… 와, 와와와."

"아, 와, 아와와와와. 세실 짱……."

뭔가 아찔한 일이 벌어졌다?!

"……그렇구나. 인간의 아기는 이렇게 만드는 거구나—."

"시로, 그 기억은 보면 안 돼."

나는 무심코 시로의 눈을 가렸다.

남은 손으로 세실과 리타의 머리를 순서대로 쓰다듬었다.

"두, 둘 다, 대마법을 쓸 테니 집중해!"

"아, 옙. 그랬죠. 리타 씨한테서 흘러든 기억은 지금은 잊겠습니다!"

"세실 짱 '지금은'이라고 했지?! '지금은'—이라고?!"

그리고 나는 『능력 교차』를— 적용했다.

조합된 스킬이 기동하기 시작했다.

세실과 리타의 『개념』이 한데 뒤얽히더니 말이 그 사이를 메워나갔다.

그리하여— 새롭게 『모방(에뮬레이트)』된 스킬은—.

『고대어, 신성력 마법 영창(용 마력 추가)』.

『소유자』의 『주문』을 『신성력』으로 『상세하게』 『영창하는』 것을 『알아차리는』 스킬.

(천룡의 마력이 더해지면서 강력한 저주 정화 능력과 마물에 대한 위압 능력이 추가됐다.)

강력한 저주 정화 마력과 마력에 대한 위압 능력?

……일단 써보자.

"정신을 다시 바짝 차리고서 영창 개시!"

"세, 세실 짱한테 『신성력』을 공급할게."

"시로도 힘낼게!"

세실과 리타, 그리고 시로가 얼굴을 서로 마주 보고서 고개를 끄덕였다.

세 사람이 손을 맞잡고서 영창을 천천히 시작했다.

"『청정을 고하고, 하늘을 맴도는 것의 모습을 빌려서 쏟아진다─』."

"『신성한 이름 아래에서─』."

"『시로는, 세계와 모두가 너무 좋아─』."

세 사람의 목소리에 초목이 흔들렸다.

동시에 하늘에 어떤 날개 같은 것이 떠올랐다.

저것은─ '날개의 도시 샤르카'에서 봤던, 천룡의 날개다.

마력과 신성력, 용의 마력으로 만들어진, 믿을 수 없을 만큼 거대한 빛의 날개.

"""발동! 신성 고대어 마법!『신성 정화 광륜(홀리 헤일로)』플러스『용마력(드라군)』!!"""

세실과 리타와 시로가 드높이 선언한 순간─ 빛의 날개가 모래사장을 감쌌다.

"······뭐야, 저게."

"······천룡의 날개? 어째서, 천룡 브란샤르카가 이런 곳에······?"

"······부드러운, 빛. 보고 있으니 안심이 되는 것 같아······."

'엘리트 연수생'과 연수생들이 발을 멈췄다.

하늘에서 빛의 날개가 서서히 내려와 사람들을 감쌌다.

마력과 신성력으로 짜인 빛의 입자가 쏟아졌다.

"뭐, 뭐야…… 이거. 마음이 편안해지는 마력인데."

"잠깐, 거기 연수생. 왜 빛을 쬐고서 황홀해하는 거야?! 몸에서 검은 게 빠져나오고 있는데— 으!!"

연수생들이 빛의 샤워 속에서 눈을 감았다.

이 일대에 떠돌던 검은 기운이 사라졌다. 연수생들의 안에서도.

마치 몸속을 파먹던 독이 안개가 되어 떠오르는 것 같았다.

『저주』 때문에 불안정했던 모두의 정신이 정화되더니—.

"집에 돌아갈래!"

갑자기 '연수생' 중 하나가 외쳤다.

"왜 이런 이상한 연수를 계속 받아야만 하는 거야?! 왜 스스로를 그렇게까지 부정해야 하는 거냐고?!"

"맞아. 우리는 강해지려고 여기에 왔는데 말이야! 이상한 체조나 시키고!"

"여길 도망치면 일거리가 없어질 거라고?! 그럴 리가 없잖아!"

'연수생'들이 저마다 목소리를 높였다.

"—으아, 마물?! 머리가 셋 달린 거대한 개가 바로 근처에 있잖아?!"

"우린 왜 눈치 못 챘지?!"

"도망쳐—! 잡아먹힌다. 다들 도망쳐—!!"

또한 그들은 '케르베로스'를 보고서 달리기 시작했다.

뭐, 그렇겠지.

눈앞에 마물이 있으니까. 제정신을 차리면 도망치는 게 당연하다.

"저, 저들을 만류해! '케르베로스'!"

"자, 잘 모르겠지만, 탈주는 안 됩니다! 우리가 혼납니다!"

그러나 '케르베로스'는 움직이지 않았다.

빛의 날개에서 쏟아지는 입자 속에서 마치 주박에 걸린 것처럼 몸을 부들, 부들 떨었다.

"에헴. 시로의 힘이야!"

"이게 마물에 대한 위압 효과구나……."

천룡의 유생체 시로는 '해룡 케르카톨'조차 두려움에 떨게 했다.

전력으로 위압한다면 마물이 저항할 수 있을 리가 없겠지.

"이제는 모두를 도망치게 하는 일만 남았어. 이리스!"

나는 『의식 공유 · 개량형』로 이리스에게 신호를 보냈다.

〈인간들이여, 도망치도록 해라! 여긴 이 몸이 틀어막겠다!!〉

그리고 모래사장에 하얀 날개가 달린 용이 출현했다.

"천룡 브란샤르카 님?!"

"어째서 천룡이 이곳에?!"

"정말로 부활했나?!"

〈세세한 건 나중에 따져라. 지금은 무조건 안전한 곳으로 도망쳐라.〉

새하얀 용이 인간들을 보호하면서 목을 길게 빼며 외쳤다.

〈먼저 도망쳤던 자한테서 들었다. 개인 소지품은 저 앞 오두막에 있다. 그걸 갖고서 휴양지까지 도망쳐라! 이곳은 악의의 땅. 결코 돌아봐서는 안 된다!!〉

"""""""알겠습니다, 천룡 님!!"""""""

인간들이 일제히 뛰기 시작했다.

『송신자 : 나기(수신자 : 이리스)

본문 : 타이밍 좋았어. 이리스』

나는 이리스에게 『의식 공유 · 개량형』으로 메시지를 보냈다.

『송신자 : 이리스(수신자 : 오빠)

본문 : 맡겨 주세요. 오빠와의 『혼약』으로 입수한 스킬은 장식이 아닙니다!』

〈이 저주받은 땅은 위험하다! 발을 들이지 마라. 사욕을 위해 인간을 데려오지 마라아아아아!!〉

천룡이 부르짖자 공기와 대지가 흔들렸다.

"우, 우와아아아아아아아아아아아앗?!"

"지, 진짜?! 진짜 천룡 브란샤르카?!"

'엘리트 연수생'이 패닉에 빠졌다. 다른 연수생들은 일제히 도망치기 시작했다.

이것은 이리스의 『혼약 스킬』인 『용의 축복(드래고닉 블레스)』효과였다.

『용의 축복』

『용의 피』의 가호로 무기, 스킬, 마법에 『물리 강화』를 부여한다.

대상은 한 번에 하나뿐. 다른 대상을 『강화』하면 예전에 부여했던 『강화』는 소멸한다.

이 스킬은 무기와 마법뿐만 아니라 스킬 그 자체에 『물리 강화』를 부여할 수 있다.

이것을 『환영 무대』에 사용하면 '물리적인 감촉'이 부여된다.

환영 천룡이 부르짖으면 공기가, 움직이면 대지가 뒤흔들리도록 사실적으로 연출할 수 있다.

"이제 마무리다. 세실, 부탁해."

"예! 『고대어 마법 타력의 화살』 확대판입니다!!"

세실이 『진ㆍ성장 노이엘트』를 들었다.

거기서 발사된 압축 마법이 '케르베로스'를 후려쳤다.

《……아.》

손쉽게 끝났다.

동력원이 되는 마력을 잃자 '케르베로스'가 무너졌다.

〈나의 가호는 마물의 몸마저도 얇은 천과 같이 만들 수 있다.〉

환영 천룡이 부르짖었다.

〈인간들이여. 마물로 동족을 위협했던 어리석은 자여…… 당
장 사라져라.〉

"아, 아, 아……."
'엘리트 연수생'들이 덜덜 떨면서 모래사장에 주저앉았다.
〈이곳은 인어의 보금자리. 인간이 발을 들일 곳이 아니다.〉
"하, 하지만…… 이 땅에서 연수를 받으면 인간은 확실히 강
해져."
소녀가 덜덜 떨면서도 일어서서 검을 뽑았다.
마법사 소녀도 지팡이를 들었다. 동료를 지키듯.
"그렇습니다. 우리는 이 연수를 받고서 자신감을 얻었습니다!
원래 우린 일개 저레벨 모험가였습니다. 그런데 여기서 연수를
받았더니 아무한테도 지지 않게 됐는데—."
〈그건 이 땅이 저주받았기 때문이다. 너희들이 강해진 게 아
냐. 다른 자들이 약해졌다.〉
『천룡의 환영』이 지시받은 대로 대사를 읊었다.
〈너희들은 혼란에 빠져 약해진 자들과 스스로를 비교했을 따

름이다.〉

"……이럴 수가?!"

"거짓말입니다. 귀족께서 그런 짓을 할 리가?!"

〈……너희들의 눈으로 진실을 똑똑히 보도록!〉

천룡 브란샤르카의 환영이 외쳤다.

나는 세실에게 신호를 보냈다. 그녀가 고개를 끄덕이고서 영창해 뒀던 마법을 발동했다.

"『마법 속성 변경(엘레멘탈 체인저)』으로 마법을 수속성으로 변경, 발동합니다. 『고대어 마법 농무(포그)』."

짙은 안개가 해안과 바다를 휩쌌다.

"이 상태에서는 우리의 얼굴도 보이지 않겠지. 혹시 모르니 늘 쓰던 『해룡 가면』을 쓰자."

"예. 나기 님."

"라저."

"저 배는…… 이대로 어디론가 가버렸으면 좋겠는데."

연수생들이 육로를 통해 휴양지로 돌아갈 테니 배로 쫓아가는 건 불가능했다.

연수생들이 휴양지에 도착하면 상인 도르골 씨가 보호해 주기로 미리 논의를 해뒀다.

그들의 증언이 있다면 『신인 연수』가 이상하다는 사실이 널리 알려질 것이다.

"그 사이에 우리는 마룡의 유적에 가자."

정말로 그곳에 마룡— '지룡 어스가르스'가 있는가? 그 용에게 무슨 일이 있었는가?

우리는 그것을 알 필요가 있었다.

"나기. 노래가 들려와."

리타가 불현듯 발을 멈췄다.

"……정화의 힘이 느껴져…… 이건, 인어의 노래야."

한동안 달려가니 내 귀에도 들려왔다. 파도에 녹아든 것 같은 투명한 노랫소리였다.

파도가 치는 해안에서 노래가 들려왔다.

그곳에는— 쇠사슬에 묶인 작은 인어 소녀가 있었다.

"……누구?"

소녀가 나를 보고서 멍하니 중얼거렸다.

"……무서운 사람…… 인간?"

"우린 인어 소니아의 친구야. 그녀가 부탁해서 여기에 왔어."

"……소니아……의?"

"지독하네. 쇠사슬로 묶어 놨어…… 혹시 귀족한테 붙잡혔던 거야?"

인어 소녀가 고개를 끄덕였다.

"배 안…… 선원이랑 귀족이랑 검을 지닌 용사가 있었는데…… 그 사람들, 이 땅에서…… 성검을 찾고 있어. 그 사람들이…… 『저주』에 영향 받지 않도록, 노래를 부르라고 했어. 배 밖에 묶어 놨는데…… 안개가 끼자, 화들짝 놀랐는지, 쇠사슬이 느슨해져서, 도망쳤어……."

우리는 함께 인어를 구속하는 쇠사슬을 풀어 나갔다.

그 광경을 본 인어 소녀의 표정이 누그러졌다.

"고마, 워…… 나…… 루미아……입니다. 당신들을…… 믿습니다."

그녀가 온화한 표정으로 우리에게 손을 내밀었다.

나는 그녀를 안아 올려서 물 밖으로 나왔다. 가벼웠다. 정말로 아직 어린애인 것 같았다.

"……일단 아이네 일행과 합류하자."

"……이 아이를 안전한 곳에 맡겨야겠죠."

"……어린아이가 우선이지."

"……시로도 친구가 되고 싶어."

우리는 인어를 업고서 도망치려고 했다.

그런데―.

첨벙첨벙첨벙첨벙!

물과 모래를 박차는 소리가 들렸다.

뒤를 돌아보니 바다 위에 떠 있던 배에서 나온 작은 배가 모래 사장에 다가왔다.

그곳에서 여러 병사와 검사, 귀족으로 보이는 남성이 내렸다.

"인어를 내놔."

검사처럼 생긴 실루엣이 그렇게 말했다.

"그 인어는 내가 『성검』을 손에 넣기 위한 중요 아이템이야. 당장 내놔. 그리고 쓸데없는 것까지 알아 버린 너희들은 죽어라!!"

병사들이 대열을 짜고서 우리를 습격했다.

제12화 「『천룡의 대행자』의 작전은 안전을 최우선으로 고려했기에 사후 관리도 딸려 있었다」

"퇴각! 임시 퇴각—!"

우리는 인어 루미아를 보호한 채로 병사들과는 반대 방향으로 뛰었다.

세실이 구사했던 『고대어 마법 농무』는 아직 효과를 발휘했다.

그러나 나와 세실만은 안개 속을 마음대로 꿰뚫어 볼 수 있었다.

힐무트 후작과 병사들이 해안에서 갈팡질팡하는 모습도 훤히 보였다.

"일단 물러난 뒤 작전을 세우자."

나는 달리면서 세실과 리타를 쳐다봤다.

세실은 시로의 손을 잡고서 달렸고, 리타는 내 등에 업힌 인어가 떨어지지 않도록 받쳤다.

"모처럼 적이 상륙했어. 상대의 정보를 입수해 두고 싶거든."

"맡겨 주세요. 나기 님!"

"귀여운 인어 아이를 괴롭히다니 용서할 수 없어!"

"시로도 조금 화났어!"

더욱이 병사들 속에 섞여 있던 흑발 검사에게서는 뭔가 위험한 느낌이 들었다.

그럴싸한 한손검을 들고 있는데, 종전보다 더더욱 용사 같았다. 녀석의 동료가 레티시아의 『강제 예절』에 저항했던 것을 생각한다면 비슷한 수준일 것 같았다.

되도록 지구전을 노리고 싶었지만, 저 녀석은 안개를 그냥 돌파할 것 같단 말이지.

안전하게 싸우는 법이 있으면 좋으련만…….

"……있구나."

나는 리타에게 손짓했다.

"응? 뭔데, 뭔데, 주인님."

곁으로 다가온 리타의 짐승 귀에 나는 입을 가까이 댔다.

"……요전 수인(獸人) 마을에서…… 각성했던 스킬을……."

"—으!!"

화악.

리타의 얼굴이 새빨개졌다.

"나랑 나기가…… 스피릿 링크…… 했을 때…… 저기, 그게, 저기……."

머리에서 김이 풀풀 나는 리타가 뺨에 손을 대고서는—

우물우물우물우물우물!!

견딜 수 없었는지 내 손바닥을 살짝 깨물었다. 우물우물, 하고. 꼬리가 실룩거리고, 동물 귀가 파닥거렸다.

응. 그때 겪었던 일을 떠올렸구나…….

"……아, 알겠어."

리타가 내 손바닥을 놔준 뒤 갖고 있던 손수건으로 닦아 주고서 고개를 끄덕였다.

"나랑 주인님이…… 영혼을 한데 이어서 만들어 낸 스킬로 나쁜 사람을 무찌르면 되는 거지?"

"부탁할게. 되도록 안전한 방법으로 말이야."

"말 안 해도 알아. 난 이미…… 주인님의 일부나 마찬가지이니까."

리타가 주먹을 불끈 쥐었다.

나의 일부라…… 왠지 민망하기도 하고, 기쁘기도 하고…….

"시로도 힘을 빌려줄래? 부유 스킬인 『레비테이션』이 있지?"

내가 나직이 묻자 시로가 고개를 가로저었다.

"미안해―. 알에서 태어나서 지금은 그 스킬이 없을 거야."

"그래?"

"그래도 말이야. 다른 스킬은 있을지도……."

시로가 까치발을 하고서 내 귀에 입을 가져갔다.

시로가 알려 준 스킬은―.

"……그렇구나."

역시 시로. 그 부유 스킬이 파워업했나.

"알겠어. 그럼 해보자."

우리는 재빨리 작전을 개시했다.

―힐무트 후작 시점―

힐무트 후작 일행이 검을 들고서 달려간 순간『천룡의 대행자』
가 안개 속으로 사라졌다.

"도망치게 놔둘 순 없다. 쫓아라!"

"후작 각하. 하지만 이 안개 속에서는……."

병사 중 하나가 불안해하며 중얼거렸다

"걱정마라. 난 안개 속에서도 많은 전투를 경험해 봤다. 또한
『지휘』스킬도 있다."

"무술 사범으로서 부대를 지휘했던 후작 각하께서 자랑하는
스킬 말이군요."

"그렇다, '성검사'— 아니, 이쿠스여. 네게는 내 스킬이 무엇인
지 알려줬지."

안개 속에서 뿌옇게 보이는 소년에게 힐무트 후작이 대답했다.

『지휘LV6』

소유자가『지휘』하는 부하에게 플러스 보정을 부여한다.

공력력+10%+『지휘하는 인원수』×2%. 레지스트 능력, 인원
수만큼 플러스 보정.

대장 마커가 표시된다(힐무트 후작 머리 위에 대장 마커가 표
시된다. 지휘를 받는 병사의 눈에만 보인다. 마력으로 표시되기
에 주변 환경의 영향을 받지 않는다).

"나의 병사들이여.『대장 마커』가 보이느냐!"

""""""보입니다—!"""""

힐무트 후작의 주변에서 외침이 들렸다.

"안개 따윈 나의 '검기'가 있다면 보다시피—『공렬참(윈딩 슬래셔)』!!"

'성검사'가 한손검을 휘둘렀다.

공기를 가르는 소리가 나더니 그의 주변 몇 미터 범위에 끼어 있던 안개가 사라졌다.

검이 생성한 충격파가 안개를 날려 버렸다.

"이처럼 베어 버리면서 나아가면 안개 따윈 별 거 아닙니다."

"역시 이쿠스. 네놈이 성검을 손에 넣으면 어떻게 될지 기대가 되는군…… 어라, 누가 오는 것 같다."

힐무트 후작이 안개 너머를 응시했다.

검사와 마법사 소녀들이 이쪽으로 달려오는 모습이 보였기 때문이었다.

"'엘리트 연수생'들인가? 무슨 일이야?"

"힐무트 후작 각하! '교관 검사' 이쿠스 님. 질문이 있습니다."

"이 땅이 사람을 이상하게 만드는 곳이라는 게 사실입니까?!"

검사와 마법사 소녀가 외쳤다.

"천룡이 말했습니다. 이 땅은 저주받은 곳이라서 연수생들은 강해지는 게 아니라 망가져 버린다고. 그게 사실입니까?!"

"거짓말이죠? 우리가 죽을 리 없잖아요. 우린 선발된 연수생이니까!!"

"그래, 죽지 않는다. 병사들이여 이 녀석들을 붙잡아라."

"이 녀석들이 도망치지 못하도록 『계약』을 맺은 뒤 그 장소를 탐색할 때 사용하기로 한다."

"후작 각하?!"

"저희들이 대체 뭘 했다고 이러시는 겁니까?!"

"연수생이 감히 내게 질문을 던지는 것이냐? 제압해라!"

후작이 외치자 다섯 병사들이 '엘리트 연수생'을 포위했다.

"거짓말―. 이건 거짓말이야!! 믿었는데……!!"

"어째서?! 우린 선발된 연수생 아니었어?!"

"너희들은 이 연수에 관해 아무것도 모르는 모양이로군."

힐무트 후작이 고개를 절레절레 저었다.

"이 연수의 목적은 『저주』에 버틸 수 있는 기합을 익히는 것뿐이다. 너희들은 그것을 익힌 모양이로군. 허나 정작 가장 중요한 걸 잊어버렸어. 치명적이야."

"……중요한 것?"

"그래. 협조성을 익혀서 상관의 의견을 『헤아릴 수 있는 능력』을 키우는 것이다."

"헤아린다……니."

"아무 말 하지 않아도 내가 원하는 것을 이해하고서 그대로 따르는 것이지. 너흰 대체 무슨 소릴 하는 것이냐."

힐무트 후작이 이해할 수 없다는 표정으로 어깨를 들먹였다.

두 엘리트 연수생은 창백해진 얼굴로 후작을 쳐다봤다. 그녀들은 줄곧 이 모래사장에서 연수를 계속 받아왔다. 그 중에서도 우수해서 다른 연수생을 지도하는 역할도 맡았다.

그런데도 힐무트 후작의 말을 전혀 이해할 수 없었다.

"모르겠습니다. 미리 헤아리고서 움직여라……?"

"미리 헤아리고서 움직였다가 실패하면?"

연수생 소녀들이 목소리를 높였다.

힐무트 후작이 두 사람을 힐끗 보고서 말했다.

"너희들이 잘못했다면 너희들의 책임이지?"

"……무리예요."

"평범하게 명령해 주세요……."

"어째서 내가 너희 같은 것들한테 직접 명령을 내려야만 하는 거냐. 기어오르지 마."

힐무트 후작이 두 소녀에게 대검을 겨눴다.

"내가 아무 말도 하지 않아도 의도를 헤아리고서 성검을 가져올 정도는 되어야만 어엿한 사회인이라고 할 수 있지 않은가. 나 참. 뭐, 됐다. 얼른『계약』해라. 나의 도구가 되어라.『계약의 메달리온』을 꺼내도록, 연수생. 그룹AA 1번과 2번."

"아냐!"

"우리 이름은 그게 아냐!"

두 소녀가 고개를 가로저었다.

""우린 현 시간부로 연수를 그만두도록 하겠습니다!""

두 소녀가 병사들의 검을 피하듯― 뒤로 구르면서 외쳤다.

"후작님의 본심을 확인할 기회를 주셔서 감사합니다!"

"저희가 잘못을 범했습니다. 도와주세요!『천룡의 대행자』님!!"

퍼버버벅!!

"—크악?!"

"끄악. 아윽!!"

병사들 속에서 비명이 나왔다.

갑작스러운 일이었다.

머리 위에서 내려온 금발 수인이 두 병사를 발로 차서 날려 버렸다.

수인 소녀는 엘리트 연수생의 손을 쥐고서 그대로 안개 속으로 달아났다.

"놓치지 마라, '성검사'!!"

"『공렬참』!!『2연격』!"

'성검사'의 검이 안개를 몰아냈다. 충격파가 공기를 갈랐다.

그러나 수인 소녀에게는 닿지 않고, 그녀의 모습은 이미 안개 속으로 사라졌다.

"안개 속으로 돌입한다! 병사들이여 따라와라!!"

힐무트 후작이 이를 바득 갈면서 지시를 내렸다.

"""""예!!"""""

"그리고 보니— 아까 봤던 실루엣 중 수인은 하나뿐이었지."

병사들과 함께 달리면서 힐무트 후작이 미소를 머금었다.

"그렇다면 놈들은 제 무덤을 팠구나. 거동하기 가장 어려운 모래사장에서 기동력이 가장 좋은 수인을 버러지들을 구출하는

데 허비하다니!! 이로써 놈들의 전투력은 격감했다!!"

"""단숨에 적을 궁지에 몰겠습니다!!"""

힐무트 후작의 군단이 대열을 구축한 채로 모래사장을 달렸다.

모두가 숙련된 전사였다. 다릿심에는 자신이 있었다. 쫓아가는 것은 어렵지 않았다.

또한 이쪽에는 최강의 '성검사'가 있었다.

"오의!『대공렬참(기가 소닉 슬래서)』!!"

'성검사'가 검을 휘둘렀다. 안개가 부채꼴로 흩어지더니 말끔한 공간이 만들어졌다.

모래사장에 도망친 연수생들의 발자국이 남아 있었다.

"주변을 경계하라! 복병이 있을지도 모른다!!"

"알겠습니다— 끄악?!"

후작이 외친 순간, 병사 중 하나가 누군가의 발에 차여 쓰러졌다.

후작이 출현한 적을 보고서 눈을 크게 떴다.

병사들의 뒤에서 나타난 자는 **아까 전과 동일한 금발 수인이었다.**

"—동일한 수인이— 반대 방향에서?!"

"간다—! 에잇!"

퍼어억!

금발 수인이 병사의 검을 날렵하게 회피한 뒤 발차기를 날렸다.

그 공격을 정통으로 맞고서 병사가 땅바닥을 굴렀다.

수인 소녀의 표정은 보이지 않았다. 용처럼 생긴 가면을 쓰고 있어서였다.

그 가면의 모양조차도 아까 출현했던 자와 동일했다. 전투력과 속도도.

"말도 안 돼! 대체 이곳에 수인이 몇 명이나 있는 거냐?!"

"―후작 각하! 또 수인이― 커헉!!"

다른 병사의 몸이 바로 옆에서 굴렀다.

그를 날려 버린 자도― 역시나 가면을 쓴 금발 수인이었다.

달아났던 수인, 배후에서 나타났던 수인, 측면에서 습격했던 수인. 동일한 수인이 셋이나 있었다.

마치 안개에 홀린 것 같았다.

"밀집 대형을 취해라! 적이 어디에서 올지 알 수 없다. 대비해라!"

"후작 각하. 전투를 너무 오래 벌였다가는 『저주』에…….."

"알고 있다!"

이제 남은 병사는 둘. 그 중 하나는 부상을 입었다. 수적 우위는 이미 사라졌다.

이대로 모래사장을 돌파하여 저주의 영향에서 벗어날 수밖에 없었다.

"'성검사' 이쿠스여. 다음 수인이 출현한다면 확실히 베어 버려라. 가능하겠지?"

"가능합니다. 절기(絕技)를 쓰겠습니다. 저의 광범위 공격을 보여드리죠."

"좋아. 한 명만 남겨 두고서 나머지는 죽여도 좋다. 그 정체와 배후 관계를 『하얀 길드』에서 조사하도록 맡기지."

"존명."

힐무트 후작과 '성검사' 이쿠스가 목소리를 낮추고서 적을 기다렸다.

어디에서 오는지 모르겠다. 마법 공격일 가능성도 있었다.

그러나 이쪽에는 '성검사'가 있다. 적의 위치를 파악하자마자 절기로 압도할 것이다.

후작은 대검을, '성검사'는 한손검을 꽉 쥐었다.

잠시 뒤 — 적이 출현했다.

"으라아아아아앗!"

안개를 가르고서 금발 수인이 출현했다. 위치는 정면이었다.

동시에 '성검사' 이쿠스는 검에 마력을 불어넣어 절기를 발동했다.

"절기! 『궁극 8연 공참파(얼티밋 소닉 에잇 슬래셔)』!!"

'성검사'의 검에서 마력 칼날이 튀어나왔다.

그것이 끝에서 여덟 방향으로 나뉘어져 반원형으로 전개됐다.

마력 칼날이 금발 수인을 스치며— 그 팔을 찢었는데—.

"분신 데미지가 한계. 그럼 이만."

퐁.

수인 소녀의 몸이 물로 변하더니 터지며 사라졌다.

"……어? 뭐야, 저건."

"후작님…… 이상합니다. 전방에 아무도 없습니다?!"

'성검사' 이쿠스의 절기가 전방에 자욱한 안개를 모조리 없애 버렸다.

그러나 아무도 없었다. 발자국과 수인 소녀였던 물이 남았을 뿐이었다.

"어디냐?! 적은 어디에 있냐?!"

"엘리트 연수생도 없다?! 대체 어디로 사라졌다는 거야—?"

힐무트 후작과 성검사가 그렇게 외친 순간— 목소리가 들렸다.

"—영창이 완료됐습니다."

들려온 곳은, 후작과 성검사의 머리 위.

""뭐, 뭐라아아아아아?!""

후작, 성검사, 병사들이 일제히 고개를 들더니— 눈이 휘둥그 레졌다.

그들의 머리 위에는 날개 달린 소녀가 있었다.

머리카락은 플래티넘 블론드에다가— 기묘한 가면을 쓴 작은 소녀였다.

그녀의 등에는 거대한 날개가 달려 있었고, 그곳에서 수많은 구체가 떠 있었다.

그 안에는 소년 하나, 소녀 여러 명, 그리고 도망친 '엘리트 연수생'도 있었다.

구체에 들어간 자들은 하늘을 자유롭게 날아다녔다.

"지, 지상에, 없었다고?! 내, 내 검이 적중하지 않았다는 말이야?!"

"뭐, 뭘 하고 있나. 격추해라! 떨어뜨려—!!"

후작이 외치자 성검사가 또다시 마력 칼날을 날렸다.

그러나 맞지 않았다. 적이 허공을 계속해서 누볐다.

애당초 성검사의 스킬은 지상에 있는 적을 쓰러뜨리는 기술이었다.

머리 위에 날아다니는 적을 노려서 베는, 그런 재주를 부릴 수 있을 리가 없었다.

그 사이에 갈색 피부 소녀가 가녀린 팔을 들어 올리고서— 선언했다.

"『고대어 마법—수폭구(워터 볼)』!!"

그 순간 거대한 물 구체가 그들을 향해 날아들었다.

"뭐, 뭐뭐뭐뭐냐, 이 물 덩어리는— 집보다도 크다고—?!"

"몰라—! 이런 마법은 모른다고—!!"

"도, 도망칩시다. 도망치자고요, 후작 각하!!"

후작과 병사들 모두 그렇게 부르짖으면서도 꼼짝도 하지 못했다.

의지처인 '성검사'는 절기의 반동으로 경직되어 있었다.

후작이 자랑하는 『지휘 스킬』도 수하가 한 명밖에 남지 않았으니 의미가 없었다.

또한 눈앞에 발을 얼어붙게 하는, 거대한 마법이 엄습한다.

도망칠 새도 없이 그들은 물 구체에 휩쓸리더니—.

"도, 도망꼬록꼬록꼬록."

"캑꼬록꼬록꼬로로로로로로록!!"

거대한 물 구체가 후작과 성검사, 검사를 모두 집어삼킨 뒤— 그대로 소용돌이치며 회전하다가—.

파앙, 하고 터졌다.

"""크아아악!"""

거대한 물속에서 이리저리 휘둘리다가, 날아가고, 마지막에는 내동댕이쳐지는 3연속 콤보.

그 충격으로 머리가 뒤흔들려서 후작 일행은 모래사장을 마구 굴렀다.

"……싸, 워라. '성검사'……."

"……당신의 지휘는…… 너무 엉터리…… 아니, 천룡을 상대한 것부터가…… 잘못."

'성검사'가 털썩, 하고 의식을 잃었다.

이윽고 안개가 사그라졌다.

홀로 남은 힐무트 후작의 눈에 꼼짝도 않는 부하들과 그들을 하나씩 묶는 메이드 차림의 소녀가 비쳤다.

이쪽을 노려보고 있는 '엘리트 연수생'들.

그리고 인간 소녀와 수수께끼의 소녀들이 있었다.

"얘기를 들려줄 수 있을까, 후작 각하?"

소년이 말했다.

"당신이 여기서 벌였던『신인 연수』의 진정한 목적에 관해서."

—나기 시점—

"대단하네. 새로운 스킬『플라이』는."

"에헴."

시로가 납작한 가슴을 활짝 펼쳤다.

그 스킬은 시로가『천룡의 알』상태였을 때 썼던『레비테이션』의 진화형이었다.

그 마법을 사용하면 시로의 등에 날개가 돋아나서 자유롭게 날 수 있게 된다.

또한『비행 구체』라는 것을 만들어서 그 안에 파티 동료를 넣을 수도 있다. 구체 안에 들어간 사람도 시로처럼 날 수가 있었다. 대단한 기술이다.

그러나 제한 시간이 있어서 자유롭게 하늘을 날며 여행을 즐길 수는 없지만.

"······'엘리트 연수생'들도 어떻게든 구출했나."

그녀들 역시 힐무트 후작을 믿었다.

우리의 이야기도 들어주긴 했지만, 반드시 후작의 본심을 직접 확인하고 싶다면서 우리의 뜻을 따르지 않았다.

그래서 여차할 때 구출할 수 있도록 조치하고서 그녀들에게 마음대로 하라고 했다.

그녀들은 이곳에서 벌어졌던 일을 증언할 귀중한 증인이니까. 더욱이 후작의 이야기를 직접 듣고서 납득하고 싶다는 마음도 이해가 됐다.

"『플라이』로 제때에 낚아채서 다행이에요."

세실이 가슴을 쓸어내리며 한숨을 내쉬었다.

나는 그녀의 목에 손을 댄 뒤 이마에 손을 가져갔다.

"열은 없네. 체력은 괜찮아?"

"괜, 괜찮아요. 수마법은 살상 능력이 낮아서 마력 소비도 적은 것 같으니······.

"그래? 다행이다."

"게다가 마력을 확실히 공급받았으니까요."

세실이 어깨 너머로 나를 올려다보면서 웃었다.

세실의 『고대어 마법 수폭구』는 『화구』의 물 버전이다. 물 구체가 상대를 집어삼킨 뒤 마치 세탁기처럼 뒤섞다가 파열한다.

녀석들에게서 정보를 캐내야만 했다. 그래서 안전하게 무력화할 수 있는 마법을 써보고 싶었다.

"……하, 하우……."

내 팔 안에서 세실이 한숨을 내쉬었다.

다시 이마에 손을 대니…… 어라? 체온이 올라갔다? 더욱이 목덜미에도 땀이 배어 나왔다.

귀도 살짝 붉어졌다. 역시 조금 쉬는 편이―.

"주, 주인님. 모두가 보고 있어요."

"미, 미안."

나는 황급히 세실의 목에서 손을 뗐다.

안개가 자욱해서 당당히 세실의 가슴에 손을 댄 채 마력을 공급했으니까.

무심코 그 흐름에 휩쓸려…… 반성, 반성.

아직 끝나지 않았다. 어서 귀족에게서 이야기를 들은 뒤 메인 퀘스트를 수행하자.

십여 분 뒤.

나는 웅크리고 있는 힐무트 후작과 마주했다.

'성검사'와 다른 병사들은 아직도 기절한 상태였다. 당분간은 깨어나지 않겠지.

아이네와 이리스가 병사들을 **각별히 돌보고 있거든.**

"슬슬 이야기를 해줘도 되지 않을까, 힐무트 후작?"

나는 얼굴에 착용한『해룡의 가면』을 고치면서 물었다.

"당신이 인어들을 보금자리에서 내쫓고서 이 땅에서『저주』내성을 지닌 사람들을 찾았던 이유를."

"……우, 우우."

"난 정식으로 이 땅의 주민으로부터 의뢰를 받았어. 제정신을 차린 연수생들도 여기서 무슨 짓이 벌어졌는지 모든 사람들한테 말하겠지.『연수』는 이제 끝이야."

"……『천룡의 대행자』는 실로 무서운 존재구나…… 아아."

체념했는지 힐무트 후작이 웅크린 채로 이야기하기 시작했다.

"……고위 귀족한테만 전해지는 전설이 있다. 이 땅에 일찍이 거대한 존재가 있었다고. 그 존재를 고대의 용사가— 죽였다고."

"이 땅에 있던 거대한 존재를…… 용사가 죽였다?"

거대한 존재— '지룡 어스가르스'를 말하는 건가?

지룡을 고대의 용사가, 죽였다……니.

"용사는 그 전투 때 성검을 잃었다. 확인해 볼 수 없는 내용이긴 하지. 허나—."

힐무트 후작이 쓰러져 있는 흑발 소년을 가리켰다.

"우리가 협력하는 조직이 이 이쿠스를 파견했다. 이 녀석한테는『성검 사용자』라는 스킬이 있다.『성검』만 손에 넣는다면 최강이 될 수 있지. 그리고 성검은 이 땅에 있다고 했다."

"그 성검을 찾기 위해서『신인 연수』를 벌였던 건가?"

"그래. 성검은 인어의 거처 안쪽에 있다고 했으니까. 탐색하기 위해서는『저주』에 내성을 지닌 자를 찾아낼 필요가 있었다."

"그렇겠지."

"게다가 젊은이를 단련시키는 건 나의 취미이기도 하니까."

"최악의 취미로군."

내가 말하자 힐무트 후작이 힘없이 이쪽을 노려봤다.

"당신이 성검을 얻고 싶다면 딴 사람을 이용하지 말고 직접 하면 되잖아."

"멍청한 소리! 내게 무슨 일이 벌어진다면 어쩔 셈이냐!"

잠깐만. 이 녀석, 대체 무슨 소리를 지껄이는 거야?

"어째서 내가 위험을 무릅쓰면서까지 저주의 중심에 발을 내디뎌야 하는 거냐?! 그건 수하가 눈치껏 알아서 할 일이잖나?! 그래서 난 『연수』를 기획하여 협조성이 있고, 눈치가 빠른 자를 키우려고 했다. 『저주』에 내성이 있는 자도 찾아냈다. 앞으로 몇 명만 더 찾아내면 탐색을 시킬 작정이었건만……."

"인어를 붙잡은 이유는 『저주』를 정화케 하기 위해서였나?"

"맞아. 그런데 우리가 왔더니 녀석들이 후다닥 달아나 버렸다. 게다가 어벙한 아인 놈은 일일이 명령을 내려야만 정화의 노래를 부른다!! 나 참!!"

……왠지 이 녀석과 말을 섞는 게 싫어지는데ー.

다들 진절머리가 난다는 표정을 짓고 있고.

일단 그들이 벌이려고 했던 짓은 잘 알았다.

이 땅ー 아마도 『마룡의 유적』에는 일찍이 지룡을 죽였던 『성검』이 잠들어 있겠지.

그들은 그것을 손에 넣으려고 했다.

『연수』를 벌였던 이유는, 이 땅에 사람이 오는 것을 막는『저주』에 내성이 있는 자를 찾아내기 위해서.

『저주』내성을 가진 자들이 늘어나면 성검을 탐색할 작정이었다 이 말인가.

"……어처구니가 없네."

어쨌든 듣고 싶은 내용은 모두 들었다.

『성검 사용자』스킬에 관해서는 대강 알았다. 약점도 분석했다. 능력이 완전히 까발려졌으니 대책을 마련하는 것은 어렵지 않았다. 이따가 휴양지 사람들에게 정보를 흘려 두자.

이제 남은 일은─.

"나, 나, 나나나나날 죽일 셈이냐?"

힐무트 후작이 부들부들 떨기 시작했다.

"그걸 결정할 권리는 당신 때문에 호된 꼴을 당했던 사람들한테 있어."

나는 뒤에 기다리고 있던 세 사람을 보고서 고개를 끄덕였다.

한 사람은 배에 붙잡혔던 인어 소녀─ 소니아의 소꿉친구인 루미아.

나머지 두 사람은『저주』내성을 지닌 연수생 소녀들이었다.

"루미아는 인어의 대표로서 이 녀석을 어떻게 할지 결정할 권리가 있다고 생각해. 어쩔래?"

"……이제, 여기에 오지 마."

리타의 등에 업힌 인어가 작은 목소리로 말했다.

"……이 사람 때문에 모두가 필사적으로 달아났어……, 움직

였어. 그건 인어가 원하는 일이 아니니…… 두 번 다시 여기에
오지 마. 이곳을 더는 생각하지 않겠다고『계약』해."

"우리한테는…… 어떤 요구를 할 권리가 전혀 없습니다.

"저도 부추김을 받고서 다른 연수생들한테 으스댔으니까."

'엘리트 연수생'들이 고개를 털썩 떨궜다.

"그저…… 앞으로는 의뢰를 할 때 조건을 확실히 제시하고 준
수하겠다고『계약』해 줬으면 좋겠습니다. 그리고 마음이 다친
연수생들을 확실히 치료해 준다면."

"그렇다고 하네, 힐무트 후작. 이 조건을 수용할 건가?"

"……끄으응."

힐무트 후작이 우리를 노려보고는…….

"……알겠다. 대신…… 부탁한다.『정화의 노래』를…… 제발."

그가 허리에 달려 있는 호부를 내밀었다.

중앙에 있는 수정이 거의 새카맣게 물들었다. 힐무트 후작이
말을 이었다. 이것이 새카맣게 변해 버린다면 호부가 자신을
『저주』로부터 보호해 주지 못한다. 정신이 망가져 버리면『계약』
을 실행하는 것도 어려워질 거라……고.

"루미아, 어떻게 할래?"

"노래할게―."

인어 소녀가 고개를 끄덕였다.

마지막으로 나는 '인어와 연수생에게 해코지나 보복을 하지
않는다'라는 조건을 덧붙이고서― 인어 루미아와 '엘리트 연수
생' 두 사람은 후작과『계약의 메달리온』을 맞댔다.

"그럼 노래할게—."

리타의 등에 업힌 채로 인어 루미아가 노래하기 시작했다.

『정화』를 마친 뒤 후작은 작은 배를 타고서 바다 위에 떠 있는 대형선으로 돌아갔다.

자, 이쪽은 다 끝났다.

『저주의 땅』을 조사한 뒤 성녀님이 부탁했던『정화의 은반』설치 작업을 마치도록 하자.

—그 후에 배로 돌아온 힐무트 후작 일행은—

"너희들이 버러지라서 이렇게 된 거다!!"

이곳은 먼 바다로 향하는 배 안.

선실에는 수하 병사들이 모여 있었다. '성검사'만은 마력을 과도하게 썼는지 여전히 의식을 되찾지 못했다.

그래도 힐무트 후작은 수하들에게 계속 외쳤다.

"그『천룡의 대행자』인지 뭔지한테 선수를 빼앗긴 것도 모두 너희들한테 협조성이 부족했기 때문이다. 내 생각을 헤아리고서 먼저 손을 썼다면 이렇게 되지는 않았을 것을!!"

"……후작 각하."

갑자기 병사 하나가 목소리를 높였다.

"『천룡의 대행자』라는 게 대체 뭡니까?"

"……뭐?"

후작의 눈이 동그래졌다.

그는 몰랐다.

병사들을 쓰러뜨린 뒤 기절시켰던 아이네의 대걸레에는 '기억을 지우는' 능력이 있다는 것을.

병사들은 이미 수십 분 전에 겪었던 일을 잊어버렸다.

『천룡의 대행자』도, 자신들이 그들에게 무력화됐던 것도.

"이 멍청이들! 너희들은 정말로 무능한 놈들이다. 고용한 내가 다 창피하다!"

"""……."""

"자, 얼른 제 위치로 가라. 전속력으로 도시로 돌아가…… 이봐, 그 눈빛은 뭐야?"

병사들이 서서히 일어섰다.

모두들 분노하여 눈썹을 치올리고는 주먹을 불끈 쥐었다.

"내게 그런 건방진 태도를 취하다니 무사할 성싶으냐……. 잠깐, 뭐야. 너희들, 자신의 처지를 아는 거냐? 내게 거역하면 어떻게 될지……."

"아뇨, 아뇨, 딱히?"

병사 하나가 말했다.

그는 목덜미를 매만지면서 묘하게 후련한 표정으로 말했다.

"조금 전까지는 당신이 무서웠지만…… 지금은 그 정도는 아닌데."

"묘하게 안심이 되네. 어떻게든 될 것 같아."

"마치 눈에 보이지 않는 정령이 나의 걱정과 정신적 피로를 없애준 것 같아."

병사들이 얼굴을 마주했다.

나기가 이곳에 있었다면 해설해 줬겠지.

이리스가 휘두른 『안심도 코코로야스마루』의 힘이라고.

후작의 강요 때문에 억지로 일했던 병사들에게는 죄가 없었다.

그래서 그들에게는 트라우마가 남지 않도록 이리스가 『코코로야스마루』로 불안을 없애 뒀다.

그 결과, 그들의 마음속에 있던 '후작님을 향한 두려움'도 사라졌고, 그 결과—

"잘도 여태껏 가혹한 명령만 내렸겠다?"

"맨날 맨날 욕만 퍼붓고…… 매도하고."

"우리도 열심히 일했는데, 감히 그런 태도로 대하다니."

병사들이 후작에게 서서히 몰려갔다.

후작의 얼굴이 굳어졌다. 창백해졌다. 도움을 요청하며 좌우를 둘러봤지만, '성검사'는 아직도 기절한 상태였다.

도망치려고 해도 이곳은 배 안. 바다에 뛰어들어본들 도착지는 『저주의 땅』인 모래사장이었다.

후작이 몸을 떨기 시작했다.

자신의 처지를 생각하라—는 그 말이 고스란히 자신에게 되돌아왔다. 그가 쉰 목소리로 외쳤다.

"잠깐. 잠깐만. 반성할게. 너희들도 연수를 받게 해줄 테니— 어? 필요 없다고? 대신에 휴일을 달라고? 알겠다. 기회를 봐서— 어? 지금까지 미뤘던 보수를 지불하라고? 일괄적으로? 너희들, 그건 얘기가 다르잖아. 자신의 처지를 생각— 아, 잠깐. 그만. 내가, 내가 잘못했다— 으아!!"

—넓고 넓은 해원에 힐무트 후작의 비명이 울려 퍼졌다.

제13화 「전설에 남지 않았던 성검과 상냥한 용의 반신」

힐무트 후작 일행을 쫓아낸 뒤 우리는 인어가 사는 후미로 향했다.

『신인 연수』를 벌였던 모래사장에서 도보로 수십 분쯤. 도착한 그곳은 어둑한 바위 지대였다.

눈앞에는 커다란 암벽이 있고, 그 아래에 거대한 동굴이 있었다.

동굴 주변은 바위로 이뤄진 후미였다. 우리도 바위를 타고서 걸어갈 수 있을 것 같았다.

"찾고 있는 곳은, 아마도, 이 안쪽일 겁니다."

루미아가 물을 튀기면서 우리를 후미 안쪽으로 안내해줬다.

나와, 시로, 세실, 리타, 아이네, 이리스는 루미아가 안내하는 경로를 따라서 나아갔다.

"저기가……『마룡의 유적』인가."

지하로 통하는 어둑한 공간.

힐무트 후작 일행은 저곳에 『성검』이 있다고 확신했다.

'해룡 케르카톨'이 알려줬던 『마룡의 유적』 후보지도 이 부근이었다.

아마도 '지룡 어스가르스'와 관련이 있는 것이 이곳에 있겠지.

"아이네와 이리스는 여기서 기다려. 무슨 일이 있거든 메시지를 보낼게."

"괜찮아. 물가에서 아이네는 무적이야. 누가 오든 건어물로 만들어 버릴게."

"이리스도 각성하면 대부분의 적은 쓰러뜨릴 수 있어요."

아이네와 이리스가 가슴을 활짝 폈다.

"전 나기 님과 함께 가겠습니다."

세실이 나를 똑바로 보고서 말했다.

"괜찮습니다. 위험할 것 같으면 돌아갈 테니까…… 제게 지룡과 만날 기회를 주세요."

"알겠어. 절대로 손을 놓지 마."

"괜찮아. 주인님과 세실 짱과 시로 짱은 내가 지킬 거야."

리타가 진지한 얼굴로 나와 세실의 손을 잡았다.

그 손에 시로의 자그마한 손이 포개졌다.

"응! 시로도 아빠랑 세실 씨랑 리타 엄마, 지킬까 해!"

"응. 그럼 가자."

나와 시로, 세실과 리타, 인어 루미아는 어둑한 동굴 안으로 발을 내디뎠다.

"세실, 등불을 부탁해."

"그럼 『마법 속성 변경』을 해제하고서…… 발동! 『고대어 마법 등불』. 출력 조정판!"

세실이 『진·성장 노이엘트』를 높이 올리며 마법을 발동했다.

지팡이 끝에 커다란 불이 밝혀졌다. 크기는 배구공만 했다.

『고대어 마법 등불』의 출력을 줄여서, 지속 시간을 늘린 것이다.

"내가 안전을 확인하면서 나아갈게. 나기는 천천히 따라와."

리타가 선두에 서서 시로와 손을 잡으며 걸어 나갔다.

그 뒤에서 세실이 『등불』을 높이 띄우고 따라갔다.

나와 세실은 『등불』 뒤에 있었다.

『등불』은 암벽과 땅바닥, 통로를 따라 흐르는 수로를 비췄다.

인어 루미아는 내가 걷는 속도에 맞춰서 수로를 천천히 헤엄쳤다. 이따금씩 지면을 확인하면서 손가락으로 '거기, 무너질 거예요' '걷기 어려운 지형이에요' 하고 알려줬다. 착한 아이다.

"이 동굴 너머에 무엇이 있는지 루미아는 알아?"

"수로가 이어져 있는 데까지는 압니다."

루미아가 물색 머리카락에서 물방울을 날리면서 고개를 끄덕였다.

"그 너머에는 가본 적이 없지만……. 근데 루미아를 붙잡았던 인간이 '동굴 안에 성검이 있다'느니 '성검사가 성검을 가지면 무적에 무쌍'이라고 했습니다."

"성검이라……."

보통은 '신의 가호를 받은 무지무지하게 강한 검'이라는 생각이 떠올랐다.

블랙인 놈들이 그것을 찾았던 것을 생각하면…… 불길한 예감밖에 안 드네.

"저 앞은 갈림길이야, 나기."

불현듯 선두에서 걷던 리타가 멈춰 섰다.

"왼쪽은 길이 울퉁불퉁해. 기복도 있어. 오른쪽은 나아가기 쉬울 것 같아."

"왼쪽 길에서 마력이 느껴집니다."

"왼쪽이야—."

"이쪽입니다."

세실과 시로와 루미아가 왼쪽을 가리켰다.

우리는 왼쪽 길로 향했다.

『고대어 마법 등불』 덕분에 주변을 훤히 알 수 있었다.

"이쪽. 오른쪽으로 조금만 더. 이쪽이 걷기가 더 편할 거야!"

"자, 잠깐, 시로 짱? 어떻게 아는 거야?!"

시로가 바위 지대를 쭉쭉 나아갔다.

수인인 리타와 비슷한 속도였다. 대단하네.

"……여기 누군가가 지나갔던 흔적이 있는 것 같습니다."

불현듯 세실이 중얼거렸다.

"그래?"

"예. 자연 동굴치고는 부자연스러워요. 마치 누군가가 길을 만들어 놓은 것 같아요."

세실이 『등불』을 땅바닥으로 향했다.

땅바닥에는 사람이 한 명 지나갈 만한 길이 있었다. 시로는 그 길을 본능적으로 택한 듯했다.

"누군가가 여길 지나갈 수 있도록 해놨다는 뜻?"

"『저주』에 내성을 지닌 사람이 여기에 온 적이 있었을지도 모릅니다."

"그건 말도 안 돼요."

세실이 말하자 루미아가 응답했다.

"인어는 이 후미에서 줄곧 생활해 왔습니다. 누군가가 여길 지나갔다면 알아챘을 거예요."

"그보다도 전이라면 어떨까?"

나는 말했다.

"인어들이 여기에 오기 전. 이곳이 『저주받은 땅』이 되기 전에 누군가가 여길 지나갔다면…….."

그 『누군가』가 귀족에게 성검을 알려줬을지도 모르겠다.

그런데 그 사람은 어째서 스스로 성검을 가지러 가지 않았던 거지?

……모르겠다.

그것을 알아내려면 저 안으로 가서 확인하는 수밖에 없었다.

"안내할 수 있는 곳은 여기까지입니다."

얕은 물속에서 인어 루미아가 우리를 올려다봤다.

수로는 낙석에 끊어져 있었다. 루미아가 따라올 수 있는 건 여기까지였다.

"루미아는 여기서 정화의 노래를 계속 부르겠어요. 여러분은 어떻게 할 건가요?"

"성녀님이 맡긴 의뢰를 완수하려면 『저주』의 중추 부근에 은반을 설치해야 하는데."

나는 짐에서 『정화의 은반』을 꺼냈다.

이것을 기동하고서 인어의 보금자리를 되찾는 것까지 나의 퀘스트이니까.

"갈 수 있는 데까지는 가볼게."

인어의 전승에 따르면 인간의 왕이 대지에 사는 용에게 대단히 지독한 짓을 저질렀다고 했다.

그리고 아마도 그 때문에 대지의 용은 죽었다.

만약에 그 용에게 저질렀다는 지독한 짓이 성검과 연관이 있다면—.

시로나 '해룡 케르카톨'을 위해서라도 내버려 둘 수가 없었다.

"……음— 아빠. 간지러운데?"

"아, 미안."

어느새 나는 시로의 머리를 쓰다듬고 있었다.

세실과 리타, 그리고 루미아까지 왠지 흐뭇한 표정으로 이쪽을 바라봤다.

"용과 관련된 성검이 있다면 시로 짱을 위해서라도 내버려 둘 수는 없으니까."

"그럼 이걸 갖고 가주세요."

루미아가 가슴 부근에서 작은 수정옥을 꺼냈다. 스킬 크리스탈이었다.

"인어가 편하게 노래하기 위한 스킬입니다. 리타 님이라면 이걸로 『정화의 노래』를 부를 수 있을지도 모릅니다. 시간이 지나면 인어는 스킬이 저절로 생겨나니 받으세요."

"고마워. 소중히 쓸게."

나는 스킬 크리스탈을 받았다.

스킬 이름은 『무심 가창(無心歌唱)LV3』이었다.

『무심 가창LV3』
『노래』를『자유롭고 즐겁게』『부르는』스킬.

우리는 루미아에게 손을 흔든 뒤 다시 앞으로 나아갔다.

루미아가『정화의 노래』를 계속 불렀다.

『저주』를 조금이라도 없애려는 것처럼. 정말로 착한 인어구나.

"공기의 흐름이 바뀌었어. 나기."

한동안 나아가니 리타가 발을 멈췄다.

"저 앞은 막다른 길이야. 아마도 종착점이겠지."

"……마력이 강하게 느껴집니다."

세실이 내 팔에 매달렸다. 시로는 태연한 얼굴이었다.

아마도 저 앞에 있는 게 무엇인지 아는 거겠지.

나는 통로 안쪽으로 시선을 돌렸다.

앞에 뻗어 있는 길이 급격하게 좁아졌다.

좌우 벽이 튀어나와 있어서 사람 하나가 간신히 지나갈 수 있을 만한 폭이었다.

무사히 지나가더라도 저 앞에 있을 누군가가 분노하여 통로를 막아 버린다면 끝장이었다.

이곳은 상대의 허가를 받고서 지나가는 게 좋겠네.

"시로. '지룡 어스가르스'를 불러 볼래?"

"예, 아빠—!"

시로가 메가폰처럼 두 손에 입을 모으고서—.

"안녕하세요—! 시로예요! '천룡 브란샤르카'야!!"

동굴 안쪽을 향해서 외쳤다.

"당신의 마력을 받고서 부활했어! 할 얘기가 있으니 여길 지나가도 돼—?!"

—후후.

착각인가? 희미하게 웃는 기척이 느껴졌다.

그리고— 눈앞의 바위가 움직였다.

통로를 막고 있던 좌우 암벽이 이쪽으로 무너졌다.

좁았던 통로가 확 트이면서 그 너머에 있는 것이 보였다.

"……뼈와…… 검?"

막다른 벽에 거대한 뼈가 묻혀 있었다.

벽 높이는 수 미터. 드러난 뼈는 늑골 아랫부분이었다.

다시 말해 저 위에 늑골 윗부분이 있고, 그보다 더 위에는 등뼈가 있다는 뜻이다.

전체 크기를…… 가늠조차 못하겠다.

검은 늑골 중 하나에 꽂혀 있었다.

도신은 은색이고, 자루는 새하얬다. 자루 끝이 용머리 형상을 띠고 있었다.

그 칼끝이 늑골을 꿰뚫고서 둥그스름한 바위에 꽂혀 있었다.

바위 형태가─ 뭔가 심장처럼 보이는데─.

"……아파."

"시로?"

"아파…… 무서워."

갑자기 시로가 펑펑 울기 시작했다.

"시로?! 왜 그래?! 어디 아파?"

"모르겠어. 근데 저 검을 보니 굉장히…… 아파."

"세실, 시로를 보고 있어. 저곳은 나랑 리타가 다녀올게."

"아냐! 갈래. 저기에 가야 해!"

시로가 플래티넘 블론드를 흔들며 나를 쳐다봤다.

"이거, 분명 시로가 봐야만 하는 거야. 모르고 지나가서는 안 돼! 그러니까 아빠랑 같이 갈래. 세실 씨랑 리타 엄마랑 함께 확인할래!!"

"……알겠어. 하지만 힘들다면 말해야 한다?"

나는 시로의 손을 잡았다.

시로가 알겠다고 대답하는 듯 내 손을 쥐었다.

나와 시로, 세실과 리타 순으로 우리는 동굴을 나아갔다.

앞으로 나아가니 뼈의 전체 형상이 눈에 들어오기 시작했다. 이것은─.

"용의 뼈……인 것 같아요. 나기 님."

세실이 알겠다는 듯 중얼거렸다.

"죽은 용이 여기에 묻혀 있습니다. 그게 뼈가 돼서─ 이런 식으로."

"검이 꽂혀 있는 걸 보면 사인은 저건가?"

"예. 아마도……요."

이렇게 보니 용의 뼈가 얼마나 거대한지 잘 알겠다.

아마도 몸을 일으키면 빌딩만 하지 않을까?

용의 몸을 꿰뚫었던 성검도 꽤 길었다. 용의 늑골을 관통했으니 당연한가.

"저게 후작 일행이 찾던『성검』인가?"

우리는『성검』을 멀리서 에워쌌다.

이 검은 여러모로 괴이했다. 용의 늑골을 꿰뚫은 것도, 오래됐는데도 상한 부분 하나 없는 것도 괴이했다.

〈……저 검은…… 내가 봐도 위험하구나…….〉

불현듯 내 등에서 마검 레기가 떨었다.

〈검의 형태를 띠는 존재로서 이것만은 말해두마. 저 검은 자비도 뭣도 없어. 아무것도 구해 낼 수 없어. 그저 빼앗기만 하는 검이야.〉

"……레기도 위험하다고 여길 정도인가…….'

오히려 레기는 이세계에서 소환된 마법검이기에 저 검이 얼마나 위험한지 아는 걸지도 모르겠다.

"만약에 정말로 저것 때문에 용이 죽었다면…… 용을 죽일 힘을 갖고 있다는 말인가…….'

그렇다면 저 검을 지금 당장 바닷속에 버려야만 한다.

그대로 깊이 깊이 묻힌 채 두 번 다시 인간의 눈에 띄지 않도록 감춰 두고 싶다.

그러기 위해서라도 뼈에서 저 검을 뽑아야만 한다.

검은 뼈를 관통했다. 쥐고서 잡아당겨 본들 빠지지 않겠지. 뼈를 포함해서 억지로 부숴야 한다.

"하지만 그런 짓을 했다가는 분노하겠지. 이 뼈의 주인이."

〈—이 검은 뽑을 수 없다.〉

천장에서 목소리가 들렸다.

고개를 드니…… 벽에서 튀어나온 뼈 중 하나에 자그마한 사람이 앉아 있었다.

칠흑 같은 로브를 입고 있었다.

머리도 새카맸다. 조금 뾰죽한 귀 뒤쪽에 작은 뿔이 나 있었다.

"……흑발 소녀야."

요전에 공략했던, 숨겨진 던전에 있던 사람과 아주 똑같았다.

그러나 표정은 달랐다. 그 던전에 있었던 사람은 전혀 무표정했다.

그런데 저 사람에게는 표정이 있었다. 정말로 살아서 눈앞에 있는 것 같았다. 더욱이—.

"저게 그 '흑발 소녀'—?"

눈앞에 있는 소녀의 모습이 리타에게도 보이고 있었다.

시로가 함께 있어서인지, 아니면 상대가 다른 존재라서인지는 모르겠다.

다만 그녀가 요전에 봤던 잔류사념과 다른 존재인 것은 분명

했다.

"당신이 '지룡 어스가르스'입니까?"

내가 말하자 '흑발 소녀'가 놀란 얼굴로 내 쪽으로 고개를 돌렸다.

"이전에 『수수께끼의 던전』에서 당신과 똑 닮은 사람을 봤습니다. 그 사람이 던전의 시련에 관해 알려줬고, 우리는 그곳에서 '지룡 어스가르스'의 마력을 손에 넣었습니다."

〈……이름을 대라.〉

'흑발 소녀'가 부드럽게 웃으면서 말했다.

"전 소마 나기. 이세계로 소환된 『내방자』입니다. 이 둘은 저와 『결혼』을 맺은 상대로 마족 세실 파롯과 수인 리타 멜페우스입니다. 그리고 이 검은 제 짝꿍인 레기. 악한 존재가 아닙니다."

나는 틈을 두지 않고 바로 대답했다.

"처, 처음 뵙겠습니다."

"시, 실례합니다."

〈실례하겠노라. 고대의 위대한 존재여.〉

모두들 바로 인사를 건넸다. 세실과 리타, 레기도 긴장한 목소리였다.

마지막으로 나는 시로의 어깨에 손을 올리고서 말했다.

"그리고― 이 아이는 시로 브란샤르카. 천룡의 유생체이자 제 자식입니다."

"처, 처, 처, 처음 뵙겠습니다! 시로예요!!"

시로가 '흑발 소녀'를 향해서 고개를 깊이 숙였다.

"'지룡 어스가르스'의 마력 덕분에 살아났어. 아빠랑 엄마랑 같은 시간을 살아갈 수 있어! 고마워요!!"

〈……아아.〉

'흑발 소녀'가 부드러운 미소를 지었다.

하얀 로브에 휩싸인 가슴에 손을 대고서 매우 온화한 표정으로.

〈고맙다. 나의 본체의― 마지막 소원을 이뤄줘서.〉

"마지막 소원 말입니까?"

〈나의 본체가 바랐던 것은 용과 인간이 함께 살아가는 것.〉

정말로 상냥한 목소리였다.

성검에 거대한 뼈가 꿰뚫린 용이라고는 생각할 수 없을 정도였다.

〈다시 이름을 밝히지. 난 '지룡 어스가르스'의 영혼.〉

'흑발 소녀'가 말했다.

시원스러웠다.

마치 자신의 출신지를 밝히는 것처럼 소녀가 신화적인 이름을 댔다.

"역시, 당신이 맞았군요."

그 『수수께끼의 던전』을 만들었던 장본인이자 시로에게 마력을 남겨 줬던 용.

이곳에 거대한 뼈를 남긴 대지의 용이었다.

"잠을 방해해서 죄송합니다. 위대한 지룡이여."

〈괘념치 마라. 이곳에 있는 건 영혼뿐. 몸은 진즉에 죽었다.〉

'흑발 소녀'가 당혹스러워하며 고개를 갸웃거렸다.

〈혼만은 죽지 못한 채 이렇게 남아 있을 뿐이다. 게다가 절반은 어디론가 가버렸지.〉

"절반?"

〈그건 어찌되든 좋다. 인간의 지식으로 파악할 수 없을 테니.〉

'흑발 소녀'— '지룡 어스가르스'의 영혼이 한숨을 내쉬었다.

〈너희들은 이곳에 무엇을 하러 왔는가?〉

"당신을 만나러."

나는 시로의 손을 쥐면서 대답했다.

시로가 살짝 떨면서 내 손을 잡았다.

세실과 리타는 찰싹 달라붙어서는 거대한 존재와 대화를 나누는 나와 시로를 쳐다봤다.

"전 『안개의 계곡』에서 '천룡 브란샤르카'의 알을 맡았습니다. 그러다가 비보가 잠들어 있다는 『수수께끼의 던전』을 알게 됐고, 공략하러 갔습니다."

〈오호. 그걸 클리어했나? 기쁘군. 그건 내가 생전에 인간을 위해서 만든 곳이야.〉

'흑발 소녀'가 생긋 웃고서 나를 봤다.

〈거대한 비보를 기대하고서 도전했는가, 인간의 아이야?〉

"아뇨, 왠지 흥미가 일어서 도전해 봤더니 무심코 공략해 버려서."

〈무심코?!〉

"그런데 가장 안쪽에 용의 마력이 있어서 이 시로한테 줬습니다."

"받았어요—."

"시로 씨는 우리의 가족이니까."

"주인님은 시로 짱의 아빠이고, 난 엄마인걸."

〈……오, 오오.〉

"하지만 그 후에 『하얀 길드』의 '길드 마스터'라는 존재와 만났습니다."

나는 '흑발 소녀'에게 『하얀 길드』에 관해 이야기했다.

이세계에서 전이한 용사를 부리는 조직이 있다.

그 조직이 귀족을 폭주시키고 있다.

용사는 힘을 얻기 위해 여러 비보를 노리고 있다.

왕가와 귀족은 용의 유산이나 전설을 없애려고 한다.

"그런데 이상합니다. 왕가와 귀족이 용의 유산이나 전설을 없애려고 하는데…… 어째서 '지룡 어스가르스'가 '길드 마스터'를 맡고 있는가? 당신한테 물어보면 알 수 있을 것 같아서 당신과 관련된 장소를 찾아서 확인하러 왔습니다."

〈상상을 훨씬 초월하는 존재로구나…… 너희들은.〉

'흑발 소녀'가 웃음을 꾹 참았다.

〈내가 남긴 마력을 이용하여 천룡을 부화시키다니…… 대단히 예상 밖이로군.〉

"아빠는 말이야. 시로를 굉장히 소중히 여겨주는데?"

시로가 내 몸을 꼬옥 끌어안았다.

"아빠가 그랬어. 용한테 적대하는 자가 있다면 시로가 위험하다고. 그래서 아빠와 동료들이 굉장히 노력해서 시로를 여기까지 데려와 줬어."

〈천룡의 아이여. 넌 인간을 좋아하는구나?〉

"응, 좋아해. 그러니 알려줘. 당신한테 무슨 일이 있었는지. 그 검은…… 무엇인지."

〈이야기는 알겠다.〉

'흑발 소녀'가 고개를 여러 번 끄덕였다.

〈인간의 아이야, 너희들한테서 다른 용과의 인연도 느껴진다. 동굴 밖에도 비슷한 기척을 지닌 자가 있다. 그리고 거기 있는 소녀— 아니, 소녀와 아기는 용의 좋은 친구였던 마족인가…… 흐음.〉

"후엣?!"

세실이 얼굴이 새빨개져서는 배에 손을 댔다.

역시 지룡도 다 알아보는구나. 그런 것도.

"지룡은, 마족을 알고 있습니까?"

〈그래. 내게 자연을 사랑했던 그들은 좋은 친구였다.〉

'흑발 소녀'가 상냥한 목소리로 말했다.

〈너희들과는 여러모로 할 얘기가 많을 것 같다. 우선은…… 그래.〉

'흑발 소녀'가 늑골에 손을 올린 채 그것을 철봉처럼 타고 올랐다.

그리고 그대로 뼈 위에 툭 섰다.

〈이 검에 관한 이야기를 하지.〉

'흑발 소녀'가 목을 젖히고서 한숨을 하아, 내쉬었다.

그러더니 늑골에 꽂혀 있는 검을 가리켰다.

〈인간은 이 검을—『성검 드래곤 슬레이어』라고 불렀지.〉

"성검— 드래곤 슬레이어?"

직설적인 이름이다.

『드래곤 슬레이어』, 즉 『용살자』?

"⋯⋯누가 저런 검을 만들었습니까?"

〈용한테 원한을 품은 연금술사가 오랜 시간을 들여서 제작했다고 들었지.〉

'흑발 소녀'가 정확한 내용은 모른다고 말했다.

〈그러나 저 검은 너무 강했기에 제작한 자마저도 다룰 수 없었다. 그런데 어느 왕이 이세계에서 용사를 소환한 뒤로 상황이 바뀌었다. 그 용사가 『성검 사용자』 스킬을 갖고 있었기 때문이지.〉

그 용사는 십여 년에 걸쳐 성검 드래곤 슬레이어를 찾아냈다.

그 후에 십여 년을 또 들여서 '지룡 어스가르스'의 앞에 이르렀다고 한다.

"⋯⋯어째서 그 인간은⋯⋯ 그렇게까지 당신과 싸우고 싶어 했을까요?"

〈왕이 그자와 '계약'을 맺었기 때문이지. '스킬을 활용하여 그 힘을 왕에게 보여주겠다'라고.〉

'지룡 어스가르스'의 영혼이 지긋지긋하다며 어깨를 들먹였다.

〈그자의 스킬은 『성검 사용자』 하나뿐이었어. 평범한 검으로는 녀석의 진정한 힘을 발휘할 수가 없지. 녀석이 힘을 보여주려면 성검을 실제로 사용할 필요가 있었다.〉

"""……하아."""

……뭐야, 그게.

먼 옛날에 불려왔던 소환자가 '성검을 사용하여 진정한 힘을 발현하는' 스킬을 갖고 있었다.

그 용사는 왕과 '스킬을 활용하여 힘을 왕에게 보여주겠다'라고 『계약』했다.

그래서 성검으로 '지룡 어스가르스'와 싸울 필요가 있었다―.

"……주객전도도 분수가 있지."

웃고 있네. 대체 무슨 생각이야, 그 왕과 용사는.

불필요한 소환을 하고, 불필요한 계약을 맺고― 관계없는 지룡에게 싸움을 걸다니―.

먼 옛날부터 그런 짓거리를 저질렀나, 왕과 용사는.

〈도저히 무를 수가 없었다고 나와 싸웠던 용사가 말했어.〉

"무를 수가 없었다?"

〈성검을 찾아내는 데 십여 년. '지룡 어스가르스' 앞에 도착하는 데 또 십여 년. 그 동안에 지불했던 시간과 노력을 생각하면 이제 와 멈출 수가 없다고.〉

"그만한 시간이 흘렀다면 『계약』을 맺었던 왕이 죽거나 하지 않습니까?"

〈뒤를 이은 왕이 '부왕께서 시작하셨던 프로젝트를 이제 와서 멈출 수는 없다', '멈췄다간 주변 사람을 선왕의 방식을 부정했다는 이유로 손가락질 당한다'라는 이유로 다시 용사와 『계약』을 맺었다는군.〉

"당신을 쓰러뜨리면 어떤 이득이 있었던 겁니까?"

〈아니, 딱히.〉

"그렇겠죠. 지룡은 인간의 편이었으니."

〈아티팩트를 제작하거나, 마력을 남겨 주기도 했으니까. 애당초 왕족, 평민, 귀족을 불문하고 아이템을 줬기에 그게 마뜩치 않았는지도 모르겠군.〉

'흑발 소녀'의 표정이 온화했다.

그런 꼴을 당했으니 인간을 증오해도 되는데.

〈그렇게 난 '성검사'와 싸워서 패배했다. 비늘과 살, 뼈까지 『성검 드래곤 슬레이어』에 꿰뚫리고, 심장도 찢어졌다. 이 검은 명칭대로 용의 천적이었다.〉

'흑발 소녀'가 늑골에서 뛰어내려 뼈에 꽂힌 검 옆에 섰다.

〈그래서 이 몸은 이런 위험한 물건이 다른 용한테 쓰이지 않기를 바랐다. 그래서 이 검이 몸에 박힌 채로 바다에 몸을 던졌다. 마지막 힘을 쥐어짜 먼 해안까지 헤엄쳐 이 동굴을 찾아냈다. 그 속에 몸을 눕히고서— 입구를 무너뜨렸다.〉

"......어?"

세실이 목소리를 작게 냈다.

"그, 그럼. 이곳에 숨어 있었던 이유는 성검을 봉인하기 위해서였습니까?"

〈음.〉

"그럼 어째서 『저주』를 발생시켰던 겁니까?"

〈아무도 이 땅에 얼씬도 못하도록. 인간의 손에 성검이 들어

가지 않도록.〉

'지룡 어스가르스'가 고개를 끄덕였다.

『성검 드래곤 슬래이어』는 용을 상대로 강력한 힘을 갖고 있다.

『천룡』과 『해룡』도 데미지를 입을 수 있다.

그렇게 되지 않도록 지룡은 몸에 성검이 꽂힌 채로 달아났고, 이곳에서 절명했다—.

"……상냥한 용이었군요."

세실이 불쑥 중얼거렸다.

리타의 눈에도 눈물이 맺혔다.

그러나 나는— 정말로 부아가 치밀었다. 지룡이 아니라 당시의 왕과 용사에게.

쓸데없는 프로젝트를 시작해서는 자신의 유능함을 과시하고, 지위를 지키기 위해서— 인간을 도왔던 지룡을 궁지에 몬 뒤 죽였다니. 최악이다.

프로젝트가 제멋대로 시작되어 모두들 바라지도 않았는데 그에 휘둘렸다—.

……결국 아무도 행복해지지 않았잖아?

"……나기 님."

"나기."

"아빠."

정신을 차려보니 세실, 리타, 시로가 걱정스레 나를 쳐다봤다.

나는 심호흡을 하고서 모두를 향해 웃어 보였다.

지금은…… 화를 내도 소용없겠지. 지룡의 이야기를 경청해야지.

"의문이 있습니다."

〈말해 봐.〉

'흑발 소녀'가 미소를 지었다.

〈젊은이와 대화를 나누는 건 즐겁다. 식견을 새롭게 넓힐 수 있으니까.〉

"감사합니다…… 저기, 동굴을 무너뜨렸다면 『저주』는 필요하지 않죠? 게다가 우리가 왔을 때 동굴은 열려있었습니다."

나는 말했다.

"한 가지 의문이 있습니다. 당신이 왕가 때문에 죽었다면 어째서 당신과 이름이 동일한 '길드 마스터'가 존재하는 겁니까?"

〈처음에 말했지. 난— 절반이라고.〉

'지룡 어스가르스'의 영혼이 두 눈을 떴다.

왼쪽 금색 눈으로 나를 봤다.

오른쪽 눈이 있어야 하는 곳에…… 아무것도 없었다.

오른쪽 눈구멍이 텅 비어 있었다.

'흑발 소녀'가 그곳에 손바닥을 대고서 나를 봤다.

〈인간을 가엾게 여기며 다른 용을 지키기 위해 제 몸을 던졌던 내가 있었다. 동시에 분노를 억누르지 못하고 모든 것을 멸망시키고 싶어 했던 나도 있었지.〉

"인간한테 살해당한 충격으로 영혼이 두 개로 나뉘었다……는 말입니까?"

〈음.〉

왠지 알 것 같았다.

제아무리 지룡이 인간의 편일지라도 의미 없이 살해됐으니 분노하는 게 당연하다.

더욱이 그 짓을 저질렀던 자는 용사고, 의뢰했던 자는 왕이었다.

물불을 가리지 않고 격노할 만도 하겠지.

〈내 영혼의 절반은 이렇게 여기에 있다. 나머지 절반은 인간의 모습을 하고서 나갔다. 인간 세계에 분노와 혼돈을 뿌리기 위해서. 그 녀석이 날 '마룡'이라고 불렀겠지.〉

"……그렇게 됐던 거군요."

'지룡 어스가르스'는 인간을 좋아했다.

그러나 인간 용사에게 살해돼서 원한을 품었다. 영혼이 두 개로 쪼개지고 말았다.

하나는 이곳에 남아『성검』을 계속 봉인했다.

그러나 나머지 하나는 인간에게 앙갚음을 하는 길을 택했다 이 말인가?

"이로써 모든 것이 하나로 이어졌습니다."

커틀러스와 만난 뒤에 우리는 흑기사와 싸웠다.

그때 흑기사는 스스로를 불러낸 술자를 '용 같은 존재'였다고 말했다.

그것이 '지룡 어스가르스'의 나머지 반쪽인 '길드 마스터'였다.

"어째서 당신의 반쪽은 인간한테 성검을 주려고 하는 겁니까?"

〈모든 것을 증오하는지도 모르겠군. 인간도, 인간한테 가호를

주려는 용조차도.〉

 ‘지룡 어스가르스’가 그렇게 말하고서 이야기를 마무리했다.

〈만약에 너희들한테 이 동굴을 무너뜨릴 힘이 있다면 그렇게 해다오.〉

 "그럼 당신은?"

〈죽지 못한 채 또 잠들겠지. 영혼의 절반이 돌아다니고 있는 동안에는 죽을 수가 없으니까. 이 검이 뽑히면— 인간을 향한 분노도 약해진다. 나의 절반도 얌전해질 터인데.〉

 ‘지룡 어스가르스’의 영혼이 늑골에 꽂힌 성검을 봤다.

 "……아빠."

 "알고 있어. 시로."

 나는 『성검 드래곤 슬레이어』 쪽으로 시선을 돌렸다.

 이딴 물건을 방치해 둘 수 없었다. 언젠가 누가 가지러 올지 알 수 없다.

 더욱이 성검에 꿰뚫린 채로 ‘지룡 어스가르스’의 영혼이 이곳에 묶여 있는 것은 너무했다.

 "이 성검을 뽑을 방법…… 아니면 무력화할 방법이 있다면 좋겠는데……."

 저토록 레벨이 높은 아이템은 세실이 『감정』하는 게 불가능했다.

 핀의 『즉시 신성 기물 장악(아티팩트 룰러)』은— 아니, ‘성검사’만이 성검을 쓸 수 있다는 조건이 있어서 지배하기 어렵겠지. 더욱이 지배할 수 있다고 해도 『용살』 효과는 변함이 없었다. 그렇다면 너무 위험했다.

진정 무력화하려면…… 이 검을 『용살의 성검』이 아니도록 고치는 수밖에 없었다.

그 방법은―.

"질문이 있습니다. '지룡 어스가르스'. 이 검의 소유권은 누구한테 있습니까?"

〈당시의 성검사는 이제 없다. 수백 년이나 이 몸에 꽂혀 있으니 소유권은 내게 있겠지.〉

"당신은 그 소유권을 제게 양도할 수 없습니까?"

〈가능하지만, 양도한들 사용할 수는 없다.〉

"그래도 좋습니다."

내가 쓸 수 없는 스킬일지라도 나는 여태껏 『재구축』해 왔다.

노예들이 갖고 있던 스킬과 똑같다. 요컨대 소유권이 나에게 있으면 된다.

〈좋다. 어차피 흉흉한 성검이니라. 네게 넘겨주지, 소마 나기.〉

"감사합니다. '지룡 어스가르스'."

나는 벽에 꽂혀 있는 성검에 다가갔다.

솔직히 『용살의 성검』 따윌 만지고 싶지 않았다. 아니, 보고 싶지도 않았다.

그러나 내버려 두면 시로나 '해룡 케르카톨'이 언제 위험해질지 모른다.

"해볼까."

나는 각오를 굳히고서 손을 뻗어 만졌다.

용을 본뜬 자루를 쥐었다. 감촉을 확인하듯 힘을 주고서 스킬을 발동했다.

"발동!『능력 재구축』!!『성검 드래곤 슬레이어』의 개념을 불러낸다!!"

직설적인 이름의 성검이다. 능력은 예상이 됐다.

개념을 윈도우에 표시하니…… 역시나 생각한 대로였다.

『성검 드래곤 슬레이어.』

『용살LV6』
『용』의『생명 활동』을『중지시키는』검.

『위력 증강LV6』
『공격』의『위력』을『높이는』검.

역시 성검. 용의 생명 활동을 중지시키는 스킬과 공격력 업 스킬이 달려 있었다.

'지룡 어스가르스'가 완전한 죽음에 이르지 못했던 이유가 바로 이것인가?

생명 활동은 중지시킬 수 있지만, 정신은 별개. 영혼의 활동까지는 중지시킬 수 없었다는 말인가?

"마지막으로 묻겠습니다. 만약에 제가 이 성검을 뽑은 뒤 용한테 이로운 검으로 바꾼다면— 인간을 저주했던 당신의 절반은 어떻게 됩니까?"

〈사라지겠지.〉

"사라진다?"

〈원한이 사라졌기 때문에. 설령 사라지지 않을지라도 힘은 약해지겠지.〉

"당신은 그걸 바랍니까?"

〈그래. 난 인간과 용 모두를 사랑한다. 나의 절반을 달랠 수 있다면 그보다 더 나은 일은 없지.〉

'흑발 소녀'— '지룡 어스가르스'의 영혼이 나에게 고개를 숙였다.

〈이 흉흉한 성검을 없애 준다면 보수를 주고 싶은 심정이다.〉

"그럼 옛날 일을 알려주세요."

나는 세실을 보고서 말했다.

"—마족이 옛날에 살았던 곳이 좋겠군요. 알고 있다면 알려줄 수 없을까요?"

"나기 님?!"

세실이 화들짝 놀랐다.

"마족이 도시를 만들었을 법한 곳도 좋습니다. 인적이 없는 깊은 산골의, 마족이 살기에 적합할 것 같은 장소라도. 전 『결혼』 상대— 아내한테 일족의 고향을 보여주고 싶습니다."

〈아아…… 그렇군. 그 어린 용을 봤더니 떠올랐어.〉

'흑발 소녀'가 시로를 보고 웃었다.

〈마족의 도시는— 이곳에서 먼 동쪽 산속에 있었다. 그 용이

성인이 되어 날개를 갖게 된다면 도달할 수 있겠지.〉

"이 부근입니까?"

나는 짐에서 지도를 꺼내 펼쳤다.

'흑발 소녀'가 쓴웃음을 지으면서 지도에는 실리지 않은, 훨씬 동쪽을 가리켰다.

〈좋은 친구였지, 그들은. 널 보고 있으니 옛날 일이 조금 떠올랐다.〉

"……지룡님."

〈내가 건재했다면, 마족이 멸망하도록 내버려 두지는 않았을 것을……. 언젠가 마족의 도시에 간다면 나를 대신하여 전해 다오. 지룡이 사과했다고 말이야.〉

"감사합니다. '지룡 어스가르스'. 그럼 시작합니다."

나는 스스로에게 인어 루미아가 줬던『무심 가창LV3』을 인스톨했다.

머릿속으로『개념』을 바꿔 가며 시뮬레이트해 봤다.

그리고 흉흉한 성검을 쥐었다.

"『성검 드래곤 슬레이어』에 명한다. 용한테 이로운 검으로 바뀌어라."

나는 마력을 주입하며 선언했다.

"사후에도 용과 인간을 옥죄는 성검이여. 널 지금 당장 새로 만들어 주마! 발동!『고속 재구축』!"

나는『성검 드래곤 슬레이어』의『개념』을 재빨리 교체했다.

『능력 재구축』의 레벨이 올랐다. 매직 아이템의 개념을 교체하는 것도 여러 번 해봤다.

　더욱이…… 나는 분노했다. 상당히.

　『용살의 성검』따윌 제작한 녀석에게도, 그걸 용사에게 쓰도록 한 왕에게도.

　분노로 가득한 지룡의 반쪽이 이 세계의 블랙 노동과 관련이 있다면―.

　'지룡 어스가르스'를 이 검에서 해방시킴으로써 말릴 수 있을지도 모른다.

　"『천룡의 유생체』의 아빠를 얕보지 마. 이런 위험한 성검은 박살 내고서 새롭게 고쳐 주마!"

　웃기지 마라. 옛날의 왕도, 이 검을 만들었던 그 누군가도.

　당신들의 성검을 내가 다른 물건으로 바꿔 주겠어!

　"실행!『고속 재구축』!! 성검이여 용을 위한 검으로 바뀌어라!!"

　마력을 주입하고서 선언했다.

　『성검 드래곤 슬레이어』의 표면에 빛이 흘렀다.

　늑골에 꽂힌 채로 성검이 부르르 떨기 시작했다.

　성검이 한동안 저항하듯 흔들리다가―.

　이윽고― 뼈에서 뽑히더니 떨어졌다.

　〈오, 오오오오오오오?!〉

　'지룡 어스가르스'의 영혼이― 절규했다.

　〈오, 오오오오오오오오?! 검이, 내 심장을 꿰뚫었던 검이―

검이—.〉

"영차."

나는 떨어진 검을 집었다.

이 녀석은 이제 『성검 드래곤 슬레이어』가 아니다.

능력을 교체했기 때문인지 이름까지 바뀌었다.

『성검 드래곤 스고이나(굉장하다는 뜻의 일본어. すごいな(스고이나))』

『용 활성화LV1』

『용』의 『생명 활동』을 『높이는』 검.

효과 범위 안에 있는 용과, 용과 관련이 있는 자의 생명력을
높인다.

생명 활동이 활발해졌기에 작은 상처는 바로 나아버린다.

『위력 가창LV1』

『공격』의 『위력』을 『자유롭고 즐겁게』 『부르는』 검.

대상의 공격 위력을 측정하여 그것을 즐거운 노래로 알려준다.

용의 동료가 사용하면 '우리의 일격은 고위력. 고블린 즉사. 드
래곤은 아주 굉장해(스고이나)' 하고 노래하면서 적을 위협한다.

〈흉흉한 검에서 드디어 해방됐다. 이로써…… 너를 만질 수

있겠구나.〉

'흑발 소녀'가 서서히 다가왔다.

투명한 웃음을 지은 채로 시로의 앞에서 무릎을 꿇었다.

〈저주도, 원한도, 상처 하나도 네게 옮겨서는 안 되니까. 성검이 사라져서 드디어 널 만질 수 있어. 우리가 맑았던 시절의 마력을 지닌 자— 천룡 시로.〉

"지룡…… 언니?"

〈아아…… 그래. 난 지룡 어스가르스. 너의 언니다.〉

"언니…… 시로의."

시로가 팔을 한껏 벌려 '흑발 소녀'를 끌어안았다.

"……기뻐. 시로한테 가족이 또 늘었어."

〈가족이라고 불러주는 것이냐?〉

"당신은 시로가 이 세계에 태어날 수 있는 힘을 줬던 존재이니까."

〈시로는 세계와 인간을 좋아하나?〉

"좋아해—. 정말 좋아—."

시로가 웃으면서 '흑발 소녀'를 올려다봤다.

"있잖아, 시로는 말이야. 줄곧 태어나는 게 무서웠어. 그래도 나기 아빠랑 엄마들이랑 파티 동료들이 알이었던 시로를 도와줬으니까— 그래서 세계가 무섭지 않게 됐어. 모두와 같은 시간을 살아가고 싶어졌어. 이 세계가 좋아졌는걸?"

〈……그렇구나…… 다행……이야.〉

'흑발 소녀'가 시로의 몸을 놓아줬다.

〈이 아이를 부탁한다. 인간 나기. 이 아이와 네가 바라는 한 함께해 주길 바란다.〉

"물론. 시로는 제 가족이니까."

"제 아기의 언니이기도 합니다."

"내 자식이기도 한걸."

〈아아…… 최후의 순간에…… 좋은 광경을 봤도다…….〉

"'지룡 어스가르스'……."

〈─가라.〉

동굴이 흔들리기 시작했다.

〈그 검이 용한테 이롭게 바뀌어서 나의 힘도 되살아났다. 그 힘으로 동굴을 완전히 무너뜨리겠다. 성검이 사라졌다는 걸 나의 반쪽도 감지했을 터─ 녀석도, 해방된다.〉

'흑발 소녀'가 사라져 갔다.

〈가라. 이 시대의 용에게 내 이야기를 전해라. 기록이나 전승은 남기지 않아도 좋다. 너희들이 가끔 떠올려 주기만 하면 족하다. 난 그것만으로도 만족한다─.〉

"알겠습니다. 그럼 안녕히. '지룡 어스가르스'."

"감사합니다. 당신을, 잊지 않겠습니다."

"노래로 모두한테 전할 거야. 이 세계에는 정말로 상냥한 용이 있었다고."

"안녕─! 지룡 언니!!"

그렇게 우리는 용의 뼈에서 등을 돌리고는 뛰기 시작했다.

"여러분─! 왠지 엄청나게 흔들려요─ 와와와!!"

"미안, 루미아. 잠깐만 참아!"

수로까지 돌아온 나는 다짜고짜 루미아를 안아 올렸다.

좁은 수로를 헤엄쳐서 빠져나가려면 시간이 걸린다. 안아 올린 채로 뛰는 편이 더 빠르다.

"─시로한테 맡겨 줬으면 싶어."

갑자기 내 몸이 붕 떠올랐다.

시로의 『플라이』다. 그런데─ 그뿐만이 아니었다.

"……시로, 그 모습은."

"용으로 변할 수 있게 됐어─!

시로가 새하얀 용이 됐다.

기다란 목과 하얀 뿔. 몸통에는 날개가 나있었다.

더욱이 『플라이』 능력이 강해졌다.

시로가 우리를 빛의 구체에 휩싸고서 등에 태운 채─ 가속했다.

"설마 『드래곤 스코이나』의 힘인가?!"

"그런 것 같아!! 아빠가 고쳐 준 검이 시로한테 힘을 줬어!!"

시로가 우리를 등에 태운 채로 동굴을 탈출했다.

출구에 있던 아이네와 이리스도 『플라이』로 회수하고서 단숨에 날아올랐다.

"……굉장해."

세계가 보였다.

눈앞에는 저 멀리 바다가 펼쳐져 있었다.

먼 곳에 있는 배는— 저건 힐무트 후작의 배일까? 왠지 표류하고 있는 것 같은데.

바로 아래에는 모래사장과 그곳에서 이어지는 숲이 보였다.

'휴양지 미슈릴라'의 성벽까지 보였다. 굉장해…….

"익숙해지면 바다 너머까지도 갈 수 있지 않을까 싶어!"

"조바심 낼 필요 없어. 일단 내려가자."

세실과 리타, 아이네도 눈이 핑핑 돌았다.

이리스는 주먹을 꾹 쥐고서 감동한 눈치였다.

콧김이 거친 이유는— 이리스도 『드래곤 스고이나』의 영향을 받아서일까?

시로가 지상으로 서서히 내려갔다.

용으로 변한 시로의 몸집은 경차만 했다. 날개는 그보다 몇 배는 더 컸다.

나와 세실, 리타, 이리스, 아이네는 『플라이』 능력에 휩싸인 채로 시로의 등에 타고 있었다. 이대로 어디로든 갈 수 있을 것 같지만, 그래도 무리한 행위를 시키고 싶지는 않거든.

"도—착!"

용으로 변한 시로가 착륙하고서 다시 인간 모습으로 되돌아갔다.

왠지 몸을 휘청거려서 이마에 손을 대봤더니— 조금 따뜻했다. 온몸의 피부도 상기됐다.

"무리하지 마. 시로."

"에헤헤. 아빠한테 좋은 모습을 보여 주고 싶었는데."

시로가 내 가슴에 이마를 대고서 웃었다.

나는 아이네에게 수납 스킬 『누나의 보물상자』에서 적당한 옷을 꺼내 달라고 했다.

용으로 한번 변했던 시로가 알몸이었기 때문이었다. 옷은 적당히 재생되지 않는 건가?

"고마워, 시로. 덕분에 살았어. 돌아가거든 쉬자."

"에헤헤. 아빠랑 같이 잘래—."

시로는 그렇게 말하고서 잠들어 버렸다.

육지 쪽에서 레티시아, 커틀리스, 라필리아도 모여들었다.

『의식 공유 · 개량형』으로 메시지를 보내 뒀기에 다들 사정을 알고 있었다. 무기를 집어넣고서 다들 숙연한 표정이었다.

이로써 『신인 연수』도 막았고, 『마룡의 유적』 조사도 마쳤다.

"루미아도 도와줘서 고마워."

"이 정도는, 별거 아닙니다."

인어 루미아가 바다 속에서 손을 흔들었다.

"이제는 동료들을 불러올게요. 그 후에 인어의 비보를 드리겠어요."

"기대할게. 그리고—."

나는 『마룡의 유적』 쪽을 봤다.

'지룡 어스가르스'의 화석으로 향하는 동굴이 완전히 무너져 입구까지 매몰됐다.

이제 아무도 저곳에 갈 수 없으리라.

지룡의 뼈는 아무도 건드릴 수도, 부술 수도 없는 상태로 잠들었다.

"고마워요. '지룡 어스가르스'. 제 아이한테 마력을 줬던 일을 잊지 않겠습니다."

나는 동굴을 향해 손을 모았다.

다른 동료도 눈을 감고서 손을 모았다.

한동안 묵념한 뒤— 우리는 동굴 유적지에서 등을 돌렸다.

"다들 이만 돌아갈까. 성녀님이 기다리고 있어."

내가 그렇게 말했을 때—.

⟨ㅇㅇㅇㅇㅇㅇㅇㅇㅇㅇㅇㅇㅇㅇㅇㅇ⟩

모래사장에 웬 울부짖음이 울려 퍼졌다.

지면이 흔들렸다.

바위 지대 쪽—『신인 연수생』들이 달려갔던 쪽에서 무언가가 다가왔다.

"리타,『기척 감지』! 세실은 마력을 감지해!!"

"예. 주인님!"

"알겠습니다! 나기 님."

리타와 세실이 눈을 감았다. 그리고…….

"어떤 커다란 존재가 와, 나기!"

"용의 마력이 느껴집니다!"

지면이 또 흔들렸다.

바위 지대 맞은편에서 검은 실루엣이 출현했다.

머리가 보였다.

기다란 네 개의 뿔에 커다란 귀. 그리고 검붉은 눈동자.

머리와 목 모두 칠흑 같은 비늘에 뒤덮여 있었다.

뒤이어서 거대한 등지느러미가 달린 몸통과 팔다리. 기다란 꼬리가 나왔다.

그 거대한 존재감을 과시하듯 칠흑의 용이 서서히 이곳으로 다가왔다.

"―'지룡 어스가르스'인가?"

동굴에서 봤던 뼈보다 반절 정도 작았다.

그래도 틀림없는 용이었다.

"이것이 '길드 마스터'의 진정한 힘이다."

용의 등에 사람이 타고 있었다.

순백의 갑옷을 입은 소년― 야마조에였다.

"후작님의 배가 떠나갔다는 보고를 받고서 와봤더니 이 땅이 적의 수중에 떨어졌을 줄이야. 『신인 연수』를 방해하는 자여. '길드 마스터'가 얼마나 분노했는지 깨닫게 해주마!!"

제14화 「『하얀 길드』의 종언과 '길드 마스터'의 분노」

모래사장에 칠흑의 용이 서 있었다.

모습은 도마뱀에 가까웠다. 팔다리를 땅에 붙인 채 기다란 몸을 쭉 뻗었다.

머리에는 뿔 네 개가 달려 있었다. 꼬리로 모래를 쓸어 내면서 천천히 이곳으로 다가왔다.

그 등에 타고 있는 야마조에가— 왠지 활짝 웃고 있었다.

"……아직도 용사로 활동하고 있나, 야마조에?"

신기하리만치 흥미가 안 생기네…….

내가 이 세계에 소환된 뒤에 왕궁에서 대화를 잠시 나눴던 건 기억하고 있는데.

야마조에가 용사가 되어 재회한 뒤로는— 정말로 인상이 흐려졌다. 『수수께끼의 던전』에서 싸운 지 얼마 안 됐는데.

저 녀석이 힘을 휘두르며 난동을 부리는 흔한 용사 중 하나가 돼버렸기 때문일까?

용 같은 존재의 등에 타고 있어서 신이 났구나, 야마조에.

"너희들은…… 으음. 누구였더라?"

야마조에도 우리가 기억나지 않는 모양이지만.

『수수께끼의 던전』은 공략에 실패한 녀석의 기억을 지우고서 전이시킨다.

그 바람에 나와 만났던 기억이 사라진 모양이었다.

"……같은 말을 여러 번 반복하는 취미는 없으니 됐어. 떠올리지 않아도 돼."

"건방지구만, 너."

순백의 갑옷을 두른 야마조에가 나를 보고 말했다.

그의 손에는 검이 아니라 긴 지팡이가 쥐어져 있었다. 용 모양
으로 깎여 있었다. 불길한 느낌이 드는 아이템이었다.

"너희들은 질서를 어지럽히는 자들이지?"

"……질서?"

"이 땅은 용사가 지배하는 게 당연해. 성검을 손에 넣어 왕한
테 진상하는 것도."

"이제 됐어."

"……어?"

"이제 됐다고 했어. 너랑 할 얘기는 이제 전혀 없어. 그보다도
그 용은 뭐야? 지룡은 납득하고서 사라졌건만, 어째서 그딴 게
존재하지?!"

"아아. 이건 상관인 연금술사가 만든 용의 유사체를 '길드 마
스터'의 힘으로―."

"알겠어. 그만."

나는 모두에게 눈짓을 보냈다.

세실과 라필리아는 원거리에서, 나와 리타와 커틀러스는 전위
에서 대적한다.

레티시아는 중간 거리에서 지원.

아이네와 이리스에게는 시로를 호위하는 역할을 맡겼다.

의논 따윈 할 필요가 없었다. 우리는 『의식 공유 · 개량형』으로

이어져 있다.

야마조에와 저 유사 지룡을 어떻게 대처할지는 이미 공유했다.

"—시로. 동족의 기운이 어디에서 느껴져?"

나는 아이네와 이리스에게 안겨 있는 시로에게 물었다.

시로가 눈을 감고서 잠시 생각한 뒤 외쳤다.

"저 용의 몸속이야. 바깥쪽은 가짜야!"

—그렇구나. 아까 싸웠던 '케르베로스'하고 동일한 존재란 말인가?

그러한 인조 생물을 만들 수 있는 연금술사가 적에게 있는 듯했다.

"그럼 시로는 안에 있는 '길드 마스터'를 불러줘. '길드 마스터'는 '지룡 어스가르스'의 영혼의 반쪽이야. 어쩌면…… 이미 제정신으로 돌아왔을지도 몰라."

"알겠어. 아빠!"

"그리고 다른 모두는— 예정한 대로."

저 유사 지룡의 움직임을 봉쇄한다.

야마조에의 말이 맞는다면 저것은 연금술사가 만든 가짜 지룡이다.

그렇다면 용을 이롭게 해주는 이 성검이 비장의 패가 되겠지.

"작전 개시!"

"""""""""라저!!"""""""""

그리고 우리는 움직였다.

『하얀 길드』의 '길드 마스터'를 그만 멈추게 하기 위해서.

"시로는 모두를 지킬게!『실드』!!"

우리와 '가짜 지룡' 사이에 반투명한 원형 방패가 출현했다.

돌진하던 '가짜 지룡'이 멈췄다.

"쳇! 해치워라.『하얀 길드』의 동료들이여!"

야마조에의 뒤에서 여러 검사와 마법사가 출현했다.

아직도 남아 있었나,『하얀 길드』.

그러나 우리는 준비를 이미 마쳤다.

"갑니다.『고대어 마법 등불』!!"

"눈을 감고서 쏘겠어요—!『불운 소멸』플러스『호우 궁술』!!"

순간 새하얀 빛이 세계를 휩쌌다.

동시에 라필리아가 화살을 쏘는 소리가 들렸다. 이번에는 눈을 감고서 화살이 다 떨어질 때까지.

세실의『등불』에 영향을 받지 않는 내 눈에는 서른 발 이상의 화살이 날아가는 게 보였다.

그 화살들은 말도 안 되는 궤적을 그리면서, 무심코 손으로 눈을 가린 용사들에게 착탄하더니—.

"끄악?!"

"컥."

"어, 어째서?!"

"끄오오오오오!!"

한 발도 남김없이 명중했다.

마법사의 팔과 다리에. 갑옷을 입은 검사는 그 틈새에.

각 관절에 멋지게 명중시켜 움직임을 봉쇄했다.

그 사이에 나와 리타, 커틀러스가 달렸다.

비로소 『등불』 영향에서 벗어난 용사들은— 그 자리에서 꼼짝도 하지 못했다.

모두 고개를 숙이며 인사를 하고 있었다.

우리의 배후에서 레티시아가 『강제 예절』을 발동하여 정중히 인사를 하고 있기 때문이었다.

"말도 안 돼! 말도 안 돼애애애애애애애!"

야마조에가 외쳤다.

녀석의 치트 스킬은 『능력 위계 저하(스킬 다우너)』다. 주변적의 스킬 레벨을 낮추는 효과가 있다. 그러나 애당초 스킬 레벨이 낮은 우리에게는 통하지 않는다.

그래서 우리는 단숨에 적의 전투 능력을 깎아 내기로 했다.

"미안하지만, 우린 『치트 캐릭터』 집단이야. 전력으로 상대해 주지."

『강제 예절』이 풀린 상대를 리타와 커틀러스가 쓰러뜨린다.

리타의 격투 능력을 사용하면 상대를 간단히 무력화할 수 있다.

커틀러스는 용사의 반격을 회피하고서 잇달아 『각성 난타』로 연타를 가했다.

그 사이에 나는 '가짜 지룡'의 곁에 도달했다.

달려오는 동안에 성검을 이미 허공에 휘둘러 놨다.

이 검은 용을 이롭게 바꿔준다. 그러니 지룡의 영혼은 데미지를 입지 않을 것이다.

나는 그렇게 믿고서 스킬을 해방했다.

"해방! 『지연 투기(딜레이 아츠)』 플러스 『성검 드래곤 스고이나』!!"

『성검 드래곤 스고이나』가 빛났다.

전투가 시작되기 전에 이리스가 이 성검에 『용의 축복』을 걸어 줬다.

『용의 축복』은 무기나 마법, 스킬에 『물리 강화』를 부여한다. 더욱이 이 강화는 『용속성』이다.

이 『성검 드래곤 스고이나』는 용의 생명력을 높여주므로 이리스가 부여한 『용의 축복』도 강화됐다. 이리스가 강화해 준 성검을 『지연 투기』로 위력을 더욱 증폭시키자―.

성검이 엄청난 빛을 내뿜었다.

"'길드 마스터'― 날뛰는 지룡의 영혼이여! 용으로서의 의식을 되찾고서 분노를 가라앉혀라!!"

거대해진 『성검 드래곤 스고이나』의 칼날이 '가짜 지룡'의 몸통에 파고들었다.

동시에 성검이 발하는 빛도 '가짜 지룡'의 몸속으로 침투했다.

'길드 마스터'를 죽이고 싶은 게 아니었다.

대화를 하고 싶었다.

『성검 드래곤 스고이나』의 『용 활성화』는 '가짜 지룡' 속에 있는 '길드 마스터'에게도 효과가 미칠 것이다. 그렇게 그녀가 지닌 용으로서의 의식을 부활시키겠다.

나는 '길드 마스터'에게 다른 반쪽의 이야기를 전하고 싶었다.

지룡이 인간을 좋아했다는 것을.

시로와 만나 서로 끌어안았다는 것을.

마지막으로— 웃으면서 사라졌다는 것을.

"당신이 분노에 폭주한 채로 사라지는 건 싫어. 이야기를 들어줘. '지룡 어스가르스'의 반신. '길드 마스터'!!"

〈……아아.〉

투둑, 하고 소리가 나더니 '가짜 지룡'의 몸통이 터졌다.

안에서 로브를 입은 여성이 나타났다.

검은 머리카락. 하얀 피부. 금색 눈. 다만 왼쪽 눈이 존재하지 않았다.

"당신이 지룡의 영혼의 절반— '길드 마스터'인가?"

〈……후후.〉

검은 머리를 휘날리며 '길드 마스터'가 웃었다.

〈인간 아이야…… 쓸데없는 짓을 했구나.〉

'길드 마스터'가 입술을 일그러뜨리며 나를 노려봤다.

〈……분노를…… 스스로도 억누를 수 없었던 분노를…… 녹여 버릴 줄이야.〉

"당신은 '지룡 어스가르스'의 영혼의 나머지 절반이죠?"

〈아아…… 아아, 그렇고말고.〉

"무슨 소리야?! 당신은 우리 편이잖아, '길드 마스터'!!"

야마조에가 지팡이를 휘두르며 외쳤다.

"이 『용신(竜身)의 지팡이』는 당신한테 명령을 내리기 위한 도구였을 터. 자, 그 힘으로 우리가 받았던 연수를 부정하는 자를 멸해 주십시오!!"

〈……그래, 멸해 버릴 작정이었어.〉

'길드 마스터'가 자신의 새하얀 두 손을 쳐다봤다.

〈……이런 하찮은 세계를 새카맣게 물들이고서 멸망시킬 생각이었어. 내 본체를 멸했던 왕도, 그걸 도왔던 용사도, 용사 소환을 반복하는 마법사도— 이 기회를 틈타 날 조종하려고 하는 연금술사도.〉

침묵이 내려앉았다.

우리도, 야마조에 일행도 모두 입을 다물고서 '길드 마스터'를 쳐다봤다.

그리고—.

"길드 마스터어어어어어어어!! 당신, 무슨 헛소리를?!"

야마조에가 지팡이를 높이 쳐들고서 외쳤다.

〈봐라…… 몇 백 년이 지났어도 용사는 변함없다…….〉

'길드 마스터'가 오른쪽 눈을 크게 뜨고서 나를 봤다.

〈……너도 그랬다면 난 유감없이 세계를 증오했을 것을!〉

"전 그런 거 싫습니다."

〈쓸데없는 짓이었다! 정말로 넌 쓸데없는 짓을 저질렀다!!〉

"당신은 세계를 멸망시키고 싶었습니까?"

〈난 왕과 용사가 바라는 대로 해줬을 뿐. 놈들은 인간을 이용하는 것을 좋아한다. 그래서 그들의 의도대로 해줬다. 힘을 빌

려줬다. 내가 당했던 것을 다른 누군가한테 하도록 거들었다.〉

"민폐도 보통 민폐가 아니었어요. 정말로."

〈그것도…… 왕과 용사가 바랐던 것. 그런데도…… 정말로 넌 쓸데없는 짓을 저질렀다.〉

'길드 마스터'가 웃고 있었다.

그 '흑발 소녀'와 똑같은 얼굴로, 딱 하나 남은 오른쪽 눈을 뜨고서…….

〈네 덕분에…… 난 인간을 증오할 수 없게 됐어…….〉

"'지룡 어스가르스'의 반신은 사라졌습니다."

〈안다. 마지막에 그 목소리가 들렸다. 만족한다고 했다. 그리고― 이렇게 말했어.〉

한순간 뜸을 들였다.

이내 '길드 마스터'는 기어들어 가는 목소리로 말했다…….

〈―네가 졌다. 나의 반신― 이라고.〉

요란한 웃음소리가 울렸다.

로브를 입은 '길드 마스터'가 배를 부여잡으며 웃었다.

〈맞아. 그렇고말고. 난 패배했다! 네가 쓸데없는 짓을 저지른 바람에 내 원한이 사라지고 말았으니까. 제정신일 때 남겨 뒀던 마력과, 그 마력 때문에 되살아난 천룡― 그 천룡의 아버지가 된 인간과 아내들. 그런 너희들을 봤는데 어떻게 인간을 증오할 수 있겠어!!〉

"……어스가르스."

〈그렇고말고. 네가 만든 가족은 사라진 나의 반신과— 인간을 좋아했던 시절의 내가 가장 보고 싶었던 광경이니까— 하하, 하하하하하하핫!〉

인간, 마족, 아인들과 용.

모든 것이 한데 뒤섞여 계속 살아가는 세계.

그것이 '지룡 어스가르스'의 바람이었다고 '길드 마스터'가 말했다.

〈난 패했다.〉

'길드 마스터'가 부아가 치미는지 모래를 찼다.

몇 번이고, 몇 번이고.

〈아아, 그래. 이런 웃기지도 않은 짓을 계속할 의미도 사라졌다. 난— 오랫동안 품어 왔던 원한과 함께 사라진다. 내가 구축했던 소환 마술과 마법사·연금술사가 있으니 용사 소환은 계속되겠지. 허나 『하얀 길드』는 끝이다.〉

'길드 마스터'가 로브에 덮인 팔을 흔들었다.

주변에 쓰러져 있던 야마조에와 용사들의 몸이 붕 떠올랐다.

"'길드 마스터', 뭐, 뭡니까?!"

"이건?!"

"잠시만요, 적은 저 녀석들입니다! 우린 『하얀 길드』의 '제8세대 용사'—."

〈끝이야. 원래 있던 곳으로 돌아가라.〉

'길드 마스터'의 손에서 얼음 입자가 튀어나갔다.

그것이 야마조에 일행의 몸에 들러붙더니 순식간에 기절시켰다.

"『능력 봉인 빙결(스킬 프리저)』인가?"

〈애당초 이 스킬은 내가 만든 것. 이세계 소환 기술도 이미 이해하고 있다.〉

'길드 마스터'가 팔을 들어 올리고서 중얼거렸다.

〈이 녀석들은 내가 원래 세계로 데려가겠다. 이 몸이 사라지기 전에 말이야.〉

그리고 땅바닥에 마법진이 떠올랐다.

전에 우리가 썼던 『이세계로 향하는 문을 여는 마법』이다.

"……당신은 인간을 계속 험하게 부려왔어."

〈바란 것은 왕과 용사. 난 힘을 줬을 뿐이다.〉

"그게 당신의 복수였다?"

〈당연하지. 하지만…… 아무 의미도 없었군.〉

이세계의 문이 열리더니 야마조에를 비롯한 용사들의 모습이 사라져 갔다.

그들은 『능력 봉인 빙결』의 힘 때문에 스킬과 스킬에 관한 기억을 잃고서 원래 세계로 돌아간다.

그 광경을 지켜보는 '길드 마스터'의 몸도 흐릿해져 갔다.

"마지막으로 알려 줘. '길드 마스터'."

〈뭐냐? 쓸데없는 짓을 저지른 자여.〉

"마왕은 존재하는 건가?"

무심코 나는 거친 목소리로 물었다.

"아니면 당신이 마왕이었나? 이 세계에 마왕은, 정말로 존재하나?"

〈—난 모른다. 왕한테 물어라.〉

"짓궂군. '길드 마스터'."

〈난…… 나의 증오를 없애 버린 네가 밉다. 인간.〉

"그래, 그 마음만은 알겠어. '길드 마스터'."

나는 말했다.

"하지만 나의 자식— 시로한테 마력을 줬던 건 감사해. 당신도 '지룡 어스가르스'의 일부이니 정식으로 감사 인사를 해두고 싶었어. 고마워, '길드 마스터'!"

〈하핫. 그래서 싫다는 거다. 인간—.〉

이내 '길드 마스터'의 모습이 사라졌다.

처음부터 아무도 없었던 것처럼 모래사장에 우리만 있었다.

『하얀 길드』의 '길드 마스터'는 없어졌고, 용사들도 원래 세계로 돌아갔다.

—그러나 왕은 남았다. 그리고 마왕도.

뭐, 그것도 남겨진 용사의 문제다.

"좋아! 임무 완료!"

나는 손뼉을 짝 치고서 외쳤다.

"다들, 돌아가자. 우선은 성녀님의 동굴에 가서 이 『성검 드래곤 스고이나』의 칼집을 만들어 달라고 해야겠어."

"예. 나기 님!"

세실이 내 손을 잡았다.

"이 성검은 성능이 대단하니 능력을 켜고 끌 수 있도록 제어하지 못하면 큰일이니까요."

"시로, 이대로도 괜찮은데—?"

"안 돼, 시로 짱. 몸이 화끈거리고 땀투성이잖아. 능력을 너무 많이 썼는걸."

리타가 시로의 플래티넘 블론드를 쓰다듬었다.

그녀가 불현듯 이리스 쪽을 보더니—.

"이리스 짱도 성검의 영향을 받았지? 얼굴, 빨개졌는걸."

"아, 예. 이리스, 펄펄 넘치고 있어요. 기운이 남아돌아서……."

"지금 당장 마스터한테 사랑받고 싶다는 얼굴이네요오. 이리스 님."

라필리아가 말하자 이리스가 몸을 젖혔다.

그런 이리스를 보면서 아이네가 진지한 얼굴을 고개를 끄덕였다.

"그렇구나…… 이리스 짱이 나 군과 아기를 만들 작정이라면 어드바이스가 필요할 거야. 아이네도 더 연구해야겠어."

"……그런 이야기는 밤에 하도록 해요. 아이네."

레티시아가 지적했다.

커틀러스는— 어라?

"커틀러스, 왜 그래?"

나는 두 사람에게 다가가 말을 걸었다.

어째선지 커틀러스와 핀이 어두운 얼굴로 멍하니 서 있었다.

"혹시 용사와 싸웠을 때 다쳤어?"

"……지룡 씨를 생각하고 있지 말입니다."

커틀러스가 툭 중얼거렸다.

"저도 조금은 생각해야만 하는 게 있지 말입니다……."

"잠시만 그대로 둬 주세요. 주공."

두 사람이 그렇게 말하기에 나는 수긍하고서 멀어졌다.

커틀러스와 핀이 신경이 쓰였지만―『마룡의 유적』에 얽힌 퀘스트를 무사히 마치고서― 일단 우리는 성녀님에게 보고한 뒤 사용하지 않은 은반을 반납했다.

그러고는 다 함께 별장으로 돌아가 욕조에 몸을 담그고 쉬었다.

제15화 「커틀러스와 핀의 결의. 그리고 '용의 수호자' 탄생」

"이로써 성검도 진정됐나……?"

이튿날.

휴양지 별장으로 돌아온 나는 『성검 드래곤 스고이나』를 점검했다.

드래곤 스고이나…… 줄여서 『성검 드래스고』에 기이한 칼집을 장착해 뒀다.

성녀님의 창고에 있었던, 마법검용 칼집에 마력 봉인 호부를 삽입해 뒀다.

너무 강력한 『용 활성화』를 억누르려면 이렇게까지 해야만 했다.

칼집에 넣을 때까지 이리스와 시로가 날뛰어서 큰일이었다.

몸이 후끈거리는지 둘이서 성녀님의 수영장에 뛰어들어 인어 소니아와 함께 마구 헤엄쳤다. 마치 카페인이라도 잔뜩 마신 것 같았다. 성검을 칼집에 넣자 두 사람 모두 팔다리를 축 늘어뜨린 채 잠에 빠졌지만.

"너무 강력하네, 이 성검은."

이것이 있다면 시로는 용으로 변할 수 있다.

시로가 조금만 더 큰다면 우리를 태우고서 천룡의 집이 있는 남쪽 섬까지 날아갈 수도 있겠지.

언젠가 그렇게 하자고 생각했다. 그곳에서 계속 살아갈 수 있는 방안이 생긴다면 말이지만.

"주공, 잠깐 괜찮을까요?"

갑자기 노크하는 소리가 들렸다.

방 문을 여니 커틀러스와 핀이 잠옷 차림으로 서 있었다.

"커틀러스, 핀, 무슨 일이야?"

"……부탁이 있어서 왔습니다."

"저도 그렇습니다."

둘 다 기운이 없었다.

커틀러스는 눈 밑이 거멨고, 핀의 머리는 부스스했다.

"부탁이라니……?"

""절, 주공뿐만 아니라 모두의 노예로— 더 낮은 위치인『노예의 노예』로 삼아 주실 수 없을까요?!""

"……어?"

지금 농담한 거 아니지? 커틀러스와 핀 모두 표정은 진지했다.

"나뿐만 아니라 모두의 노예라니…… 왜 그런 부탁을?"

"……제 몸에는 왕가의 피가 흐르지 말입니다."

"……그 왕가는 지룡님께 심한 짓을 저지르고서 줄곧 괴롭혀 왔습니다. 그런 피를 물려받은 저희가 다른 노예 여러분들과 대등해서는 안 됩니다."

""왕가의 피가 흐르는 전 속죄해야 하지 말입니다(합니다).""

커틀러스와 핀이 울먹였다.

"……어쨌든 방으로 들어와. 대화를 나눠 보자."

나는 두 사람을 방 침대에 앉혔다.

"둘 다…… 줄곧 그런 생각을 했던 거야?"

내가 묻자 두 사람이 고개를 끄덕였다.

커틀러스는 입술을 깨문 채로, 핀은 잠옷 자락을 쥔 채로 떨었다.

"지룡은 두 사람 때문에 고통을 받은 게 아냐."

나는 손을 뻗어서 두 사람의 머리를 쓰다듬었다.

"'지룡 어스가르스'의 영혼은 정말로 상냥했어. 커틀러스와 핀을 미워하지 않을 거야."

나는…… 주인님으로서 아직 멀었구나.

두 사람이 그토록 부채감을 느꼈을 줄은 몰랐다.

『마룡의 유적』에서 나온 뒤 나는 모두에게 자세한 사정을 들려줬다.

그런데도…… 커틀러스의 고민을 눈치채지 못했다.

지룡의 죽음에 왕가가 얽혀 있으니 커틀러스의 기분도 헤아렸어야 했는데…….

"동굴에 있었던 지룡의 영혼도, '길드 마스터'도 인간을 향한 원한을 지워 버렸어. 게다가 왕가가 지룡을 죽였던 건 커틀러스가 태어나기 훨씬 전이야. 커틀러스와 핀은 관계가 없지?"

"그래도…… 전."

"다른 사람들과 같은 위치로 살아갈 수는 없다고 생각합니다."

"그러니 모두의 아래― 노예의 노예로 삼아 달라?"

내가 말하자 커틀러스와 핀이 고개를 끄덕였다.

"마음은 알겠지만, 각하."

"주공……."

"그, 그럼 저희들의 마음이 편하질 않습니다!"

"커틀러스랑 핀, 모두 잘 들어."

나는 두 사람의 손을 잡고서 말했다.

"설령 두 사람이 『노예의 노예』가 됐다고 해도 모두가 마음 편히 생활할 수 있을 것 같아?"

""……아.""

"우리 파티에 '너희들은 노예의 노예다―. 시키는 대로 해라―' 하고 말할 사람이 있을까? 다들 되레 신경을 쓸 테고, 무엇보다 시로와…… 세실과 나의 아기한테 커틀러스와 핀이 우리보다 더 아랫사람이라고 소개할 수 있을 리가 없잖아."

"하, 하지만……."

"저희들한테는 책임이……."

커틀러스와 핀이 고개를 가로저었다.

말로는 안 되나?

그럼 두 사람이 납득할 수 있도록…….

"알겠어. 그럼 이걸 받아."

나는 『성검 드래곤 스고이나』를 커틀러스에게 내밀었다.

"……어. 어? 에―엥?!"

커틀러스가 놀랐는지 눈을 번쩍 떴다.

"꼭 책임을 져야겠다면 커틀러스가 『용을 이롭게 하는 성검』의 소유자가 되어 줘야겠어."

나는 성검의 칼집을 그녀의 어깨에 댔다.

커틀러스가 자연스레 내 앞에 무릎을 꿇었다. 전 기사후보생 시절의 버릇 때문인지 몸이 저절로 움직여진 것 같았다.

"커틀러스 뮤트란. 그리고 그녀와 같은 영혼을 지니고 있는 핀이여."

"예!"

"예! 주공!"

"커틀러스가 이 검을 들고서 '용의 수호자'가 되어 주길 바라. 이리스와 시로를 이 검으로 지켜 줘. 핀은 카틀러스를 지원해 주고. 혼자서 휘두르기에는 너무 강력한 성검이니까."

나는 말했다.

커틀러스와 핀이 고개를 끄덕였다.

"아, 예! 주공!"

"감사합니다…… 주공."

커틀러스가 가슴에 손을 대고서 고개를 깊이 숙였다.

핀도 땅바닥에 주저앉아 감사를 표했다.

"……용을 이롭게 하는 성검을 제가…… 정말로 괜찮은 건가 싶지 말입니다?"

"응. 내게는 마검 레기가 더 잘 맞는 것 같아."

'길드 마스터'와의 전투 때는 어떻게든 『지연 투기』를 쓰긴 했지만— 정말로 아슬아슬했다. 이 성검은 검술에 조예가 깊은 사람을 위한 무기다. 나는 완벽히 다룰 수 없다.

"게다가…… 레기가 토라져 버렸거든."

""……아.""

"〈아무리 비상시라고 해도 내가 있는데―』하고 따졌어. 내가 마검이 아니라 성검을 사용해서 싫었나 봐."

돌아온 뒤 함께 욕조에 들어갔더니 기분을 풀긴 했지만.

결국 나에게는 성검보다 마검 레기가 더 잘 맞는 것 같았다.

"그러니 이 성검을 커틀러스한테 맡길게. 잘 부탁해. '용의 수호자'."

"감사히 받겠습니다!"

커틀러스가 바닥에 무릎을 꿇고서『성검 드래곤 스고이나』를 받쳐 들었다.

"저, 커틀러스 뮤트란. 목숨이 붙어 있는 한 사명을 완수하지 말입니다!"

이따가 항구 도시 이르가파에 전이해서 '해룡 케르카톨'에게 보고하자.

지룡에 관한 정보는 '해룡 케르카톨'에게도 유용하겠지. 그때 성검에 관한 이야기도 전해두자.

그렇다면―.

"……커틀러스랑 내가『혼약』해 두는 편이 나으려나?"

"에, 에에에에엥?!"

커틀러스의 얼굴이 새빨개졌다.

핀은 납득했는지 고개를 끄덕였다. 내 생각을 이해해 준 듯했다.

"정식으로 '용의 수호자'가 될 작정이라면 '해룡 케르카톨'한테 인정을 받는 편이 좋아. 그렇다면 커틀러스를 '왕가의 소녀'라고 소개하기보다 '나의 혼약자'라고 소개하면 이야기가 더 원만하게 진행될 거야. 모처럼 기회가 왔으니 해둘까 싶어서."

"주, 주공의…… 아와, 아와와."

커틀러스가 새빨개져서는 손사래를 쳤다.

"통역하자면 '해주시길 바라지 말입니다. 절 여자로 만들어 주세요'라고 합니다."

"피, 핀……!"

"아냐?"

"……아닌 건 아닙니다."

커틀러스가 어험, 하고 헛기침을 하고서 나를 쳐다봤다.

"부탁드리지 말입니다. 주공. 절…… 주공의 『혼약자』로…… 정식으로 '용의 수호자'로 만들어 주시길…… 바라지 말입니다."

그렇게 부끄러워하며 웃었다.

"그, 그럼 부탁드리지 말입니다. 주공."

늘 그렇듯 커틀러스가 나에게 등을 맡긴 채 침대에 앉았다.

이러고 있으니 커틀러스의 몸이 가냘프다는 걸 잘 알겠다.

그럼에도 '용의 수호자'가 되고 싶다고 요청했다. 역시 커틀러스는 대단해.

"『혼약』하려면 나와 커틀러스의 마력을 순환시킬 필요가 있어."

"……순환 말입니까?"

"말 그대로 마력으로 하나가 되는 느낌이라고 할 수 있을까? 그럼 시작할게."

나는 커틀러스의 가슴에 손을 댔다.

가녀린 몸이 흠칫, 떨렸다.

나는 『능력 재구축』 윈도우를 불러내 커틀러스의 『호·중단 순격(캔슬링 실드 차지)』을 띄웠다.

한번 재구축했던 스킬은 해체할 수 없지만, 개념을 흔드는 것 정도는 가능하다.

그래서 개념을 서서히 움직이면서 마력을 주입해 나갔다.

스킬을 통해서 나와 커틀러스의 마력이 하나가 되도록.

"……음. 왠지…… 신기한 기분이지 말입니다."

"괜찮아?"

"괜찮……지 말입니다. 오히려 둥실둥실하고…… 따뜻한…… 느낌이…… 응."

커틀러스가 내 몸에 기대고서 축 늘어졌다.

눈을 게슴츠레 뜨고서 꾸벅거리는 느낌이었다.

그녀가 이따금씩 흠칫, 반응하는 이유는 내 손이 마력을 쉽게 이을 수 있는 지점을 찾아서 움직이고 있어서였다.

이윽고 커틀러스의 부드러운 부분에서 손을 멈추고서 서서히 마력을 공급하기 시작했다.

"……후와아…… 뭔가요, 이거."

커틀러스가 어깨 너머로 나를 봤다.

"평소와 다르지 말입니다. 마치 주공이 온몸을 끌어안은 것 같은 느낌이 들지 말입니다……. 촉촉하고……서서히…… 끌려 올라가는 것 같은데…… 아후우."

"……이제 진정이 됐어, 커틀러스?"

"……예에."

커틀러스가 창피한지 새끼손가락을 깨물었다.

"……이 상태에서 동시에『재구축』된다면…… 저…… 순식간에 새하얘…… 웃…… 질 겁니다…….."

"커틀러스는 칠칠치 못하네요."

공기가 울렁이더니 마력체 핀이 나타났다.

"그래서야 주공을 담는 칼집이 될 수 있을 것 같습니까?"

"지, 지금 그 이야기를 하는 겁니까?"

"당연하죠. 우리는 노예이니 언제든지 주공을 받아들인다는 각오를— 웃. 아아, 으응."

핀이 침대 위로 툭 떨어졌다.

그러고는 그녀가 내 등에 매달리더니…….

"……어, 어째서 느닷없이, 제게— 응. 아, 아아아앙."

"왜냐니 핀과 커틀러스는 동일인이니까."

나는 윈도우에 띄운 핀의『즉시 신성 기물 장악』에 손가락을 댔다.

마력 공급용인『마력의 실』로 얽매고서 마력을 보냈다.

"—싫어. 주공이…… 깊은 곳을…… 만지고…… 응, 으으응."

"칠, 칠칠치 못하지 말입니다. 핀은."

"시, 시끄러워요. 커틀러스— 하윽."

내 등에서 핀이 몸을 꿈틀, 떨었다.

커틀러스와 동일하게 부푼 가슴과 그 끝부분이 등에 닿았다.

핀은 보이는 것은 괜찮지만, 만져지는 것에는 약했다.

그래서 이렇게 스킬을 통해 마력으로 합체하기로 했다.

"……아후…… 징징……거려요."

핀이 몸을 작게 들썩였다.

"……확실히…… 평소와 다릅니다…… 녹아내리는 느낌이……
들어요."

"……저도, 마찬가지이지, 말입니다. 저랑 핀이 녹아서……
주공과…… 하나가."

"개인적으로는…… 조금 더 격렬하게 휘젓는 방식을 좋아……
합니다만."

"……핀은…… 정말이지…… 응. 하우."

커틀러스가 내 팔 안에서 무릎을 닫았다가 펼치기를 반복했다.

이따금씩 손가락을 세웠다가— 힘을 쭉 뺐다.

뒤에서 몸을 흔들고 있는 핀과 싱크로하여 몸을 들썩였다.

"마력을 조금 강하게 흘려 넣을게."

나는 두 사람과 이어져 있는 『마력의 실』을 통해 마력을 단숨
에 보냈다.

"으—응!"

커틀러스의 몸이 꿈틀거렸다.

"아……아. 이게, 힘인가…… 새하얀 게…… 왔지 말입니다.

싫어, 대단해…… 평소보다…….”

"이거…… 몸이…… 떠오르는 것…… 같……아. 싫어…… 무서워…….”

커틀러스와 핀의 몸에 땀이 났다.

두 사람이 몸을 흔들 때마다 찰딱, 철퍽, 하고 물소리가 났다.

"……커틀러스.”

"예에…… 주고옹.”

새끼손가락을 입술에 댄 채로 커틀러스가 대답했다.

"마력을 가장 원하는 곳을 알려 줄래?”

"예…… 예, 그러겠습니다.”

커틀러스가 내 손을 쥐고서 자신의 몸에 댔다.

목부터 어깨. 어깨에서 가슴— 배를 서서히 한 바퀴 돌고서 다시금 가슴으로.

조금 딱딱해진 끝부분에 내 손을 가져간 뒤에 몽롱한 눈으로 나를 보더니…….

"……여기에, 해주시지 말입니다.”

"응. 알겠어.”

나는 다시 『마력의 실』을 꺼내 커틀러스와 이어졌다.

핀의 같은 부위와도 연결한 뒤 두 사람을 마력으로 채워 나갔다.

"……주공. 저…… 계속, 눈앞이, 새하얗지 말입니다.”

커틀러스가 두 무릎을 쭈욱 오므렸다가 힘을 쭉 뺐다. 그 행동을 반복했다.

"……아…… 좋은 게, 끝나질 않아……. 싫어…… 아, 아아아 아아아…….

"둘 다, 슬슬 괜찮을까?"

나는 커틀러스와 핀의 머리를 쓰다듬었다.

"맹세의…… 말, 입니까?"

"응. 예를 들어…… 난 커틀러스와 핀과 줄곧 함께 있고 싶어."

나는 잠시 생각하고서 말했다.

"『왕가의 피』에 뒤지지 않는 인연을 맺어 두고 싶어. 그리고 언젠가 커틀러스가 자신의 아버지와— 왕과 대면했을 때 맞설 수 있는 힘을 주고 싶어. 왕가의 이름과는 무관하게 커틀러스와 핀이 본인답게 살아갈 수 있도록."

"……주공."

커틀러스의 눈에서 눈물이 뚝뚝 떨어졌다.

"……기쁘지 말입니다. 저도, 주공과, 줄곧 함께 있고 싶지 말입니다."

"저도 그래요."

핀이 커틀러스의 말에 동의했다.

하나이자 둘인 소녀가 입을 모아서—.

""원하는 건— 서로의 핏줄과 운명이 방해하더라도— 떨쳐낼 수 있는 인연—.""

나와 커틀러스와 핀은 손을 맞잡고서—.

"""영혼을 맺는 약속을—『혼약』.""""

천천히 맹세의 말을 입에 담았다.

커틀러스와 핀의 가슴의 중심에서 빛의 고리가 떠올랐다.
그것은 두 사람 사이에서 하나가 되어 한 사람의 모습으로 변했다.
잿빛 머리카락을 지녔고, 조금 자신 없어 보이는 표정. 그러나 이내 소악마 같은 표정으로 바뀌었다.
커틀러스와 핀, 두 사람의 영혼이 합쳐진 모습이었다.

〈불안정한 영혼 을 구해준 사람. 서로 기댈 수 있는 사람.〉

〈『계약』보다도 더 깊은 인연을 당신에게.〉

두 영혼이 나에게 고개를 깊이 숙였다.

〈'우리'를 부탁합니다. 서로 기댈 수 있는 인간.〉
커틀러스 · 핀의 영혼이 스스로의 머리카락을 뽑은 뒤 내 약지에 묶었다.
그리고 내 머리카락을 두 가닥 뽑은 뒤 각자 약지에 묶었다.

〈'우리'에게는, 죄가 없으니까.〉

〈'우리'의 몸 안에 흐르는 피 때문에 '우리'가 고통 받지 않기를. 언젠가 모든 사람과 아인과 용이 서로를 받아들이는 평온한 땅에— 반드시 다다를 수 있기를—.〉

그렇게 말하고서 내 손가락에 입을 맞춘 뒤—.

영혼은 또 다시 두 갈래로 나뉘어 커틀러스와 핀의 가슴에 빨려들었다.

『혼약』에 성공했다.

커틀러스와 핀의 스테이터스에 새로운 스킬이 추가됐다.

『성기사 변화(팔라딘 모드)』(혼약 스킬)

기사를 목표로 했던 커틀러스의 바람이 결실을 이루었다.

발동하면 의복 주변에 『성기사의 갑옷(팔라딘 아머)』이 형성된다.

『성기사의 갑옷』은 마력으로 만들어졌다.

독자적인 내구력인 AP(아머 포인트)를 갖고 있고, 공격을 받을 때마다 줄어든다.

AP가 다하면 갑옷은 파괴되지만, 그 전까지는 커틀러스는 데미지를 입지 않는다.

—대단해.

요컨대 커틀러스 주변에 『갑옷형 마력 배리어』가 전개된다는 말이잖아.

그게 부서질 때까지 커틀러스는 노 데미지.

역시『혼약』스킬이다. 차원이 다른 강력함…….

핀도 스킬이 늘었다. 이쪽은─.

『신성 기물 탐색(아티팩트 서처)』(혼약 스킬)

주변에 있는『신성 기물』의 위치를 감지할 수 있다.

이것을 발동하면 핀은 자신을 중심으로 반경 수십 미터 안에

『신성 기물』이 존재하는지 파악할 수 있다.

기본적으로 벽이나 장해물, 보물상자 등에 방해받지 않는다.

이거, 던전에서 쓰면 보물상자의 위치를 정확히 알아낼 수 있

는 녀석이야…….

예를 들어 던전의 최심부에『신성 기물』보물상자가 있고, 그

위치를 알 수 있다면…… 그것까지 이어지는 경로도 역산할 수

있다는 뜻이지.

역시『신성 기물』에 관한 능력을 갖고 있는 핀답다.

나는─.

『능력 증강(스킬 부스터)』(혼약 스킬)

대상의 스킬에서『레벨』만을 뽑아낼 수 있다.

『레벨』이 뽑힌 스킬은 개념 붕괴하여 소멸한다.

뽑아낸 『레벨』은 『능력 재구축』할 때 재구축 스킬에 추가할 수 있다.(예를 들어 『시궁창 청소LV1』의 『LV1』을 뽑아낸 뒤 『능력 재구축』할 때 사용하면 재구축한 스킬은 LV1이 아니라 LV2가 된다.)

뽑아낸 레벨은 한 개까지 보존해둘 수 있다.

……또 엄청난 게 나왔다.

요컨대 스킬의 『개념』처럼 『레벨』만을 추출해 낼 수 있다는 말인가?

그래서 그걸 『능력 재구축』할 때 재구축 스킬에 더할 수 있다?

수수하지만 의외로 쓸 만한 것 같네.

"고생했어. 애썼네, 커틀러스."

"주공…… 사랑하지…… 말입니다."

내가 머리를 쓰다듬어 주자 커틀러스가 간지러운지 눈을 감았다.

핀은 내 등에 기댄 채로 잠들었다.

이로써 '해룡 케르카톨'도 커틀러스를 '용의 수호자'로서 인정해 주겠지.

이렇게 했는데도 인정해 주지 않는다면…… 시로가 나서야겠지. 응.

"『하얀 길드』의 '길드 마스터'는 사라졌어. 용사를 부리는 사령탑이 없어지긴…… 했지만."

왕과 마술사, 그리고 연금술사는 남았던가?

'길드 마스터'가 사라졌으니 블랙스러운 방식은 중단해 줬으면 좋겠는데 말이야.

우리는 이제 그런 일과 얽히고 싶지 않으니까.

"잘 자. 커틀러스. 푹 쉬어."

"……예에, 주공……."

커틀러스가 그렇게 말하고서 눈을 감으려고 했을 때—.

"……아빠…… 어디?"

"아, 안 돼, 시로 짱. 나 군은 커틀러스 짱을…… 행복하고 해 주는 중이니까…… 오늘은 아이네 언니랑 자는 거야. 알겠지?"

"……후에엥. 아빠……."

"" …… ""

나는 커틀러스와 얼굴을 마주했다.

그러고는 서로 웃음을 살짝 터뜨리고서 고개를 끄덕였다.

"좋아. 시로. 이리 오렴."

"저도 함께해도 된다면 함께 쉬지 말입니다."

"와—아!"

침실 문이 열리더니 시로가 잠옷 차림으로 들어왔다.

뒤에서 아이네가 난감한 표정을 지었다.

"오늘은 아빠, 커틀러스 씨, 핀 씨랑 같이 잘까 싶어—."

나는 달려든 시로를 받으면서 말했다.

"그러고 보니 커틀러스가 '용의 수호자'가 되어 준대. 시로, 괜찮을까?"

"진짜?! 시로를 지켜 주는 거야?!"

"전력으로 지키지 말입니다!!"

"고마워—! 커틀러스 씨, 좋아—!"

시로가 두 팔을 벌리고서 나와 커틀러스를 한꺼번에 끌어안았다.

"근데 커틀러스 씨는 왜 속옷이 다리에 걸려 있어?"

"……어?"

커틀러스가 문득 깨닫고서 다리를 쳐다봤다.

응…… 어째선지 말린 채로 걸려 있네. 발목에. 어째서일까?

"이, 이건…… 더워서 그러지 말입니다!"

"그렇구나—. 그럼 다음에 시로도 해볼까 해!"

"죄송합니다, 주공. 교육상 좋지 않았지 말입니다!"

커틀러스가 울먹였다. 그 광경을 보고서 나와 아이네 모두 웃었는데—.

그리하여 우리와 마룡을 둘러싼 사건은 끝났고—.

나는 용을 위한 성검을 입수했고, 커틀러스는 '용의 수호자'가 되었다—.

인간과 용과 그 수호자는 어느새 찰싹 달라붙어 잠들고 말았다.

제16화 「인어의 비보와 자양강장에 좋은 식재료」

이튿날 우리는 다시 인어가 있는 바위 지대로 향했다.

성녀님의 동굴에 있는 인어 소니아를 동료들 곁으로 돌려보내기 위해서였다.

멤버는 나와 리타와 아이네, 그리고 시로.

피규어 크기의 성녀님도 함께했다.

"돌아왔습니다—!"

"어서 와요. 소니아—!"

"루미아—!"

『인어의 보금자리』인 후미에서 인어 루미아가 기다리고 있었다.

더욱이 다른 인어들도 있었다. 다들 바위 지대에 몸을 눕힌 채 웃고 있었다.

『신인 연수』를 행하던 사람들이 없어져서 돌아온 모양이었다.

"이 분들이 도와줬습니다!"

"소니아와 인어들이 줄곧 정화했던 『저주』의 근원도 조사해 줬어요!"

""천룡과 해룡과 지룡한테 인정받은 분이에요—!!""

"""""라라라—."""""

느닷없이 노래를 한다?!

인어들이 바위 지대에 몸을 눕힌 채로 아이와 어른을 가리지 않고서 신나게 노래했다.

'지룡 어스가르스'가 다정한 용이었다는 사실과 지금은 평온하게 잠들었다는 내용을 아름답고도 부드러운 하모니로 노래했다. 개인정보는 치밀하게 감추고서.

"그러니 지금은 평온해. 세계를 저주하는 이는 아무도 없어—."

정신을 차려 보니 리타가 가슴에 손을 대고서 인어와 함께 노래를 불렀다.

"—따뜻한 노래네. 응. 이런 거 좋아."

"마음에 들었어?"

"응. 역시 노래하며 춤추는 종족답네. 이런 노래를 즉흥적으로 지어내다니."

"나중에 음유시인 길드에 노래를 흘려 볼까? 물론 인어들의 허락을 받아야겠지만."

"그러게. 지룡도 계속 마룡 취급을 받으면 가여운걸."

나와 리타가 얼굴을 마주하고서 웃었다.

아이네도 눈을 감고서 노래를 경청했다.

"잠이 안 올 때 자장가가 될 것 같아."

""별거 아닌 노래를 들어줘서 고맙습니다—.""

갑자기 시작했던 노래가 갑자기 끝났다.

"그럼 여러분께 비보를 드릴까 합니다."

"『의 · 식 · 주』의 비보입니다. 여러분께 은혜를 입었으니 전부 드려도 좋습니다."

"하나면 돼요. 역시 전부 다 받을 수는 없다니까요."

『의·식·주』의 비보는 인어에게는 부적이라고 한다.

그것을 전부 받을 수는 없는 노릇이지.

"하지만…… 정말로 받아도 괜찮을까?"

"괜찮습니다."

"이런 때 은혜를 갚지 않으면 도리어 찜찜합니다."

"이번 사건은 워낙 큰일이었던지라!"

"이걸 마무리 의식으로 삼고 싶습니다!"

""여러분이 받아 주는 것으로 마무리가 됩니다.""

소니아와 루미아가 그렇게 말하고서 바위 지대 위에 세 가지 물건을 깔아 놓았다.

펜던트와 팔찌 그리고 반지였다.

몸에 착용하는 형태인 이유는 인어는 기본적으로 물건을 갖고 다니지 않는 종족이라서.

몸에 달고 다니면 잘 잃어버리지 않는단다.

"『의의 펜던트』, 『식의 팔찌』, 『주의 반지』입니다!"

"각각 몸에 착용하면 의·식·주 때문에 곤궁해질 일이 없어진다고 합니다."

""자요. 이 중에서 원하는 걸 골라 주세요!""

인어들이 일제히 팔을 벌리고서 아이템을 설명하기 시작했다.

· 의의 펜던트

이것을 착용하면 주변 사람들의 눈에 장착자가 상상한 옷을 걸치고 있는 것처럼 비친다.

　다만 펜던트가 의복을 형성하는 동안에는 펜던트가 형성한 필드가 실제 의복과 간섭을 일으키기 때문에 옷을 한 장도 걸칠 수가 없다.

　또한 장착자 본인은 펜던트가 만들어 낸 옷을 볼 수가 없다.

　· 식의 팔찌

　대상을 먹을 수 있는지 판단할 수 있다.

　팔찌를 기동하면 물고기, 식물, 동물, 마물을 포식할 수 있는지 알려준다. 그리고 독성과 특수 효과를 표시해 준다. 인간이나 아인을 대상으로 삼을 수 없다.

　· 주의 반지

　주변의 수온 · 흐름(기온 · 기류)을 시각적으로 볼 수 있다.

　수온이 따뜻한 곳은 붉게, 차가운 곳은 파랗게 보인다.

　물이 흘러가는 방향을 화살표로 표시해 준다.

　장착자 주변의 수온(기온)을 적정 온도로 바꿀 수도 있다. 최고 온도는 뜨거운 열탕 정도.

　""그래서 어떤 아이템을 택하겠습니까―!""

　"『주의 반지』를 주세요."

나는 잠시 생각하고서 말했다.

〈어라라, 예상 밖이네, 나기 군.〉

피규어만 한 성녀님이 내 어깨에 올라탔다.

〈너니까 서바이벌 효과를 고려하여『식의 팔찌』를 택할 줄 알았는데 말이야.〉

"아뇨,『주의 반지』가 서바이벌 효과가 더 높다고 판단했습니다."

〈무슨 뜻이니?〉

"저기, 인어 씨."

나는 소니아와 루미아에게 얼굴을 가까이 대고서 물었다.

"이 반지, 살짝 개조해도 될까?"

"물론, 괜찮습니다!"

"그건 이미 인간 씨의 것이니까!"

"고마워. 그럼 발동,『능력 재구축』!"

나는『주의 반지』의 개념을 확인했다.

『인어의 비보 : 주의 반지』

『물 흐름 파악』

『물』의『온도와 흐름』을『파악하는』반지.

『온도 조정』

『물과 공기』의『온도』를『조금 바꾸는』반지.

『비밀 시장』에서 샀던 『불면증』의 개념이 아직 남아 있었다.
『깨어나는』 말이다.
　이것을 『주의 반지』와 조합하면—.

　"실행, 『능력 재구축』!"
　『주의 반지』가 변화했다.

　『물 흐름 각성』
　『물』의 『깨어나는』 『온도와 흐름』을 『파악하는』 반지.

　잠들어 있는 지하 수맥의 온도와 흐름을 볼 수가 있게 됐다.
　또한 그 지하수를 솟아나게 하는 포인트를 알 수 있다.

　"좋아. 이로써 수원 문제는 해결했어."
　잠깐 실험해 보자.
　이 부근에서 지하에서 담수가 나올 것 같은 지점은…… 바위
지대 이 부근에서 반응이 느껴지네.
　"아이네. 이 부근을 『마력 봉술』로 찔러 봐."
　"알겠어. 음, 발동! 『마력 봉술』!!"
　아이네가 『강철 대걸레』로 암벽을 찔렀다.
　바위가 깨지면서 작은 구멍이 뚫렸다. 그리고 그곳에서—.

슈와아아아—.

담수가 뿜어졌다.

""""""에에에에에에에에엥?!""""""

"아빠, 대단해—!"

리타, 아이네, 성녀님과 인어도 깜짝 놀랐다.

나는 다가온 시로를 쓰다듬으면서 벽에서 뿜어 나오는 물을 핥아 봤다. 응. 확실히 담수다.

"대, 대단해요. 인어는 담수를 구하려고 애를 먹는데—."

"물을 정화하는 능력은 있지만, 계속 쓸 수는 없으니까—."

"그래? 그럼 이 수원은 인어들이 써줘요."

""""감사합니다. 인간 씨!!""""

"천만에요."

『주의 반지』를 담수 탐지 아이템으로 바꾼 이유는 천룡의 섬에 갔을 때를 위해서니까.

옛날에 천룡이 살았고, 언젠가 우리가 살게 될 남쪽 섬. 그곳에 물이 있을지 알 수가 없다. 그래서 수원을 확보하기 위해 아이템을 만들어 봤다.

"그럼 비보를 하나 더 드릴게요!"

인어들이 나에게 『의의 펜던트』와 『식의 팔찌』를 내밀었다.

"에이. 그건 너무 염치가 없죠."

""""""가져가 주세요—! 라라라—!""""""

또 노래를 부리기 시작했다?!

후미에 모여 있는 인어들이 일제히 『비보를 바치는 노래』를 불렀다.

다들 진심이었다. 이거 가져가지 않으면 수습이 되지 않을 것 같네…….

"그럼 이 『의의 펜던트』를 받겠습니다."

""기꺼이—.""

내가 펜던트를 받자 인어들이 일제히 박수를 쳤다.

대단하네. 레어 아이템을 두 개나 얻었다.

이번에는 정말로 아이템을 무더기로 입수했다.

『마장 바르보르가』를 시작으로 해서 『안심도 코코로야스마루』.

그리고 『성검 드래곤 스고이나』.

마지막에는 두 개의 비보까지.

매직 아이템에는 『능력 재구축』이 대단히 유효하다는 사실도 알았다.

이로써 동료들과 함께 안전하게 모험을 즐길 수가—.

"……어라?"

뒤를 돌아보니 리타와 아이네가 새빨간 얼굴로 나를 보고 있었다.

피규어만 한 성녀님도 시로의 손바닥 위에서 얼굴을 가리고 있었다. 왜 저러는 거지?

"……저기, 나기."

"나 군."

"아이네, 왜 그래?"

"그 '옷을 입고 있는 것처럼 보이지만, 실은⋯⋯' 같은 효과를 지닌 그 아이템을 누구한테 쓸 생각(이야)?'"

"둘 다 무슨 착각들을 하는 거야?!"

"착각?"

"무슨 뜻?"

"인어의 비보를 두 개나 받게 됐으니 최대한 쓸모가 없을 것 같은 물건을 골랐을 뿐이야. 자, 인어 씨는 기본적으로 옷을 입지 않아서 『의의 펜던트』는 필요가 없지? 애당초 이 펜던트를 모두가 써본들 내 눈에는 옷을 입고 있는 것처럼 보이니 의미가 없지?"

"⋯⋯그것도 그러네."

"⋯⋯아이네는 딱히⋯⋯ 나 군이 원한다면 그 펜던트만 착용한 채 돌아다녀도⋯⋯."

안 할 거거든. 그런 짓은 안 할 거야.

나는 『능력 재구축』으로 『의의 펜던트』의 개념을 표시했다.

『인어의 비보 : 의의 펜던트』

『위장 의복』

『환영』의 『의복』을 『만들어 내는』 펜던트.

효과는 상상한 대로였다. 뭐, 이걸 사용할 일은 없겠지만⋯⋯.

『송신자 : 라필리아(수신자 : 마스터)

　본문 : 그러고 보니 제 안에는 '흘려듣기'라는 이야기를 무시하는 스킬이 있어요오. 만약에 '의의 펜던트'가 옷과 관련된 아이템이라면 마스터가 '무시한다'는 의미를 더해서 옷을 무시하고서 노예들의 귀여운 모습을 즐길 수가…….』

　"……라필리아는 천재가 아닐까?"

　안 할 거야. 안 할 거라고.

　그런 짓을 했다가는 분명 내 이성이 날아갈 테니까…….

　"그러고 보니 여러분들한테 제철 해산물을 드리고 싶습니다!"

　"『혼드 서펜트』입니다! 이걸 먹으면 기운이 솟아나요!!"

　""특히 남성한테 추천합니다!!""

　인어들이 뿔이 달린 바다뱀을 가져와 바위 지대에 올려놨다.

　작은 바다뱀이었다. 내가 예전에 살았던 세계의 뱀장어와 닮았다.

　"그러고 보니 들은 적이 있어. 『혼드 서펜트 양념구이』를 주인한테 주다니 참 헌신적인 노예군요' 하고."

　"나도 들었어. 먹고 나면 기운이 아주 샘솟는다고 말이야."

　"확인해 주세요!!"

　인어 소니아가 아이네에게 『식의 팔찌』를 건넸다. 빌려주려는 듯했다.

　아이네가 그것을 장착하고서 『혼드 서펜트』를 보더니―.

　"고마워. 감사를 표할게. 꼭 먹이도록 할게."

"잠깐만. 아이네는 뭘 본 거야?"

"……속닥속닥."

아이네가 리타의 귀에 대고 속삭였다. 리타가 고개를 붕붕붕 가로저었다.

"성녀님은 『혼드 서펜트』의 효과를 알고 계신가요?"

〈음―. 몰라.〉

"그런가요?"

〈성녀님은 처녀인 채로 죽었거든. 그런 건 몰라.〉

"그렇군요……?"

―음, 어?

지금 이상한 소리를 들은 것 같은데?

그러나 성녀님은 싱글벙글 웃을 뿐이었다. 시로도 덩달아서 같이 웃었다.

리타와 아이네는 『혼드 서펜트』를 어떻게 요리할지 의논했다.

일단 돌아간 뒤 물어보기로 하고, 나는 후미 동굴 쪽을 봤다.

'지룡 어스가르스'의 동굴은 이제 없었다. 그녀는 평온한 잠에 들었다.

『하얀 길드』의 '길드 마스터'도 사라졌고, 야마조에 같은 『내방 자』들도 원래 세계로 돌아갔다.

그러나― 모든 것이 끝난 것은 아니었다.

적이 사용했던 인조생물 '케르베로스', '가짜 지룡'.

그것을 만들었던 인간이 어딘가에 있었다. 아마도 왕 곁에.

"……되도록 이제는 아무것도 하지 않아 줬으면 좋겠는데 말

이야."

　나는 그렇게 생각하면서 시로의 등을 계속 어루만졌다.

　"그래서 나 군한테는 알려져서는 안 돼. 몰래 먹이자."
　"알고 있어. 『혼드 서펜트』는 남자의 자양강장에 좋은걸."

　뭔가 불온한 말을 하기 시작한 아이네와 리타를 바라보면서―.
　나는 그런 생각을 했다.

작가 후기

안녕하세요, 센게츠 사카키입니다.

『이세계에서 스킬을 해체했더니 치트급 아내가 증식했습니다』 10권을 구입해 주셔서 감사합니다!

이 이야기도 드디어 10권에 돌입했습니다. 두 자릿수입니다.

이게 다 응원해 주신 여러분 덕분입니다. 진심으로 감사드립니다!

이번에는 시로가 탄생한 후에 벌어진 이야기를 다뤘습니다.

—9권 마지막에 인간 모습으로 태어난 시로.

—노예 소녀들과 꽁냥거리는 생활을 보내던 중에 출현한 자그마한 아이.

—그녀가 있으면 아빠 나기와 모두의 생활이 어떻게 바뀔까?

—그리고…… 이 세계와 지룡이 얽혀 있는 비밀은?

꼭 읽어봐 주세요.

『치트 아내』는 만화판도 발매 중입니다.

9월에 최신간인 제4권도 발매됐습니다. 서적판 2권에 해당하는 마검 쟁탈전을 다뤘습니다.

카타세 미나미 님이 그리신 만화판 『치트 아내』도 꼭 즐겨주세요.

카도가와 BOOKS에서 또 다른 이야기인 『천하무쌍 아내 군단과 시작하는 유유자적 영주 라이프』도 발간됐습니다. 이세계에서 『이전 세계에서 각성한 스킬』을 쓸 수 있게 된 주인공이 가족과 함께 나라를 만들어 나가는 이야기입니다.

현재 제1권까지 발간됐습니다. 이 이야기도 함께 잘 부탁드립니다.

그럼 마지막으로 감사 인사를 올리겠습니다.

서적판 『치트 아내』를 읽어 주신 여러분, 『WEB판』을 읽어 주신 여러분, 언제나 감사합니다. 이 이야기가 10권까지 올 수 있었던 이유는 전부 응원해 주신 여러분 덕분입니다! 앞으로도 잘 부탁드리겠습니다!

일러스트를 맡아주신 토자이 님. 이번에도 최고의 삽화를 그려주셔서 감사합니다! 시로가 있는 생활을 귀엽게 그려주셔서 정말로 기쁩니다.

만화판을 맡아주신 카타세 미나미 님, 늘 감사합니다. 카타세 님의 만화는 메인 캐릭터도, 서브 캐릭터도 생생히 살아 있어서 매번 재밌게 읽고 있습니다!

담당자 K님, 늘 적확하게 조언해 주셔서 감사합니다.

마지막으로 이 책을 구입해 주신 여러분께도 최대급의 감사를.

만약에 이 이야기가 마음에 드셨다면 꼭 다시 뵐 수 있기를.

센게츠 사카키

ISEKAI DE SKILL WO KAITAI SHITARA CHEAT NA YOME GA ZOUSHOKU SHIMASHITA
Vol.10 GAINENKOUSA NO STRUCTURE
©Sakaki Sengetsu, Touzai 2019
First published in Japan in 2019 by KADOKAWA CORPORATION, Tokyo.
Korean translation rights arranged with KADOKAWA CORPORATION, Tokyo.

이세계에서 스킬을 해체했더니 치트급 아내가 증식했습니다 10

2024년 5월 15일 1판 1쇄 발행

저　　　　자 센게츠 사카키
일 러 스 트 토자이
옮 긴 이 박춘상
발 행 인 유재옥
담 당 편 집 정지원

이　　　　사 조병권
출판본부장 박광운
편 집 1 팀 최서영
편 집 2 팀 정영길 조찬희 박치우 정지원
편 집 3 팀 오준영 이소의 권진영
디자인랩팀 김보라 박민솔
디지털사업팀 박상섭 김지연 윤희진
라이츠사업팀 김정미 맹미영 이윤서
영업마케팅팀 최원석 박수진 이다은
물 류 팀 허석용 백철기
경영지원팀 최정연
인쇄제작처 ㈜코리아피앤피
발 행 처 ㈜소미미디어
등　　　　록 제2015-000008호
주　　　　소 서울시 마포구 토정로222, 403호 (신수동, 한국출판콘텐츠센터)
판매 및 마케팅 (070) 8822-2301

ISBN 979-11-384-8154-0
ISBN 979-11-6190-566-2 (세트)